이원락 수상집

가시마저
사랑하라

청어

가시마저 사랑하라

이원락 지음

발행처 · 도서출판 **청어**
발행인 · 이영철
영 업 · 이동호
홍 보 · 최윤영
기 획 · 천성래 | 이용희
편 집 · 방세화
디자인 · 김바라 | 서경아
제작부장 · 공병한
인 쇄 · 두리터

등 록 · 1999년 5월 3일
(제321-3210000251001999000063호)

1판 1쇄 인쇄 · 2016년 7월 20일
1판 1쇄 발행 · 2016년 7월 30일

주소 · 서울특별시 서초구 효령로55길 45-8
대표전화 · 586-0477
팩시밀리 · 586-0478

홈페이지 · www.chungeobook.com
E-mail · ppi20@hanmail.net
ISBN · 979-11-5860-425-7(03810)

이 책의 저작권은 저자와 도서출판 청어에 있습니다.
무단 전재 및 복제를 금합니다.

이 도서의 국립중앙도서관 출판시도서목록(CIP)은 서지정보유통지원시스템 홈페이지
(http://seoji.nl.go.kr)와 국가자료공동목록시스템(http://www.nl.go.kr/kolisnet)에서
이용하실 수 있습니다.(CIP제어번호: CIP2016015495)

가시마저
사랑하라

머리글

나이 들어 살아가보니, 예리하던 성격도 세월의 몽둥이를 두들겨 맞음에 따라 무디어 지더라. 그래서 마라톤 등 용기 넘치는 활동이나 적극적인 몸가짐은 뒤로 숨기면서, 근래에는 점잖은 척, 의젓한 척 해 보이려고 애를 쓴단다.

이런 상태가 되어서야 비로소 '사람들은 나이를 먹으면 왜 적극성이 줄어드는가?'를 밝히고 싶었다. 세상이 변하는 것 같이 노화가 되면, 사람들은 기본 마음이 좀 더 초연해지는 쪽으로 변하는 것 같다.

노화가 되면 죽음이 예고된다.

그 불안을 극복하는 한 방법으로 가족을 더 사랑하거나 종교에 귀의하기도 한다. 그래서 인생의 방향을 선(善)이 있는 곳으로 향하게 하려고, 가시마저 사랑하려고 노력한다. 그러나 그의 마음에는 돈이 중심으로 되어 있어서 행복에 접근 할 수가 없다. 더 많은 소유를 원한다. 인간성을 바르게 하기에는 주위의 여건이 호락호락하지 않다. 이럴 때 인간의 태도는 자연을 잘 받아드리는 미국의 인디언들의 생활 자세가 그나마 어느 정도 합당하다고 생각한다.

시간이 흐름에 따라 인간의 마음은 몰입하는 것을 주저하고, 세상일에 숙달되어서 부끄러움, 용서의 가치, 정의의 느낌, 분노, 그리고 슬픔 등은 줄어드는 것 같다. 그래서 시간의 틀 안에 무덤덤하게 그냥 하루하루의 삶만을 위해 돈을 벌면서 시간을 보내는 것 같다.

특히 근래에 이런 현상이 많이 보이는 것은 사회의 변화가 빨라서, 인간 두뇌의 움직임이 세상의 변화를 따라가지 못하기 때문일 것이다. 그러므로 이럴수록 현실을 생각하고 시간에 따라 변해 가는 우리의 주변이나 주위환경도 살펴보아야 한다.

생명체는 연계되어 있으므로 생명체의 모든 것, 심지어 동물들의 미래마저도 생각해 보아야 한다. 산을 바둑판 같이 가로세로로 샅샅이 개발해 버린다면, 짐승들은 '슬픈 운명이 되지나 않을까?' 하는…… 이런 것을 생각하면서 써 둔 360개의 글 중에 50여개를 모아서, 그 생각을 책으로 묶어 보았다.

이런 것을 중심으로 하여 생각해 보면서, 인생을 제일 굳건하게 사는 방법은 동물까지도 돌보는 영원성을 가진 '사랑'의 필요성(仁,

慈悲)을 절감하였다. 또 인간은 다양성을 갖고 있기 때문에, 유혹 등으로 좋은 삶의 방법을 선택하기가 매우 어렵다는 것도 기술해 두었다. 그래서 '일상생활이 어떠해야 행복해 질 수 있겠는가?' 등도 독자들과 같이 걱정하려 한다.

이런 문제는 책 한 권으로 당장 풀려져버리지 않기 때문에, 여러 회로 나누어 책을 발간하면서 해결법을 생각하도록 하려한다.

노을이 비껴가는 서재에서
이원락

chapter 1 사랑

chapter 2 생각

chapter 3 인생

chapter 4 일상

chapter 5 행복

가시마저 사랑하라

chapter 1
사랑

가시마저 사랑하라

누구나 머릿속에서는 아름다운 추억을 가지고 있고, 이것은 가슴으로 내려와 온기로 따스하게 전체를 보듬는다. 그래서 조용한 시간에는 그것을 회상하면서 애틋함과 아련함에 잠긴다. 나도 어린 시절에 놀던 시골의 고향 언덕이 그립고, 그 생각을 하면 시골에서 친하게 지내던 울령이가 생각난다. 그 친구는 지금 호호백발이 되어있을까? 아니면 정해진 수명을 다하여 지구를 하직하였을까?

작년은 내가 고등학교를 졸업 한 지 50년이 되는 해이다. 그래서 지난 10월에는 전국에 살고 있는 고등학교 동기 전부가 모이는 '졸업 50주년 전체 동기 모임'이 있어서 참석했다. 모두는 다양한 색깔의 추억을 회상하기도 하고, 현재의 안부를 물으면서 이야기꽃을 피웠다.

우리가 갖고 있는 추억 속에는 그리움 등 아름다운 것만 있는 것이 아니었다. 사람의 마음에는 희로애구애오욕(喜怒哀懼愛惡欲) 등이 있으므로, 우리는 좋은 추억만 간직할 수는 없는 모양이다. 그리움

12

이 대부분이지만 그 속에는 생각하기도 싫은 슬펐던 것, 아팠던 것, 사랑하는 이와 헤어지는 것 등도 간혹 섞여 있었다.

추억은 한 송이 장미꽃이라 할 수도 있겠다.

보기에는 좋지만 그것은 아픔이나 슬픔 등 가시와 같은 내용도 가지고 있다. 장미가 아름다워서 사람들이 잘 꺾어 버릴까봐, 신은 그것을 보호하려고 뾰족뾰족한 가시를 함께 두었나 보다. 어쩌면 기억하기 싫은 나쁜 기억이 있다는 것은 아름다운 추억을 더욱 빛나게 할지도 모르지······

가시를 만든 이유를 생각해 보면, 장미를 사랑할 땐 꽃과 함께 보호하려는 가시마저 사랑해야 하지 않겠는가. 장미꽃만을 좋아하는 것은 절반만을 사랑하는 것이다. 꽃 피고 향기를 뿜는 봄날을 우리가 좋아하지만, 외롭고 기우는 가을마저 사랑해야 온전한 사랑이다.

인생에는 가시가 많다. 살아가는데 여러 가지 역경이나 장애요소가 거기에 속하며, 이런 것에서 인간은 고통을 느낀다. 이런 것은 살면서 이겨나가야 한다고, 신이 인간을 훈련하기 위해 우리에게 주신 것 같다. 장미에는 가시가 있어야 한다. 그 가시는 문장에서 감탄 부호, '!' 이다.

삶에 평안만 있다면 그림자가 없는 그림이 될 것이다. 좋은 그림은 그림자를 그리는 칙칙한 색깔 등, 여러 가지 색깔을 모아서 입체감을 표현해야 된다. 아름다운 색깔 한 가지만으로는 그림이 될 수 없다.

마음이 조용하고 여유로울 때에는 여러 회상(回想)이 몽글몽글 떠오른다. 그러면 그 시간에는 먼저 혼자 깊은 사념(1)에 들어간다. 그런 후에 우리는 '앞으로 가시투성이인 세상을 어떻게 살아갈까?' 계획을 세우면서 자신을 가다듬는다. 그러나 이때는 홀로 있으면 외로움(2)을 느낀다. 외로울 때야 말로 찔리기 쉬운 인생에서, 버티어 나갈 마음을 준비하는 시간이 된다.

'인간의 모든 불행은 자기 방에서 홀로 외롭게 머물지 못하기 때문에 일어난다.'고 유명한 서양 철학자 파스칼은 말했다. 외로울 때면 주위는 벌레가 우는 소리 이외에는 들리지 않는 고요함(3)이 찾아온다. 고요함에서 오래 머무르면, 마음속에 뭔가를 그리워하는(4) 공간이 자연스레 만들어 진다. 그 대상은 보고 싶은 사람이 될 수도 있고, 앞으로 전개될 미래나 영원에 대한 동경도 가능하다.

외롭고 고요한 가운데서는 위대한 상상력이 일어날 수도 있다. 40일간 광야에서 금식하면서 기도한 예수는 인류를 구원할 엄청난 계획을 수립했다. 위대한 사람들의 공통점은 모두 홀로 생각에 몰입한 후에, 타인을 설득할 수 있는 생각이나 이념, 또는 진리를 발견한 것이다.

그리움 속에서 홀로 조용히 있다 보면, 우리는 아름다운 내일이나 행복한 가정, 따뜻한 마음을 가진 배필을 마음에 그려보기도 한다. 또는 아직도 현실에서 이루지 못한 꿈을 꿔 보기도 하면서, 그런 것들을 기다리는 자세(5)를 갖는다.

어떤 이는 솔베이지 같이 배를 타고 떠나간 후 수 십년이 지나도 돌아오지 않는 남편을 바닷가에서 기다릴지도 모른다. 또는 짧은 인생을 넘어서서 영원한 무엇을 무작정 기다리는 사람도 있다. 이런 기다리는 심정을 사람들은 신앙(6)이라 한다. 모든 것에서 기다림은 영원과 함께하는 인간 초월의 경지에 입문하는 자세를 말한다.

기다리는 사람은 현실의 작은 일에 일희일비하지 않는다. 그는 "예."에도 감사하지만, "아니요."라고 하는 대답을 들어도 감사를 표한다. 그도 "아니요."라는 대답에는 누구나 느끼는 정도의 갈등을 느끼지만, "내가 아직 부족한 점이 있구나……"를 순간적으로 알아차린다.

장미에서 가시는 고통이다. 가시는 보기에 흉하지만 장미를 보호한다. 고통은 위험으로부터 나를 보호하는 방패막이 역할을 한다. 이와 같이 인간에게서 고통은 아픔을 통하여 마음의 눈을 밝혀주어서, 느껴야 할 것은 느끼게 하고, 봐야 할 것은 볼 수 있게 해 준다.

삶에서는 고통이 필수로 따른다. 어쩔 수가 없다. 이는 자동차가 고장이 나기 전에 삐걱거리는 잡음이 나는 것과 같다. 그 소리를 감지하고 차 수리를 하는 것과 같이, 고통을 알고 그것을 이겨 극복해야 미래를 향해 달려갈 수 있다.

고통 없이는 전진도 없다. 등산을 할 때는 평지를 걷는 것과는 다르게 힘이 든다. 그렇게 해야 정상에 도달할 수가 있다. 무슨 일에서든지 아름다운 탄생 뒤에는 고통과 눈물이 따르게 마련이다. 이 것을 잘 극복하면 우리는 삶의 아픔에서 회복될 수 있다. 행복, 건강, 나의 안전, 하던 일 등 모든 것에서 거리를 띄워 자유롭게 관조할 수 있다.

고통을 겪으면서 우리는 깨닫게 된다. '이 세상에는 모든 것이 존재할 이유가 있구나. 감사하게도 가까이하기 싫은 고통마저도 나를 도우고 있구나.' 하는 것을 알게 해 준다. 심지어 슬픔, 고통, 좌절, 배신, 낙망, 엎친 데 덮치는 일, 결별, 그리고 영원한 이별인 사망까지도 존재하는 이유를 알듯하다.

중환자실에는 생명의 마지막 단계인 호흡 부전으로 산소마스크를 쓴 채 고통 속에 누워 있는 환자가 많다. 어떤 이는 플라스틱 호스로 연결되어 살아가고 있다. 그 현장을 보면 숨 쉬는 것도 쉬운 일이 아님을 알 수 있다. 이때 우리는 그 호스에마저도 감사를 표해야 한다. 생명을 유지케 하는 중요한 역할을 하고 있기 때문이다.

또 의료 기구를 이용하여 귀중한 생명을 연장케 한 과학자에게도 감사를 표한다. 더 크게 보면 의학을 발전시켜 준 선현들과 우주의 원리에 감사하고, 종국에는 있음(有 생명)을 창조한 신에게도 감사한다. 나는 모든 것에 신비로움을 느낀다.

외로움, 아픔, 슬픔, 고난, 고통, 괴로움, 고뇌 등은 모두 가시의 역할을 한다. 그러나 이것을 거쳐야 영혼을 만날 수 있다. 우리 모두는 이들을 좋지 않게 여기고 피하려 하지만, 이런 것을 통해야 비로소 '선(善)의 세계'에 들어갈 대문을 볼 수 있다. 이때 우리는 신비와 감사의 경지를 들여다 볼 수 있다.

모든 일, 모든 것이 나에게 가르침을 준다고 생각한다. 가시가 많은 장미를 인간이 사랑하듯이 오늘 우리 앞에 놓인 걸림돌을 끌어안고 이해하여, 나에게 제일 요긴한 디딤돌로 만들어야 한다.

바람직한 결혼 생활

신은 만물 중 가장 좋은 최후의 작품으로 '자유 의지와 다양성을 가진 인간 두 사람'을 만들었단다. 그들에게 서로를 위하면서 살아가도록 결혼이라는 절차를 밟게 했다. 모르던 남녀가 만나 서로를 알아가는 과정에서 사랑으로 자식을 낳는다. 이렇게 그들이 삶의 어려움을 극복하고 티격태격 해로하면서 늙어가는 것을 생각하면, 생활 속에서 사랑한다는 것은 경이로움은 물론, 무한히 신비롭게 느껴지기도 한다.

긴 세월을 살아가는 동안 사랑은 모험을 하게 한다. 남남이던 두 사람이 일생동안 지지고 볶으면서, 때로는 기뻐하거나 슬프고 괴로워서 울기도 많이 한다. 이렇게 결혼하여 같이 살아간다는 것은 자기 몸을 던져버리는, 엄청난 투기 같은 투자를 한 것이다. 그들은 이해와 갈등을 매일 반복하면서, 공동체인 가정을 꾸려 나간다. 살다가 자식을 낳기도 하면서, 같이 오순도순 살아간다. 그 자식은 또 자식을 낳아서 대를 이어 나간다. 영원으로 이어진다.

두 사람은 어떻게 성장해 왔으며, 성격은 어떤지 전혀 몰랐다. 이렇게 처음 만나 완전히 낯설었을 뿐만 아니라 성격이 다른데도, 어떻든 살아가는 것을 보면, 신기하다. 가정이란 더러워진 현실에서 사랑만을 적용해야하는 위태위태한 모험의 실험장이다.

삶에서 다툰 횟수를 합하면 벌써 원수가 되었고, 깨어진다면 100번도 더 깨어질 듯이 살아왔는데…… 그런 상대의 죽음 앞에서 남은 자가 눈물을 흘린다. 그렇게 싸우면서도 헤어짐에서 울다니…… 이것이 바로 '가정의 신비'라는 것이다. 이것은 인간 사이의 모든 것을 녹여 버리는 아가페 사랑이 에로스와 섞여서 혼용된 사랑이기 때문이다. 이때에야 비로소 신(神)은 기뻐 미소를 짓는다.

현대의 결혼 당사자들은 결혼에 대해 기대하는 것이 있다. 대부분은 '잘 살아보려고, 행복하려고, 사랑하기에' 등 모두가 자기중심의 이기심으로 결혼생활을 시작한다. 그러나 행복하지 못하면? 사랑이 식어지면, 헤어져야 하는가? 아니다. 이런 마음으로 시작하더라도 근본에는 모든 일에 성찰과 사랑의 태도가 작용한다. 왜냐하면 삶에서는 고통이나 괴로움 등을 극복하고 그것을 지나가야 비로소, 그 너머에 행복의 형상이 어렴풋이 나타날 수 있기 때문이다.

살아가는 것은 끝없이 등산을 하는 것과 같다. 좋은 경치는 잠시뿐, 오를수록 주위는 황량하고 절벽을 만난다. 때로는 비바람이 휘몰아치는 날씨도 수없이 겪게 된다. 어떤 때는 텐트가 날아가 버리기도 하고, 도중에 상대자를 하늘로 보낼 수도 있다. 그러나 신은 험한 세상에서 아무리 어렵더라도 어떤 환경에서든 성실히 살아감으로써, 인간으로 하여금 승리한 인생이 되도록 노력하라고 한다.

성경에는 결혼 후에는(창세기 2:24) '부모를 떠나 한 몸이 될지니라.'고 적혀 있다. 이는 신의 뜻을 이루기 위해서는, 자녀를 떠나보내야 한다는 것이다. 고비 고비를 스스로가 이겨 내면서 살아가야 한다. 자식을 떠나보내야 하는 것은 부모의 책임이다. 의지하게 하면 안 된다.

그리고 정신적으로는 부부간에 마음을 서로 합해야 한다. 그러려면 양보할 줄도 알아야 한다. 그러나 현실에서는 돈이나 학벌, 또는 직업을 보고 결혼하는 경우가 많아서 살다보면 서로의 마음이 분리되어서 깨어지는 가정을 많이 본다.

부자일수록 화합하는 정신을 더 많이 갖고 있다고는 할 수 없고, 직업이 좋아 보여도 모두의 미래는 예측하기가 어렵다. 또 돈이란 돌고 도는 것이라서 한 세대를 지탱하기가 어렵다. 어떻든 결혼을 하면, 결혼 전에 가졌던 만남의 조건을 사랑으로 변환시켜야 한다.

또한 둘이 한 몸이 된다는 것은 성(性)적인 면을 말하는 것이기도 하다. 성을 부부라는 테두리에 묶어두었다. 성적인 유혹의 요소에는 마음도 끌려가기 마련이다. 육체가 가고 싶어 하는 곳이라도 절제가 필요하다는 것이다. 창녀 등과 한 몸(육체)이 되는 것은 금한다. 성기는 자기 몸에 있어도, 실제 소유권은 상대방에게 있기 때문이다.

남편은 아내의 머리다.

남편을 인정해 주어야 한다. 일일이 간섭하거나 자존심 등을 망가뜨리지 말라. 그리고 아내는 약한 그릇이다. 깨지기 쉬우니, 상처 입을까 걱정을 해야 한다. 귀중한 보물과 같이 여겨야 한다. 이렇게 서로는 존중하고 아끼면서 살아가야 한다.

결혼 후에 부부는 서로와 자녀에게 무능한 존재가 되어야 한다. 부부사이에 서로는 상대에게 유능한 자기 몫을 내려놓아야 한다. 능력자의 입장에서 상대를 내려다보지 말아야 한다. 사랑 속에, 그리고 무능함 속에 있어야 한다. 남편이 강하면 아내가 죽어나고, 아내가 강하면 남편이 죽어난다. 부모가 강하면 자식이 죽어난다. 부모의 사랑과 무능함 속에서만 각자는 능력을 최대한 나타낼 수 있다.

예수는 무능하게 십자가에서 생명을 마쳤다. 그럼으로 십자가는 무능력함의 표식이다. 사랑은 힘을 쓰지 않기에 어리석어 보인다. 그러나 그 무능 속에 전능함이 있다. 만능의 하나님도 세상에 무능자로 오시지 않았는가!

남편, 아내, 하나님은 가정에 문제가 생길 때, 같이 그 일을 수의한다. 그것으로 소리를 맞추어 합동 연주를 하면서 인간은 가정을 꾸려 나간다. 사랑은 '인내, 기다림, 서로를 위해 기도' 하는 것이다. 사랑하는 것이란 연주를 위한 부단한 연습이다.

신이 인간에게 주신 가장 큰 축복은 '가정을 꾸미는 것' 이다. 그래서 가정이란 인간 무리들 속에서 제일 기초가 되는 공동체가 되었다. 삶에서 기본적으로 필요한 모든 것은 가정에서 이루어진다. 그리고 가정에서 일생을 마무리하면서 인간은 죽어 간다. 우리가 애써 노력하면, 생애를 바친 이곳은 아름다운 가정, 곧 천당이 된다. 지상에서 천당을 만들어서 확장하는 것이 인생의 목적이다.

부부간의 일생

두 남녀 간의 사랑을 우리는 애정이라 부른다. 그것은 그들만의 문제이다. 나 혼자가 한 사람만을 좋아하는 것이다. 남녀 두 명 사이에 애정이 있으면 그 이외의 사람에게는 공개될 수 없는 공간이 만들어 진다. 이때 제 3자가 개입한다면, 그 공간에 들어가서 애정을 훔치는 결과가 된다.

두 사람 이외의 사람과는 애정을 가질 수 없다. 내가 또 다른 이성(異性)과 동시에 애정을 쏟는 것을 안다면, 상대 두 사람은 다 같이 나와의 애정을 거부해 버린다. 나와의 사랑을 접어 넣으면서 나에게 욕을 쏟아 부을 것이다. '애정을 줄줄 흘리는 사람,' 또는 '사랑의 사자(字)도 모르는 저급한 인간'으로 매도해 버릴 것이다. 한 마디로 인간답지 못하고, 동물 수준의 인간으로 간주해 버릴 것이다.

이 애정의 제일 마지막의 목표는 자식을 갖는 것이다. 성욕이 개입한다. 사귀기 시작함에 따라 처음에는 살짝 머리를 들어 밀다가, 애정이 익어갈수록 성관계 갖기를 점점 더 바란다. 성욕은 지구를 끌고 가는 제일 기본이 되는 힘이며, 인류가 존재하는 이유이다. 사춘기의 넘치는 열정은 '나의 몸이 자식을 만들어 낼 준비가 되어 있다.'는 것을 세상에 알리는 육체의 호소이다. 이를 에로스라 하며, 이는 원초적인 본능의 소산이다.

에로스는 그를 속박시킨다. 오히려 상대는 사랑하기 때문에 자기의 자유를 포박 당하기를 마음속으로 바라고 있을지도 모른다. 대화가 진전될수록 두 사람은 오직 서로의 사이에만 존재하는, 새로운 언어를 만들어 버린다. 둘만이 서로 알아들을 수 있는 단어가 점점 많아진다. 그러나 조금이라도 마음에 틈새가 생기면, 사랑은 바깥세상으로 얼굴을 삐죽 내밀고 다른 사람을 더듬거리며 찾으려 한다.

만일 이들이 다른 곳으로 시선이 옮겨지는 것을 알아차린다면, 주위의 사람들은 두 사람의 관계에 금이 가고 있다고 눈치 차린다. 그러면 자식을 낳을 수 없다. 부부란 자식을 낳을 수 있을 정도로 가까워 져야만, 임신이 가능한 관계를 가질 수 있기 때문이다.

그러나 요즘음에는 미혼모가 불어나고 있다. 제일 큰 이유는 각자에게는 권리와 자유가 있기 때문이다. 그래서 임신하면 약물이든지 수술로 자유롭게 임신을 조절하려다가 시기를 놓친 것이다. 또는 어쩔 수 없이 출산을 하여도 복지제도로 해결할 수 있기 때문이다. 내가 청소년이었던 시절 때만 해도 임신을 결혼과 동일하게 취급하였으나, 지금의 풍속은 성교란 함께 기쁨을 표현하는 여러 방법 중의 하나에 지나지 않는 것 같다.

드디어 사랑하던 두 사람은 결혼하려고 결심을 한다. 결혼은 '내가 상대의 몸을 받아드리고, 거기서 만들어지는 생명을 나의 후손으로 하겠다.'는 것을 각오할 때, 다른 사람들의 축복을 받으면서 부모들 앞에서 맹세하는 것이다. 이로서 둘은 인생이라는 거칠게 파도치는 바다에 노를 저어 떠나려고, 무서움도 모르고 과감히 도전을 한 것이다.

처녀 총각 시절에는 세상살이를 아스팔트 위를 스피드를 즐기면서 달리는 드라이브로 여긴다. 또는 비바람이 치는 바다를 두 사람이 사랑하면서 서로 의지하여 나아가는 형상으로 생각한다. 그러나 살아가는 과정은 녹녹치 않다. 온통 자갈밭이고, 때로는 큰물이 져서 길이 끊겨 버리기도 한다. 산더미 같은 파도가 시야를 캄캄하게 하기도 한다. 그런 중에도 서로는 살아가는 방법에 대해 다투기를 계속한다. 거친 물결을 이기기 위해서는 '나는 이렇게 생각해!', 또는 '너는 그것이 틀렸어!' 라고 번갯불이 번쩍 거리는 비바람 속에서도 자기주장을 계속한다.

결혼 생활은 행복을 간간이 느낄 뿐, 수많은 갈등과 희열, 고통과 기쁨, 믿음과 의심을 양산하면서 지루하게 지속된다. 시간이 지남에 따라 삶의 어려움과 서로의 사랑이 서서히 섞여 가면서 점점 농축되어, 푸른 과일이 노랗게 변하듯 점차 생활이 익어간다. 이런 과정에는 오해와 용서가 교차된다.

그럭저럭 인생은 흘러가고 자식은 사춘기를 거쳐서 결혼한다. 그 후 자식들은 애기를 낳고, 그 손자는 점점 자란다. 분가한 자식에게서 좋지 않는 소식이 가끔 들려온다. 가슴이 철렁거리지만, 그렇지 않은 척하면서 자식의 전화를 받는다. 이런 어려움을 이기기 위해 어떤 이는 종교에 의지하기도 하고, 어떤 이는 점을 치기도 한다.

점쟁이는 이런 사람들 덕택에 밥을 먹고 산다.

결혼한 지가 벌써 42년째이다.

우리 부부에게는 처음 만났을 때 가졌던 에로스가 어느새 날아가 버렸다. 그러나 덤덤하게 살면서도 문제가 일어나면 상의할 '여보'를 찾을 때가 많다.

이제야 비로소 또 다른 사랑의 씨가 맺힌다. 시간이 갈수록 그 사랑은 인간에 대한 관심이 한 사람에서 대상의 폭이 점점 더 넓어진다. 예리한 판단은 부드러워 진다. 점차 이웃에게도 관심을 갖게 된다. 그러면서 이제 부부는 서로를 아끼게 된다.

이런 이웃 등 다수의 사람을 동시에 사랑할 줄 아는 사랑을 아가페(agape)라고 한다. 에로스에서 아가페로 변신하는 것에는 이렇게 긴 시간이 요한다. 머릿속에서 생각으로 머물 던 사랑이 가슴으로 내려와 따스하게 데운 후, 다리로 내려가서 행동으로 옮겨진다. 인류의 지도자가 될수록 그들은 사랑의 폭이 큰 어른들이었다. 석가모니나 예수는 인류를 넘어서 우주적인 사랑을 역설했다.

이렇게 '사랑을 확대하느냐, 또는 못하느냐?' 하는 것은, '그의 결혼 생활의 결과가 어떠하냐?' 하는 것에 달려 있다. 좋게 풀려 나가면 선연(善緣)이고, 나쁘게 결론이 나면 악연(惡緣)이 될 수도 있다. 조금이라도 사랑을 확대할 수 있다면, 그는 성공적인 결혼을 한 것이다. 능력에 따라서는 많은 확대도 가능하다.

에로스에서 아가페로 가는 과정은 이렇게도 어렵다. 이것은 부단한 삶의 경험과 노력에서 얻어진다. 성공적인 에로스는 아가페의 길로 들어서게 만든다.

부부로 살아가기

    부부 생활은 결혼 전에 사랑으로 마주 보던 눈길을 희망이 있는 미래를 향해 나란히 바라보면서 시작한다. 처음에는 넘쳐흐르는 사랑으로 아기자기하지만, 주택을 장만하고 자식과 가족을 이루는 과정 등의 일상적인 일과로 피로는 겹겹이 쌓인다. 삶의 고통과 사랑은 점차 혼잡하게 뒤섞이면서 무덤덤한 타협의 길로 들어간다.

    서로 이상적이라고 생각해서 맺은 부부의 사랑은 점차 그 값어치가 줄어들다가 언제부터인가 그 단어의 존재마저 잊어버린다. 단지 늘 하던 행위를 반복하면서 풍랑이 이는 인생의 험한 바다를 노 저어 간다. 자녀의 입학 실패, 질병, 가족의 사망, 뜻밖의 사고, 외도, 다른 사람과의 송사, 사업의 실패 등은 높은 파도에 해당된다.

    결혼 생활은 한밤중에 비포장도로를 달리는 것에도 비견할 수 있다. 어두움 속에서 위험한 길을 덜컹거리면서 달려 나간다. 이렇게 살아가는 동안 점차 부부 두 사람의 생각은 타협 쪽으로 흐르고, 서로는 맡은 일만을 열심히 해 나간다. 어깨에 힘이 빠진 남편은 오늘 따라 집에 와서 누워버린다. 사회생활에 위축되어 있지만, 그러나 드물게는 성취감을 갖기도 한다. 이때는 서로의 얼굴에 웃음을 잠깐 띨 수도 있다.

　나의 세대의 늙어버린 남자들은 살림을 여물게 살고, 아이를 잘 키우는 등의 현모양처를 이상형으로 보았다. 자녀의 뒷바라지에 겨를이 없으면서도 조그만 월급을 아껴 시장을 다녀오는 모습이나 빨래하는 것을 보면, 안쓰러운 마음은 자기의 무능력함 때문이라고 생각하기도 했다. 그러나 지금은 부부 모두가 월급을 받을 수 있고, 자동 청소기와 세탁기가 있어서 조금 바뀐 세상이 되었다. 남편이 더러는 밥을 짓는 것도 보았다.

　생활에서 남자들은 무엇인가 일을 완수해 내었을 때, 부인에게 위신을 세울 수 있어서 뿌듯함을 갖는다. 그러나 남자는 스트레스를 받는 상황이 되면 일반적으로 부인에게 도움을 요청하지 않고, 자기만의 세계로 들어가서 고민하거나, 운동 등 다른 곳으로 시선을 옮긴다. 실제 도움이 되는 해결책을 혼자서 모색할 뿐이다.

　근래에 부부들은 과거보다 더 매사에 서로가 논의하기를 바란다. 여권의 신장으로 곳곳에 부인의 관여가 가능해 졌다. 부인은 부부 둘이서 같이 관심 있는 분야에 대해 이야기를 나누기를 바라고, 자기에게 무엇을 묻거나 도움을 요청받는 것을 기쁘게 생각한다. 그래서 자기의 말대로 사업을 수행하여 좋은 결론이 만들어 질 때, 기쁨과 사랑, 그리고 성취감을 느낀다. 부인은 자기의 의사가 거절을 당하거나, 의견 청취 없이 홀로 남겨지는 것을 좋지 않게 생각한다.

　이들 부부는 자신의 잠재 능력을 실현하기 위해 적극적, 자발적으로 노력하지만, 그러나 그들은 상대에게 용기를 북돋우기 위해 독려하거나 긍정적으로 응답하는 것에는 소극적이다. 그리고 살아갈 때 필요하다고 여기는 정확한 비판 등은 더 큰 문제를 만들까봐 피하려 한다. 그러면 하고 싶은 말을 다 말하지 못한다. 그래서 둘 사이에는 인생을 보는 시각의 차이로 심란한 마음이 점차 커져서, 늘 팽팽한 긴장관계 속에 있는 경우가 많다.

추진하는 일에 대해 때로는 적당히 타협할 수도 있으나, 관점의 차이 때문에 대체로 논쟁으로 가 버리는 경우도 많다. 서로 자기가 제일 맞다고 생각하기 때문이다. 생활은 평탄하지 않기에 부부싸움은 피하기 어렵다. 다툼이 장기간 지속되면 그만 앙금이 생겨서, 불행으로 가는 입구가 될 수 있다.

이때 중요한 것은 상대의 생각은 내 마음과는 다른 사람이므로 '상대방 말의 뜻을 어느 정도 생각해 보았느냐?' 하는 것이 중요하다. 대화란 '두 사람 생각 사이의 차이나 거리'를 줄이려는 협상으로서, 결과에 따라 가까워지느냐 점차 멀어져 버리느냐의 기준점이 된다.

부부싸움에서는 이긴다고 모두가 이긴 것이 아니다. 가끔 승리를 하더라도 더 큰 손실을 가져 올 수도 있다. 지는 것이 이기는 수도 있다. 나의 생각을 강요하면, 그도 같은 양으로 되돌려 받는 경우가 많다. 상대의 의견을 따르다가 손해를 보았다고 생각되면 상대에게 파괴적인 반응을 보인다. 그래서 그 싸움의 원인을 상대 탓으로 돌려버린다.

격렬한 반응을 보이거나 거부가 누적되면 어떨 때는 상대가 참지 못해 아예 실행을 하지 않거나, 관계를 정리해 없애버릴 수도 있다. 그러므로 상대에게도 일을 수행함에 있어서, 같은 정도의 참여할 여지를 줄 필요가 있다. 이때의 여지는 충격 흡수기 같아서, 상대에게 여유를 주기 때문이다.

부부가 비난할 때는 서로의 성격이나 경향을 잘 알기 때문에, 비난의 내용이 놀라울 정도로 정확히 맞아들 때가 많다. 비난할 때 둘은 마음속에 숨겨 두었던, 서로에 대해 말하고 싶은 내용(바른 말)을 이야기 한다. 때로는 그들이 하는 말 속에는 자신이 하기 불가능한 일을 상대가 해 주기를 은근히 바라는 것도 더러 있다.

상대가 하는 말에 책임감이 없이 입술 가볍게 말한다고 느끼면, 무시당한다고 생각한다. 그 감정을 강하게 느끼면, 그럴수록 더 크게 아픔을 느껴서 그만 상처를 받는다. 요구를 정면으로 거절당하면 환멸을 느끼면서 절망한다. 사랑 없는 텅 빈 상태, 즉 허무와 허탈을 느끼고, 이때 그들은 화난 감정이 뒤섞인 비난을 쏟아놓게 된다. 이 상태에서는 싸울 수밖에 다른 방도가 없다. 그런 중에도 그들의 속마음은 서로를 실망시키고 싶지 않고, 건설적인 해답이 나오기를 기대하는 면도 있다.

서로 다투는 중에 상대의 비난을 받아드리는 것은 속마음이야 그를 인정하지 않더라도, 외양으로는 그가 옳았다는 것을 묵인해 버리는 것 같기 때문에, 그러면 비중이 상대에게 기울려 져서 균형에 문제가 생긴다고 생각한다. 살아가는데 도움이 될 긍정적인 비난을 받아도 참기는 역시 힘들다. 나도 인간인데! 때로는 "내사 당신이 이야기한 바로 그 정도의 낮은 수준이야!"라고 함으로서 자기를 정당화 시켜 버릴 수도 있다.

그들의 비난은 그 사람의 입장에서는 맞는 말이다. 그러면 둘 다 맞는 말을 하고 있다. 둘은 비난하지만, 서로 바른 말을 하고 있다. 잘못을 지적할 때 서로가 비난하는 것을 그때그때 고쳐 나가면, 부부는 결점이 없는 훌륭한 성인(聖人)이 될지도 모른다. 이는 '당신이 보지 못하는 당신의 내면을 나는 보고 있다.'는 것이다. 당신의 견해에 모자란 점을 보충하는 효과가 있음을 말하는 것이다. 당신의 말은 틀린 것이 아니란 말이다.

이런 것은 변증법으로 설명할 수 있다. 프랑스 시인 꼴라르도는 '의견이 충돌하는 곳에서 진실이 나타난다.'고 했다. 미하엘 묄러는 '진실은 둘로 시작한다.'라는 제목의 책에서 '한 사람은 늘 그르다. 그러나 둘로부터 진실은 시작된다.'고 하였다.

부부의 비판은 터무니없는 내용이 아니다. 개인적인 발전을 자극하거나 더 좋은 방향으로 유도하는 역할을 할 수 있다. 그러나 비난과 상대의 합리화, 반격…… 이런 공격과 반격을 반복하다 보면, 드디어 파괴적인 말들이 오갈 수 있다. 부부 간의 전쟁은 점점 치열하게 변할 수 있다.

서로 의견 차이를 인정하여 조정하는 부부는 서로가 서로에게 좋은 비판자이자, 가장 인애(仁愛)하는 관계이다. 그래서 조정력을 잘만 키우면, 건전하고 모범적인 부부로 탄생될 수 있다. 그러나 그 과정은 쉽지 않다.

부부에게 이별은 나이나 환경과는 관계없이 찾아올 수 있다. 그것을 맞이할 준비도 되어 있지 않고 피하려하는데도, 어떻게 알았는지 불청객 같이 찾아온다.

부부는 언젠가 영원 속으로 떠나는 이별을 해야 한다. 그래서 부부는 애틋한 마음으로 상대의 의견을 생각해 보면서, 매일 헤어짐을 준비하듯 살아야 한다.

사랑, 방해 요소들

    과거 우리나라에서는 16세가 되면 2, 8청춘이라 하였고, 이때 이후 사랑하고 싶어서 가슴이 터지도록 들끓는 마음을 '상사병(相思病)'이라고 불렀다. 이때의 젊은이 몸속은 뜨거워 져서 '사랑에 불이 붙었다'고 하고, 일반인들은 그들의 사랑을 불안하게 여겨서 '사랑의 불장난'이라고 표현했다.

    약 35년 전, 내가 해병대 군의관으로 근무 시절, 각 대대별 20명이 완전 무장을 하여 10km단체 달리기 경기가 있었다. 누구라도 낙오하면 들거나 업거나 해서, 모두가 골인해야만 완주를 인정해 주었다. 8km지점은 사단 본부 앞인데 여직원 몇 사람이 나와서 격려박수를 치고 있었다. 대원들은 거의 녹초가 다 되어서 헐떡거리면서 겨우겨우 움직여 가다가, 사단에 근무하는 여직원들의 격려박수를 받자마자, 힘을 불끈 내어 달리기를 끝마치는 것을 보았다. 여자란 '남자의 힘의 원천이구나.'를 절감했다.

    이와 같이 젊은 시절이란 상대자가 그냥 옆에 있어 주기만 해도 가슴이 벅차고, 온갖 정열을 한 곳으로 부어 넣고 싶은 시기이다. 그러나 대부분의 사랑은 결혼으로 골인하지 못하고, 중도에 여러 가지 이유로 헤어지게 된다. 결혼 전에 헤어지는 몇 가지 이유를 적어 본다.

주되는 큰 이유는 서로의 이해 부족으로 일어나는 고뇌(수심)다. 이해는 모든 것을 녹여 버릴 수 있지만, 이해 부족은 전부를 녹이지 못하고 찌꺼기가 생겨서 이것이 갈등을 일으키게 하기 때문이다.

어린이는 프리즘이 형성되기 전이어서 고정관념이 없다. 그러나 사람들은 각자가 자기들이 살아가면서 관념을 만든다. 그는 이렇게 만들어진 사고(思考)의 프리즘을 통하여 세상을 본다. 그래서 각자의 프리즘은 시야에 차이를 만들고, 이것이 자라면서 선입관이 형성되어 의사소통에 지장을 준다.

하나의 사실을 두고, 나는 이렇게 생각하나, 상대는 저렇게 생각할 수 있다. 각자는 자기 나름대로의 관념의 프리즘을 만들어서, 그에 따른 판단에 따라 생각의 차이를 보일 수 있다. 이런 관점의 차이는 남성이나 여성 등에 관계가 없이 누구에게나 있을 수 있다. 특히 사랑하는 남녀 사이에 갈등이 있을 때에는 마음에 파도가 생기기 시작한다.

전체로 보아 세상은 모든 것이 조화된 상태로, 안정되게 구성되어 있다. 그러나 세상을 보는 관점의 차이로 생각의 균형이 깨어 질 때, 젊은이들은 심적 고통을 느끼고, 이것이 서로에게 영향을 준다. 그래서 이들은 세상에 대한 가치관의 방향, 크기, 전망 등에 대한 공통성, 그리고 사고의 깊이 등에서 균형점을 찾아보려는 노력이 필요하다.

청춘에는 사랑하면 할수록 요구하는 것이 점점 많아지고, 좀더 엄격한 조건을 제시하면서 상대를 자기 나름대로의 잣대로 견주어 본다. 그래서 사고의 차이가 있을 때, 그 사람의 자유의 폭을 인정하면서도, 점차 자기의 기준을 받아드리도록 강요하게 된다. 사랑함에 있어서 이렇게 에고가 있는 자기중심적 사고방식으로 인해 남녀 사이에는 정신적으로 혼란이 일어난다.

그 다음은 자기가 다른 사람에 비해 우등하다거나, 열등하다는 느낌이다. 특히 살아가면서 만들어지는 자기 스스로에 대한 콤플렉스는 마음을 억눌러서 저항심을 갖게 만든다. 그 사람을 나만의 사람으로 만들고 싶으나, 다른 여러 조건에 차이가 있어서 갈등을 느낀다. 그 내용으로 자기가 열등하여 포기를 생각게 하게 될 때, 우리는 그것을 질투심이라 부른다. 이때는 상대를 용납하지 못하여 비난하고 싶은 마음이 생긴다. 이런 비난은 점점 더 상대를 미워하게 만든다.

청춘 시절에는 결혼 상대 정도의 이성을 만나면, 목이 바짝 타 들어가던 '사랑의 갈증'이 해소되고, 결혼하여 자식을 낳을 것을 은근히 머릿속에 그려보게 된다. 그러나 사랑이 번번이 자기를 떠날 때는 혹시 나에게 큰 문제가 있지나 않는지를 반성해 보는 것도 도움이 된다.

인간의 마음은 불교 경전의 수많은 내용으로도 모두 표현할 수 없을 정도로 다양하다. 다양성을 가진 인간끼리의 만남은 너무 복잡하게 얽혀 있어서, 합일점을 찾아내기는 매우 어렵다. 그러면서도 모두는 사랑하고, 또 사랑받고 싶어 한다.

사랑도 애써 서로가 노력해야 이해의 공동범위를 넓힐 수 있다. 그 노력에는 자기의 몫을 양보하는 정신이 필요하다. 앞에서 언급한 것과 같은 여러 불리한 여건에서도 두 사람이 합치되는 부분을 찾기 위해 노력을 기울려야만, 공통분모를 찾을 수 있다.

모두는 끝없이 살 것처럼 '영원히 사랑하리……' 라고 고백한다. 아직까지 사랑 때문에 죽는 자를 거의 보지 못했는데도, '죽도록 사랑한다' 고 목청껏 노래를 부른다. 이는 그만큼 사랑이 갈급, 절박함을 나타내는 것이다.

사랑 중에 애정의 위치

사랑은 밝고 좋은 것이라고 알고 있지만, 인간의 잡다한 감정이 뒤섞여 버리면 어둡고 좋지 않는 사랑으로 변해 버린다. 모든 색의 총합은 검은 색이다. 보기 좋은 그림은 밝은 색깔로만 그릴 수 없다. 다양한 색이 필요하다. 그림자를 넣거나 거리감을 나타낼 때는 흑색, 갈색 등 칙칙한 색깔도 필요하다. 아마도 하나님은 완벽한 그림을 위하여 어두운 색깔도 우주에 넣어둔 모양이다.

또 먼 산을 바라보면 그냥 민둥하게 푸르지만, 가까이 가 보면 여러 가지 색색의 나무와 풀들이 어울려 있다. 똑 같은 원리로, 단순하게 보이는 인간의 마음에도 희로애락 등 여러 가지가 섞여 있다. 그중의 한 가지인 사랑도 단순해 보이지만, 여러 종류와 계층이 있다.

남녀 사랑의 시작은 애정에서 출발한다. 이를 잘 이끌도록 두 사람은 공동으로 노력해야 한다. 일반 사람들의 세계에서는 여러 가지 사랑 중에서 애정을 주로 갈구한다. 애정이란 남녀 서로가 만나서 기쁘고 대화하여 즐거우며, 깊은 이해와 따스하게 눈매를 나누는 수준이다. 더욱 깊어지면 육체의 선을 넘을 수도 있다.

사람들은 애정(eros) 수준의 사랑을 많이 생각하기 때문에, 그보다 더 진정한 사랑(agape)을 잊어버리고 있다. 애정 수준의 사랑은 비극적인 결말을 흔히 본다. 애정에서는 일방적인 관계로는 그것은 이루어 질 수 없다. 왜냐면 밀려 왔다 빠져 나가는 파도처럼 그것은 주고받기의 양면성이 있어서, 주는 만큼 받아야 하는 관계이기 때문이다.

애정은 본능적이지만, 완벽하지 못한 인간 정신의 산물이다. 그것에는 쌍방 둘 다 '사랑의 능력'을 필요로 한다. 애정을 줄 수 있는 사람의 수준에 따라, 그만한 수준의 애정을 받을 수 있다.

애정이라는 최면에 걸린 사람은 상대에게 사랑을 달콤한 말만으로 표현한다. 마음의 밑바닥에서 볼 때, 그들의 관계는 사랑이 아니라 욕망에 바탕을 두고 있다. 진실한 사랑은 욕망이나 자기중심에서 출발하지 않는다. 그러나 애정은 다소간 자제를 하지만, 욕망이 이끄는 대로 끝없이 만족을 추구하면서 산천을 헤맨다. 그런데 이것은 일반적으로 인간이 원하는 형태이다. 그것이 거부되거나 실패를 맛볼 때, 사랑은 곧 분노로 바뀌어 버리기도 한다.

애정만으로는 생각만큼 행복하지 않다. 인간은 가면을 벗기면 불행의 씨앗 등이 드러나지만, 타인에게는 그것을 감추고 자기의 애정을 납득시키려고 합리화하여 설명에 열중한다. 그들은 자기의 마음은 그대로 둔 채 그 외양을 꾸미면서, 부족한 점을 애써 외면하면서 성공과 즐거움을 계속 추구한다.

또한 추구하는 과정에서 여의치 않으면, 실망이나 질투하는 마음을 갖기도 한다. 실망은 정성을 들인 만큼의 수확이 없을 때, 그리고 질투심은 상대가 나의 사랑에 반응을 적게 하거나, 다른 이에게 관심을 갖고 있다고 생각할 때 가능하다.

그러나 파트너도 세상살이에서 똑같이 남모르는 고통 중에 있다. 이것을 이해하면 그때는 상대자에 대해 갖고 있던 심란한 마음을 버리고, 좀 더 상대의 마음을 이해하게 된다. 상대자의 숨겨진 고뇌를 발견하면, 우리는 좀 더 다정하게 행동할 것이다.

진정한 사랑(agape)은 깨어 있는 상태로 있다.

이는 인간의 본질에 속하며 영적인 사랑도 여기에 속한다. 이 사랑을 갖기 위해서는 우리가 자신이 갖고 있는 마음속의 한계를 부수는 노력이 필요하다. 그래서 실상을 그대로 볼 수 있는 경지에까지 나아가야 비로소 진정한 면을 볼 수 있다.

진정한 사랑은 제한된 인간의 마음을 뛰어넘는 곳에서, 있는 그대로의 모습을 보여준다. 이 사랑을 이렇게, 저렇게 되기를 바라는 것은 앞산과 뒷산의 위치를 바꾸기 위해 그림을 그려서 그것을 서로 반대편에 두는 것과 같다. 어리석은 짓이다. 우리는 사랑을 있는 위치에 그대로 두어야 한다.

사랑에 대해 생각하는 것만 가지고, 사람들은 사랑을 모두 안다고 생각한다. 아니다. 애정은 본능이 관여하는 수준이다. 그래서 이해 등을 위한 장기간의 끈질긴 노력이 있어야만, 비로소 하위의 수준에서부터 진정한 사랑(agape)의 위치로 끌어 올릴 수 있다. 부부생활이란 에로스에서 아가페로 진행하는 과정이다.

또 간혹 애정을 주고받는 도중에, 사랑하는 사람을 잃는 것은 충격임에 틀림없다. 공허를 느낀다. 또 이혼이나 연인이 떠날 때, 상처받는 사람은 빈 공간을 매워줄 대체 인물을 찾고 싶어 하는 충동을 갖는다. 왜냐면 그들은 홀로 있으면 두렵고, 아무도 그를 원하는 사람이 없다고 불안하게 생각하기 때문이다. 사랑을 대체할 만한 좋은 인물은 불행히도 없다.

인간관계에는 사랑뿐만 아니라 고통, 스트레스, 불안 등이 곳곳에 질펀하게 깔려 있다. 이것들은 다른 사람이 나에게 해 주기를 원하는 것이거나, 내가 그에게 요구하는 것에 대한 느낌이다. 이런 것에 조바심을 갖음으로서, 사랑을 갈구하는 당사자는 고통을 증폭시킨다. 이때 에로스가 아가페로 변해가면 갈수록, 기타의 생각들도 그 바뀌는 정도에 따라 정리되어나간다.

세상에서 당신이 가장 크게 원하는 분야는 애정과 재물 그리고 성취에 대한 것이다. 사람들은 이것들이 실현되지 않을까봐 조바심하면서 걱정한다. 그러나 포기해 버리면 불안은 사라지지만, 이것들은 쉽게 포기되어지지 않는다. 욕망이 이끄는 대로 마음속을 돌아다니려 한다.

진실 된 최고위의 사랑은 영적 수준(agape)이다. 이 정도의 사랑은 스스로 만족하면서, 헤매거나 흔들리지 않고 자기의 위치에서 조용히 머무를 수 있다. 이 수준에 이르면 상대가 나를 어느 정도 이해하고 있는가를 자연히 알 수 있다. 그는 다른 사람으로부터 분노와 비난을 받는 것을 두려워 않는다. 왜냐하면 사랑이 이해이고, 이해가 곧 사랑이기 때문이다.

인생에서 결혼

한자(漢字)로 사람 인(人)자는 두 나뭇가지가 넘어지지 않게 서로 받쳐주고 있는 형상이다. 이것은 세상살이란 다른 사람과 서로 넘어지지 않게 도우면서 살아가야 한다는 것을 말해 준다. 세상에 돈이 없어 못하는 일은 그리 많지 않지만, 넘어지지 않게 버티어 줄 사람이 없으면 아무 것도 할 수 없다. 인생은 혼자가 아닌 함께 걸어가는 길이다. 사람의 소중함을 알기에, 오늘도 우리는 나누고 베풀며 함께 살아가고자 노력해야한다.

좋은 사람을 옆에 두어서 물질적, 정신적으로 여러 도움을 받는 것을 인복(人福)이라 한다. 인복은 내가 다른 사람에게 제공하는 정성에 따라 많거나 적을 뿐, 타고나는 것이 아니다. 인복이 없다는 것은 마음에 여유가 없어서, 남에게 베풀지 못해서 만들어진 것이다. 인복은 내가 베푼 만큼 받을 수 없는 경우가 많다. 기대한 것보다 적은 경우가 훨씬 많아도, 섭섭한 마음을 갖지 말아야 한다.

인복에서 제일 중요한 결혼이다.

이것은 이성(異姓)을 발견하여 같이 살아가려는 생애를 건 약속을 하는 것이다. 다른 환경에서 자랐으므로 생활과 사고방식의 차이, 즉 성격의 차이는 당연하다. 이것을 극복해야 한다.

결혼은 타협이나 흥정하는 것이 아니다. 결혼은 사랑하는 남녀사이에 맺는, 일생을 거는 약속이다. 그래서 처음 만났을 때 사랑보다 먼저 생각해야할 것은, '내가 이 사람을 얼마나 존중하고 믿을 수가 있을까?' 라는 문제이다.

사랑은 격한 감정의 흐름이기 때문에, 흐름이 변하는 것은 당연하다. 여러 방향으로 변할 수 있다. 시간이 흐르고 생활의 복잡함을 헤쳐 나가다 보면 사랑은 식어지기 마련이다. 식고나면 후회가 밀려올 수도 있다. 그럼에도 불구하고 처음부터 이해의 마음을 가지고 살아가도록 하는 힘은 서로에 대한 존중과 믿음, 함께 나누어 가질 수 있는 인생의 목표, 그리고 서로 지지하고 인정할 수 있는 가치관 등에 있다.

두 사람이 비슷한 환경에서 자랐을 때에는, 가장 생각을 잘 조화시킬 수 있다. 그러나 보통은 부모가 다르고 환경이 다르기 때문에 서로를 완벽히 이해할 수 없어서, 나를 조금밖에 이해해 주지 않으니 섭섭할 때도 있다. 그래서 결혼생활에는 소통하는 방법을 아는 것이 중요하다. 살아가는 과정에는 학문이나 덕을 수행 할 때 쓰는 말인 절차탁마(切磋琢磨), 서로 톱으로 자르고, 줄로 쓸고, 끌로 쪼고, 숫돌에 가듯이 하면서 맞추어 나가야 한다. 서로 완벽하지 않는 두 사람이 만나서 수많은 시행착오를 겪으며 살아가는 동안, 모난 곳을 서로 다듬어 주는 것이 습관화 되어야 한다.

사랑하는 사람과 함께 살아갈 시간은 영원하지 않다. 많은 부부는 서로에 대한 불만을 자주 이야기한다. 또 정작 서로에 대한 사랑, 만족감, 칭찬을 표현하는 것을 쑥스럽고 어렵게 생각한다. 그러나 그 두 사람의 대화를 나눌 시간은 한계가 있다. 좋은 시간은 화살처럼 지나가 버리고, 헤어짐의 시간은 느닷없이, 그리고 반드시 온다.

　상대자가 세상을 떠나고 나면 상실감은 말로 다 표현 못할 정도로 크다. 혼자 있어보면 홀로 남겨진 외로움이란 어깨를 펴지 못할 정도로 큰 것이라는 것을 절감한다. 텅 빈 공황 상태에 들어간다. 살고 죽는 것은 하나님이 정한 섭리이지, 인간이 어떻게 할 수 있는 일은 아니다. 그래서 사랑하는 사람에게는 아무 것도 바라지 않는 게 좋다. 그 사람과 함께 있는 시간에 최선을 다하고, 그 기억을 소중히 가질 수 있으면 족하다.

　산다는 것은 힘이 드는 시간의 연속이다.
　이런 힘든 시간을 견디어 낼 수 있으려면 눈앞에 보이는 현실은 물론이고, 좀 더 먼 희망의 미래까지 내다 볼 수 있어야 한다. 내가 노력하면 노력한 만큼, 세상을 더 넓게 볼 수 있다. 열심히 일하려는 것은 '이렇게 일을 하면, 언젠가는 행복하게 되리라.' 는 것을 느낄 수 있다고 생각하기 때문이다. 그래서 지금 내가 하는 일은, '언젠가는 해야만 할 일'을 현재 내가 하고 있다고 생각한다.

　종교는 인간이 험한 세상을 살아가는데 있어 마음에 위안으로 안정을 주고, 결정적인 순간에 멀리 비치는 등댓불이 되어 헤매지 않도록 도와준다. 종교란 인간들에게 결국 베풀고 양보하고 사랑하라는 것을 가르쳐 준다.

　다른 종교를 믿는 사람과 결혼을 하는 것을 가끔 볼 수 있다. 일단 결혼하면 서로 믿는 종교가 틀리더라도 이해하면서 살아야 한다. 가장 많이 베풀고 양보하고 사랑해야 할 가족 간에 종교의 차이는 넘어설 수 있다. 그러나 그 차이를 극복하려면, 남달리 많은 각오를 해야 한다. 언젠가는 한 곳으로 모아야 할 것이다.

인생의 동행자

청송군 시골에서 초등학교에 다닐 때, 내 고향은 학교에서 16km 떨어진 안동시의 첩첩 골짝에 있었다. 방학 때 고향에 갈 때는 걸어다녔다. 워낙 시골이어서 버스도 다니지 않았다. 6학년 때는 비포장도로를 트럭을 타고 영천 은해사로 수학여행을 갔다. 영천시에 대해서는 이야기만 들었기에 은혜사 여행에 많은 관심을 가지고 있었다. 이때까지 나는 학교가 있는 마을에서 고향집이 있는 곳만을 다녀보았기 때문이었다.

방학 때는 골짝의 고향 집에 가서 한 달 이상 외롭게 지냈다. 밤에는 호롱불 밑에서 라디오도 없이 지냈다. 긴긴 밤을 거의 누워서 지냈다. 밤에 보이는 것이라곤 둥근달이 떠 있는 것뿐이었다. 낮에 들리는 소리라고는 간혹 새가 까악까악 울고, 계곡에 물이 떨어지는 소리, 또는 나무가 바람에 흔들리는 쏴쏴거림 뿐이었다.

겨울에는 문풍지가 추위에 떨던 으스스한 밤을, 여름 낮에는 매미소리에, 밤엔 모기떼에 시달리면서 친구 없이 혼자 어두운 방에 있으면, 학교의 친구들이 매우 그리웠다. 산골의 집 몇 채만 있는 곳이기에, 보고 싶은 친구들이 꿈에 종종 나타났다.

간혹 우우 소리 내는 짐승들의 울음소리가 멀리서 들리기도 했다. 변소는 방에서 마당을 지나 10m 정도 떨어진 곳에 있었다. 밤에 변소에 가고 싶으면, 무서워서 할머니와 같이 변소에 갔다. 밤이나 새벽에는 가끔 새들이 우는 소리가 잠을 깨운다.

집에는 뒷담이 없다. 집채에서 2m 되는 거리에서 대나무 밭이 시작되고, 그곳이 곧 뒷산이 시작되는 오르막이었다. 바로 소나무와 대나무가 우거진 산 밑에 있는 집이었다.

그 후, 중학교, 고등학교, 그리고 대학생 시절에도 부모보다는 친구들이 주로 대화의 상대였다. 이때의 친구들은 앞에서 나를 이끌어 주거나 뒤에서 밀어주지 않고 옆에서 같이 헤쳐 나가는 동반자, 한 몸같이 되는 사람들이었다.

그 후, 성인이 되어서 결혼을 하고 난 후에는 부모를 떠나 살면서 부부가 동행자로 되었다. 친구 간에는 말 못할 내용도 있었지만, 부부간에는 모든 것을 서로가 알게 되었다. 드물게는 나의 생각과 맞아떨어졌지만, 대부분은 부부사이에 의견의 차이가 드러났다. 이런 과정에서 생각을 맞추다보니 벌써 노인으로 진입하게 되었다.

현실에서 구하기 힘든 이상형의 사람을 우리는 좋은 동행자로 생각할 수 있다. 그러나 동행자는 평범하고도 일반적인 사람 중에서 만나게 된다. 이상형(理想型)인 사람이란 사전에만 있다. 동행자란 어느 시인의 시(詩)에서처럼 절망하거나 화나거나 우울한 생활에서, 기쁘고도 좋은 미래를 위해 현재를 이겨 나가는 일에 함께하는 사람을 말한다.

좋은 동행자란 자기가 좋아하는 삶의 스타일대로만 살려고 하지 않고, 경우에 따라서는 상대방의 원하는 것 때문에 자신이 원하는 것을 포기할 줄도 아는 사람이다. 이런 것에서 저항을 일으킨다면, 그것은 바로 자기중심적인 생각 때문이다.

인간은 계속 성장해 간다. 키 크는 것은 멈추었지만, 정신적인 성장은 죽을 때까지 지속되는 것 같다. 복잡한 사회생활은 나를 지치게 했지만, 그래도 나에게 '인생이란 무엇인가?'에 대해 생각하게 만드는 장소는 가정이었다.

성인이 된 후 이런 각박한 세상일에 대해 상념에 빠질 때에는 부부간 이외에도 친구와 앉아서 대화를 하면 마음을 풀 수 있어서 서로에게 위로가 되었다. 특히 과거에 사농공상(士農工商) 등 직업의 다양성이 적을 때에는, 친구나 다른 상대자와는 생각의 방향이 비슷해서 이해하기 쉬웠고, 또 친구들의 도움은 큰 역할을 했다. 그러나 근래에는 사람들이 가져야 할 지식이 세분화되어 넘쳐나고, 살아가는 방법에도 천차만별이다. 그래서 서로는 이해의 폭을 키울 수 없어서, 서로에게 적당하고 확실한 위로나 격려, 나아갈 방향 등을 말하기가 어려워졌다.

몇몇 친구의 격려를 받거나 방향 설정에 자문을 받으면서 살다보니, 나이는 점차 늘어나게 되었다. 다행히도 지금까지는 그런대로 부부나 친구와 대화를 하면서 세월의 흐름과 함께 늘어나는 정보량을 잘 소화시켜 왔다.

그러나 지금과 같은 이런 시대의 젊은이들끼리는 인생의 동반자가 되기에는 진실한 대화가 적은 것 같다. 친구들과는 '단순한 위로' 정도만 가능한 것 같다. 거대한 세계가 조그마한 지구촌이 된 오늘날은 인생을 동행할 정도의 절친한 친구, 그리움의 대상이 되는 친구는 만들어지기가 어려운 것 같다.

우리 인생이란 생을 마감하는 날까지 매일 누군가와 함께, 때로는 따뜻함을 더하고 때로는 괴로움을 나누고 격려하면서 살아가야 한다. 그들은 생활 중에 기쁠 때도 있지만, 때로는 갈등으로 다투기도 한다. 때로는 홀로 거닐면서, 깊은 생각에 잠기기도 한다. 그러나 혼자의 길은 외로워서 누군가와 같이 가기를 원한다. 이런 면으로 볼 때, 제일 긴 시간을 동행하는 자는 어떻든 부부사이이다.

자전거를 배울 때는 넘어진다. 왼쪽으로 넘어지려고 기울면, 왼쪽으로 방향을 틀면 안 넘어진다. 넘어지는 쪽으로 기울려라. 외로우면, 외로운 곳으로 인생의 방향을 틀어서 적극적으로 대처한다면 그것을 최소화 할 수 있다.

시간이 지남에 따라 사람은 늙어지고 육체의 힘이 줄어든다. 점차 접하는 사람 수도 적어지고, 동행자 대신 지팡이에 의지하여 인생을 헤쳐 나가야 한다. 이제는 나의 모든 것을 맡길 곳은 하나님밖에 없다. 그가 동행자가 된다. 장수할수록 종교의 역할은 커지게 된다.

살면서는 계속 행복하기를 원하지만, 세상은 연속적으로 우리를 속이고 있다. 그러나 인간은 행복에 대한 바램을 접지 않는다. 마음은 미래의 희망을 갈구한다. 그래서 현재는 우울하고 서러운 날이 계속되지만, 이것은 시간이 지나면 다시 그리움의 대상으로 변화됨으로 시인 푸쉬킨은 '삶이 그대를 속일지라도 슬퍼하지 말라' 고 우리를 위로했다.

　매일 살면서 행복함에 대해 속임을 당하는 현실에서도 동행자는 위로를 주고, 슬플 때는 등을 토닥여 준다. 어느 교수는 사별이 아닌데도 동행자가 없는 인생을 '미완의 삶'이라고 했다. 비록 그가 세속적으로는 성공했을지 몰라도, 실제로는 완성하지 못한 인생이라고 했다.

　동행자와는 서로 공감 일치를 위해 애를 쓴다고 해도, 대부분의 세상사에서는 공감해내기가 어렵다. 오히려 성취하지 못할 때가 부지기수다. 이루어 내지 못해도 좋다. 노력한 것만으로도 위안을 받을 수 있다. 삶은 노력하는 과정이기에!

사랑의 반대말

젊었을 때는 물론이고 늦은 나이에 생각을 해봐도 사랑은 인간의 본능이자, 기본 욕구라는 생각에는 변함이 없다. 사랑은 주고받는 것이다. 그러나 이것이 어려워서 분출시키지 않고 쌓여 있다면 드디어 폭발적으로 나타나게 되는데, 이것은 병적 형태의 표현 방법이다.

학생 시절에 나의 반 학생들 사이에는 외톨이가 한 사람 있었다. 의사소통에 상당한 문제가 있어서, 그는 오랫동안 가까운 친구가 없었다. 어느 날부터인가 그는 우리 반의 다른 학생들과 자주 싸우기 시작했다. 나는 이런 현상은 주위에 있던 사람들이 사랑을 주지 않아서 일어났기 때문에 일어났다고 생각했다. 사랑을 부족하게 받았음으로 주변의 인물들도 그 원인에서 자유스럽지 못하다고 생각했다.

인간은 밥을 먹으면서 살아가고 있다고 생각한다. 그러나 더 근본을 생각해 보면, 사랑은 에너지의 근원이기 때문에 인간은 사랑을 먹고 산다고 할 수 있다. 그래서 종교에서도 사랑(자비)을 생명과 같이 여긴다. 생명의 근본은 밥이 아니고 사랑이다.

　사랑이 마음속에서 불타오를 때, 그 에너지는 지구와 우주를 뒤덮을 것 같은 기세이다. 사랑할 때 속으로는 이글이글 타지만, 그러나 밖으로 표출되는 표정은 온화, 그윽함, 자비로운 얼굴이다. 그래서 사랑하면서 살아가면 얼굴에 아름다움이 넘쳐흐른다. 사람들은 그 따뜻하고 아름다운 얼굴의 사람을 흠모하면서 사랑의 필요성을 절감하게 된다.

　사랑은 쉽게 발견할 수 있다. 그것은 우리의 아름다운 경험 속에, 우리의 평범한 일상의 삶 속에, 그리고 처절하게 지나가는 위기 속에, 때로는 슬픔이 분출하는 비극 속에도 있다. 사랑이란 인간의 마음에 내재되어 있는 가장 순수한 재료로서, 삶에 깊은 의미를 불어넣어 준다. 사랑은 촉감이 가능하고(피부로 느낄 수 있고) 살아 움직이며, 주위의 공기 속에도 스며있기 때문에 산소와 함께 우리 몸으로 들어와, 몸속 구석구석에서 세포를 움직이게 한다.

　사랑하면 그 과정에서 신의 신성함을 알 수 있는 경험을 하게 된다. 우리가 노력하면 그것을 쉽게 붙잡을 수 있다. 사랑이란 단어는 인간, 신, 동물들이 공통으로 갖고 있는 언어이다. 이 언어를 표현하는 방법은 말 대신 행동으로만 나타낼 수 있다.

　신이나 인간의 사랑은 우리들이 많이 들어보았다. 그럼 동물은 어떠하냐? 목에 고리로 묶여서 매일 무의미하게 공장 한 쪽 구석에서 잠자듯이 시간을 보내는 개가 한 마리 있다. 나는 매일 지나가면서 개에게는 최상의 식품인 고기를 조금씩 준다.

그놈은 매일 무미건조함 중에서도 내가 주는 음식을 기다리는 희망에 넘쳐난다. 왜냐하면 내가 가까이 다가가면, 일어나서 꼬리를 세차게 흔들어 댄다. 그놈이 나를 기다리는 마음은 사랑이고, 내가 기뻐하는 것도 사랑이라고 할 수 있다. 그 개와 나는 사랑이라는 언어로 지금 교감하고 있다.

사랑은 지식의 유무나, 학벌의 고하, 사회적 지위와는 아무 관계가 없이 누구나 고르게 가지고 있다. 사랑은 나와 상대와 관계의 본질이다. 그것은 우리가 느끼는 공포나 무서움의 반대말이며, 그 곳에는 행복이 동거하고 있다. 사랑은 우리의 마음 속 저 깊은 곳에서 상대와 자신을 서로 연결해 주기 때문에, 사랑을 표현한다는 것은 내가 살아가는 존재임을 밖으로 표출시키는 행위이다.

사랑은 인간이 살아가는 힘의 유일한 원천이며, 사랑을 위해 생명이 존재한다. 사랑은 우리의 삶을 값지게 하는 최고급 보석이다. 사랑할 때는 그 상대를 기쁘게 해주고 싶다. 환상과 허무, 실패와 갈등, 일장춘몽, 무참함, 그리고 공허함 등으로 가득한 세상에서 사랑은 진실의 근원이다. 제일 순수한 사랑을 우리는 가정에서 볼 수 있다. 그것은 어릴 때 부모와 자식 간에 주고받는 사랑으로서 무조건적인 것이다.

인간끼리 사랑의 한 예를 보자.

어떤 시골 부잣집에 처녀가 살고 있었다. 그녀의 아버지는 옆 동네에서 살고 있는, 명석하지만 가난한 총각을 사위로 삼고 싶었다. 그래서 그녀의 아버지는 중, 고, 대학 전 과정에서 장학금을 그 총각에게 주었다. 그 외의 다른 면으로도 도와주었다. 그러나 그 총각은 출세한 후 다른 곳으로 장가를 갔다. 생활전선에서 고생하면서 재정문제를 도왔던 옆 동네의 부잣집을 생각하지 않은 채. 그 부자는 절망과 분노를 느꼈단다.

이런 경우 우리는 여러 가지로 생각할 수 있을 것이다. 내 생각으로는 이때 그 부자는 희생 되었다기 보다는 자기 목적을 위해 큰 집착을 가졌다고 볼 수 있다. 대가(代價)를 기대하여서 순수하지 않았기 때문에 조건이 있는 관심, 사랑이었다. 물론 그 총각을 옹호할 의사는 전혀 없다.

진정한 희생에는 보람과 기쁨이 있을 뿐, 대가를 요구하지 않는다. 왜냐하면 희생은 아름다운 사랑이며, 조건이 없을 때 가능하기 때문이다. 진정한 사랑은 에고(ego)에서 벗어나야 함은 물론, 타인을 향한 마음이 넘쳐흘러야 한다. 그래야만 자연스럽게 생각이 하나로 되고 분리감이 없게 된다.

진실 된 사랑을 터득하려면, 일단 자기중심적인 에고가 죽어야 한다. 사람들의 사랑하는 과정이나 결과를 보면, 에고 때문에 마음에 고통을 수반하는 경우가 대부분이다. 이는 진정한 사랑을 찾는 과정 중에서 반드시 거쳐야 하는 통과 의례다. 어떤 이는 '사랑 한다' 의 반대말은 '사랑 했었다' 라고 하였으나, 나는 '에고' 라고 말하고 싶다. 에고란 사랑의 정확한 반대편이기 때문이다.

누구를 사랑할 때 우리는 옆에 있어 주고 싶어 한다. 절망했거나 외롭거나 괴로울 때 옆에 있어 주는 것은 사랑을 행동으로 표현하는 것이다. 누군가 옆에 있다는 것은 사랑에서, 삶에서, 그리고 죽음의 순간에서도 가장 중요한 일이다. 이는 에고가 없을 때 가능하다. 문상을 가는 이유도 여기에 있다.

이 사랑은 동물과 신과 인간이 함께 나누어야 한다. 잡아먹히려고 차에 실려 가는 쇠줄에 묶인, 슬픈 눈의 개를 보라. 신은 과연 이러한 행동을 용서할 것인가? 왜 성경에는 동물과 인간을 차별해 두었는가?

삶은 우리가 생각하는 것 보다 훨씬 짧다. 80년은 길어 보이지만, 3만 일(日)은 짧게 느껴진다. 우리는 누구나 살면서 사랑이 넉넉한 삶과 희망의 꿈을 가지고 있다. 그러나 우리의 마음에는 꿈을 실현하려는 노력을 방해하는 잡다한 여러 요인들로 넘쳐나고 있다. 애써 이런 것을 극복해야 한다.

인생이라는 차에 필요한 것은 사랑이라는 휘발유이다. 삶이라는 여행을 하는 동안 사랑이 없으면, 휘발유가 떨어진 것이다. 이때는 이유 여하를 막론하고 그 여행을 중단해야 한다. 넘치게 사랑하면서 살아가려는, 착하고 성실한 마음을 우리 인간은 가지고 있다. 그런데도 사랑이 없다는 것은 생명에 필요한 공기나 햇빛 같은 가장 기본적인 필수요소를 마음속에 가지고 있지 않다는 말이 된다. 자동차에 기름이 없다는 말이다. 그의 인생은 정지되어 있다.

사랑을 보는 시각 차이

과학의 발전과 그로인한 정보의 홍수로 사회는 점차 더 빠른 변화를 보이고 있다. 이후에는 세계가 발전하면 할수록 그 변화하는 속도는 더 빠르게 될 것이다. 그 변화는 점차 가속화 되어서, 멀지 않는 미래에는 옛날에 공상 만화책에서 보던 현상들이 실생활에서도 접하게 될 것이다. 벌써 절단된 부위에 인공으로 만든 손을 착용하여, 어느 정도 마음먹은 대로 움직일 수 있다고 한다. 토성의 위성인 엔셀라두스에서 바다를 발견했다고 한다. 또 사기 치기도 발전하여 잔 머리를 굴러서 다른 사람이 저축한 돈을 자기 것인 양 사용해 버리는 것이 오늘 날 벌써 유행하고 있다.

최초에는 인간들이 가정 단위로 시작하여 씨족 사회를 거치고, 그 이후 부족사회로 더 커진 후 국가형성으로 발전하였다. 역사에서 인간은 다수의 사람을 위해 개인의 상호협력을 근간으로 하였으나, 지금의 인간 윤리와 도덕은 자기중심의 개인주의로 흐르고, 그런 개인들이 모여서 집단의 안전을 도모해 가고 있다. 즉 과거보다 개별화되고 있다.

지금 세계의 사조에서 동양의 철학은 소리 없이 꼬리를 감추고 있는 반면, 서양의 철학 원리가 온통 일상생활을 지배하고 있다. 근래에는 서양에서 유행하고 있는 사고방식이 얼마 지나지 않아, 우리나라를 비롯하여 전 세계를 휩쓸어버리기 때문이다. 이런 자유사상의 밑바탕에는 서양문화의 모태가 되는 종교, 주로 기독교 사상이 깔려 있다.

성경에도 사랑을 짧게 정의하지 못했다. '사랑은 오래 참고 사랑은 온유하며 투기하지 아니하며 사랑은 자랑하지 아니하며 교만하지 아니하며 무례히 행하지 아니하며 자기의 유익을 구하지 아니하며 성내지 아니하며 악한 것을 생각지 아니하며 불의를 기뻐하지 아니하며 진리와 함께 기뻐하고 모든 것을 참으며 모든 것을 믿으며 모든 것을 바라며 모든 것을 견디느니라.' 고 길게 설명했다.

인간 마음의 많은 부분을 차지하고 있는 사랑의 일반적인 느낌을 생각해 보자. 사랑의 느낌에서 서양의 것은 예리하고 분석적인 면이 강하지만, 그러나 동양의 사랑은 포용이나 은근함이 속성인 것 같다. 유교에서 말하는 인(仁) 사상이나, 불교에서 말하는 자비(慈悲) 사상 등은 과학 문명을 등에 업고 있는 서양의 사랑과 외형은 비슷하게 보이지만 조용한 가운데서 이루어지며, 소극적 대응으로 지금은 소리 없이 뒷자리로 밀려나 있다.

반대로 서양의 사랑은 개별적이고 적극적이다. 또 그들은 예리한 칼을 들고 있으면서도, 말로는 '사랑하자' 고 외치는 느낌이다. 이제까지 서양에서 일어난 전쟁의 많은 것은 종교 때문이었다. 그러나 세계사에서 볼 때, 동양에서는 종교로 인한 싸움은 거의 듣지 못했다. 그럼 이런 경우 미래에는 사랑의 기준점이 어떻게 변화해야 할 것인가?

정밀하고 예리한 사랑만이 사랑이 아니다. 이런 면으로 볼 때, 세상을 살기에 좋은 장소로 만들려면 서양의 분석적 방법보다는 사랑에 인격 등 전체적으로 접근하는 동양의 사상이 큰 역할을 해야 한다고 생각한다. 분석적이거나 뾰족한 첨탑 같이 예리한 사랑도 좋지만, 둥근 돔(dome) 같은 사랑, 남의 아픔을 자기의 일인 양 품으면서 한량없이 슬퍼하는 자비(慈悲)나, 인(仁)의 정신이 더 필요할 것 같다. 장사꾼이 고추 다섯 근을 저울에 달아 팔면서, 그램(gram)으로 따지지 않고 "자, 더 가져가소!"하면서, 한 줌 듬뿍 더 주는 여유로운 사랑을 말한다.

인간의 감정 중에서 하늘과 통할 수 있는 것은 인간 끼리에서도 살아가기에 제일 좋은 방법이 된다. 그것이 바로 사랑, 곧 인, 곧 자비이다. 이것은 자신을 앞세우지 않고 겸양한 태도, 즉 이기주의의 정반대 편에 있으면서 남을 배려하는 자세를 가져야만 가능하다. 사랑이라는 단어는 인(仁), 자비(慈悲) 등의 표현보다 아무래도 좀 더 수학적인 느낌이 든다.

과거에는 동서양 양측은 인간의 사랑에 대해서는 같은 내용의 것이었다. 사랑으로 상대를 배려하는 현장을 동서양 양 대륙에서 하나씩 예를 들어 보겠다.

과거에 영국의 어느 왕은 런던에서 인도의 왕과 점심을 같이 하는 일이 있었다. 식사 전에 인도의 왕은 손을 씻기 위해 그릇에 담아오는 물을 식수인줄 알고 마셔 버렸다. 공식 석상에서 모두는 당황했다. 그러나 영국의 왕도 손 씻을 물 인줄 알면서도, 그 물을 받아서 마셔버렸다. 왜냐하면 인도의 왕이 무안을 느끼지 않게 하기 위해서였다. 사람위에서 군림하던 왕도 인간적으로 배려하는 마음을 보임으로서 사람들을 감동 시켰다.

다음은 동양의 이야기이다. 과거 언젠가 어느 마을에서는 아버지와 형제가 살고 있다가, 아버지가 돌아가셨다. 그래서 호수 건너편에 장사를 지낸 후 형은 아버지가 살던 집을, 동생은 작은 금덩어리로 재산을 나누어 가진 후, 배를 타고 집으로 돌아왔다.

호수를 건너던 중, 동생은 금덩어리를 깊은 물속으로 던져 버렸다. 형이 깜짝 놀라서 동생에게, "왜 그것을 버리느냐?"고 물어 보았다. 그랬더니 동생은 "나중에 우리가 싸울 꺼리가 될 수도 있기 때문에 아예 버리는 것입니다."고 했다. 형제간의 사랑을 위하여 동생은 행동으로 보여주었고, 형은 그 장면을 겪은 후에 동생을 더 사랑하게 되었다고 했다.

위에 예로든 경우는 여유 있고 넉넉한 인성, 또는 남을 배려하는 마음이 넘쳐난다. 그러나 이제는 여유가 줄어든다. 시간 개념도 과거보다 더 조급증을 만들어 낸다. 시 분 초를 다투던 시간은 이제는 1/10초, 1/100초 단위로 나뉘어서 사용하기에, 인간의 마음에서 여유분은 더욱 설 자리가 없어지고 있다.

공간도 하루 안에 지구를 한 바퀴 여행할 수 있을 정도로 비좁다. 시간과 공간의 협공을 받아서 인간의 행위나 판단도 모든 면에서 점차 미세한 쪽으로 변하고 있다. 100m달리기는 1초의 1/75 길이인 찰나보다도 더 짧은 시간에 승부가 나 버린다. 우리 사회는 뭔가

들떠 있는 것 같다. 오늘도 우리가 사는 이 사회에서는 신경질적으로 빠른 변화를 따라 가며 살아가다가 일어나버린 사태가 신문을 장식하고 있다.

이렇게 변해 가는 사회에 적응하려고 인간들 마음의 흔들림이 심해져 간다면, 미래 사회는 점점 더 복잡해질 것이다. 인간의 사고방식의 변화는 통일신라시대 이후 조선의 마지막 왕 때까지 약 천 년 동안의 변화보다, 20세기 100년간의 변화가 더 많았다.

거기에다가 지구는 점차 땅, 하늘, 물 속 등, 모든 곳이 빠르게 오염되어 가고, 인권은 천정 모르게 높아지고 있다. 커다란 국가의 힘은 자치를 위해 지방으로 넘겨주고, 노동은 상당 부분이 기계로 대치되고 있다. 복잡한 세상살이를 위해 우리들 머릿속은 각종 정보로 꽉 채워 저장해 두고 있다. 애기는 출산하기가 귀찮아서 놓기를 싫어한다. 이런 시대에는 따져보는 형태의 사고가 더 생활에 합당할지도 모른다.

속 시원하게 깨끗하기가 힘이 들고, 오히려 조잡하기 쉬운 세상에서, 인간은 어떻게 살아야 삶의 지속이 가능할까? 법은 인간에게 어느 정도로 구속력을 가져야하며, 현재 인간 사이에 기름 역할을 하는 사랑과 이해는 여전히 충분하게 있을 것인가? 미래를 생각하는 사람들은 이런 것 등을 고심하면서 머리를 썩히고 있을 것이다.

우리는 바쁘게 살아가더라도, 멀리 미래를 내다보면서 쉴 때도 있어야 한다. 우리들 마음에는 과거의 영국 어느 왕과 같이 "당신 먼저"라는 여유를 생활화시킴으로서 각박한 현실에서 자비나 어짐

㈁ 등을 나누어야 한다.

이러한 공간에서만 사람들은 그리움이나 애석함, 즐거움, 기다림, 인내심 등을 가슴에 안을 수 있다. 주위가 소란하고 경황없이 바쁜 중일 때에도, 앞으로 나타날 세상의 뒷면을 살펴 볼 마음이 생길 수 있다.

우리는 모든 것을 분석하는 첨탑 같은 서양식의 문명사회 속에서 살아가지만, 분석한 것을 잘 버물려서 여유 있는 돔(dome) 같은 사회로 만들어 나가야 한다. 이 말은 서양 문명과 싸우자는 것이 아니다. 싸운다면 동양문화는 싸우는 기질을 갖고 있지 않아서, 그만 그 존재가치가 소실되어 버린다.

서양 문명은 미국 서부를 개척하던 용감성이라는 방법을 사용하지만, 동양문화는 이해와 인정과 여유를 이용하기 때문이다. 현재 사회가 가지고 있는 첨탑 같이 뾰족하고 분석적인 사랑을 동양문화가 모양새를 현실에 맞게 소화시키면서 나아가야 한다. 서로 싸우지 말고 서양문화를 보충해 주어야 한다.

우리는 서로 손잡고 함께 춤을 추면서 나아가야 한다. 그러나 춤을 추는 도중에도 사건이 발생할 수 있다. 서양의 장단과 동양의 것은 기본 움직임에 차이가 있어서, 발을 밟아 버릴 수 있기 때문이다.

또 한 가지는 자기의 살아가는 기준을 죽을 때까지 지킨 자들에게서도 감동을 받는다. 이태석 신부는 흑인들을 위해 자기 일생을 오지 속으로 던져버렸다. 영국의 왕이나 이태석 신부의 사랑이 넘치는 행동은 동서양을 떠나 인간에게 똑 같은 기쁨을 준다.

이런 부드러운 마음이나 일생을 사랑을 향해 던지는 태도는 후손

들이 살고 있는 이 세상을 훈훈하게 만들어 줄 것이다. 미래의 각박
한 세상에서도 과연 이런 일이 일어날 수 있을까?

진실 된 사랑

　관현악 연주에서 아름다운 음의 흐름은 여러 악기의 소리가 합쳐져서 이루어지듯이, 사랑의 감정에도 신의 사랑, 우정, 애정, 용서, 관심, 이해 등 다양한 종류의 사랑이 밝게 섞여 있다. 그럼, 이 중에서 인간이 추구하는 최선의 사랑은 과연 어떤 것일까?

　그 사랑의 제일 기본은 진실 안에서 존재하고 머물러야 한다는 것이다. 사랑을 가지려고 애써 노력해도 진실이 없으면, 그것의 빛은 점점 희미하게 되어 버린다. 그러나 그에게서 진실 된 사랑이 내재되어 있다면, 상대의 마음을 변화시켜서 환한 얼굴에 밝은 표정을 가지게 한다. 그래서 그를 본 사람들은 그들의 마음이 끌려 들어가게 된다.

　진실한 사랑이 넘쳐나는 사람은 깨끗하고도 참된 자아를 가지고 있다. 다른 이와 논쟁을 좋아하지 않고, 사랑을 나누면서 상처를 주지 않는다. 자연히 경쟁자에게 위협을 주는 사람으로 간주하지 않는다. 그의 사랑은 잘못을 저지를 수 없다. 만일 잘못이 있다면 그런 잘못이란 사랑이 부족할 때 만들어지기 때문이다. 사랑은 부드럽게 터치하는 손길로 시작한다.

욕심이나 갈구나 육체적인 욕구 등은 사랑과는 정반대의 먼 거리에 떨어져 있다. 이런 것은 인간 사이에 불신과 긴장을 조성하여 언젠가는 사랑을 파괴시켜 버린다. 욕망 등은 자신이 갖고 있지 못하는 부분을 상대가 갖고 있다고 생각하여 비교할 때, 자기가 더 적게 가짐을 알고 소유를 추구하면서 생기기 때문이다.

이해한다는 것은 곧 사랑한다는 것이다.

최선의 사랑은 자신과 상대자가 서로를 잘 이해하였을 때 일어난다. 이해가 부족해지면, 그만 사랑은 점점 메말라져서 시들게 된다. 진실 된 사랑이 교만과 자만 등에 의해 가려져 있더라도, 이해는 가리워 둔 포장을 걷어내어서 자기의 순수한 마음을 밖으로 노출시켜 준다.

마음속 깊이 자리 잡고 있는 사랑은 자기 마음에 여유를 주어서, 폭을 넉넉하게 넓혀준다. 그렇게 되면 상대가 마음에 자기에 대해 좋지 않는 감정을 가지고 있어도 적극적으로 소화하여 마음속으로 받아들일 수 있다.

스스로 이렇게 노력을 계속하면 자기 자신의 이해에서 시작하여 상대자에 대한 이해를 거쳐서, 최후에는 신의 사랑이나 자비심에 대한 이해력까지 점점 더 범위를 높여 준다. 이때에야 비로소 한계가 좁은 마음에서 대 평원과 같이 너른 마음 밭이 되어서, 불안이나 걱정은 여름에 눈 녹 듯 사라진다.

이런 사랑은 인간의 욕망이나 열망같이 좁혀진 한계에 바탕을 두고 있지 않다. 진실한 사랑은 노력하여 욕망을 억제한 결과로 만들어진 것이다. 집착하지 않는 이러한 진실한 사랑의 양은 각자에게 개인적인 것으로서, 일반 인간에게는 이런 것들이 부족한 상태로 되어 있다.

진실 된 사랑을 가진 자는 설명이나 풀어 나갈 말이 필요 없다. 그래서 그것을 경험하지 못한 사람들은 그를 무뚝뚝하다고 평가한다. 그러나 자세히 보면 그 이면에는 따뜻하게 보살펴 주고, 친절하게 처리해 주는 생각지 못했던 완전히 다른 면이 있다. 친절성을 생각조차 하지 않고도 일을 잘 해 나갈 때, 인간의 친절은 완벽할 수 있기 때문이다.

그는 자기가 한 일이 다른 이에게 좋거나 혹은 나쁜 인상을 주는 것에는 아무런 관심도 가지지 않는다. 묵묵히 일하면서 어떨 때는 멀리서 관조하여 보기도 하기 때문에, 무관심한 것 같기도 하다. 어떤 행위로 최선을 다 하고난 후에는, 그의 마음은 그곳에 미련을 두지 않고 떠나 버린다. 다른 이에게 좋은 인상을 주든 나쁜 인상을 주든 관심이 없고, 또 알려고도 하지 않는다. 그는 결과를 의식하지 않지만, 모든 행위는 자연스럽게 완벽하게 이루어진 것이다.

청년 시절에 이런 이야기를 들어 본 적이 있다.

수도승 두 명이 물을 건너려고 하는데, 물이 많아서 건네지 못한 여자가 옆에 있는 것을 보고서, 한 수도승이 업어서 물길을 건네주었다. 그 후 한 참을 가다가 다른 수도승이 "우리 같은 수행자는 여자를 멀리해야 하는데, 여자를 업어서야 되겠습니까?"라고 물었다.

대답은 "나는 물을 건너자마자 잊어버렸는데, 당신은 아직도 그 여자를 업고 있네요."라고 했단다.

업어서 물을 건넨 수도승 행위의 이면에는 온기 있고, 인정이 넘치며 잔잔한 배려가 깔려 있다. 본성이 시키는 대로 했어도, 모두가 저절로 사랑의 행위를 하게 된 경우이다. 각자 개인적인 관점으로는 인간의 근본 마음을 발견할 수 없다.

진정한 사랑에는 따뜻하고 선명한 자각과 사물과 사람에 대한 이해심 이외의 감정은 개입할 수 없다. 욕망을 따라가서는 사랑하기가 불가능하다. 이런 상반된 감정을 함께 가졌기 때문에 인간관계는 늘 긴장이 조성되어서, 언젠가 종국에는 사랑을 포기할 수밖에 없다.

사랑이란 순수하다.

불안이나 두려움 같은 것이 섞이지 않은 깨끗한 상태이다. 이런 잡스런 것들이 혼합되어 있으면, 욕망의 작용으로 사랑이 압도당하여 원하는 것을 가질 수 없을까봐 안달아 하게 된다. 그러나 사랑은 이것을 월등히 넘어선 곳에서 관조하고 있기 때문에 여유로워 진다.

인간의 마음에는 자만과 허영심으로 가려져 있다. 사랑은 그 가리개를 제거해 준다. 진실 된 사랑이 있는 곳에 도달하면, 가리개가 자동으로 치워지는 등, 더 이상 사랑을 위한 노력은 필요 없게 된다.

정신적으로 이해하는 상태에 있을 때, 우리는 사랑 속에 있다고 말한다. 그러므로 사랑이 모자라면 이해는 부족할 수밖에 없다. 진실 된 사랑은 있는 그대로를 받아드릴 뿐, 원하거나 요구사항이 없으며 두려운 마음도 갖지 않는다. 진실 된 사랑을 가지면, 자기가 도우려는 사람이 도리어 자기에게 적대감을 가져도 기꺼이 받아 드린다. 그만큼 마음은 여유롭고 넉넉해진다.

인간은 누구나 모든 면에서 똑 같은 무게로 동등하며 평등하다. 또 진실 된 사랑을 갈급(渴急)한다. 겉모습과 성격은 서로 다르지만, 사랑의 품속에서는 모두가 하나로 된다. 이때 만일 상대를 해친다면 그것은 곧 자기를 해치는 것이 된다.

다른 이가 자기에게 함부로 대하거나 좋지 않는 말을 할 때, 진실된 사랑을 가지면 이것을 인내로 극복해 낼 수 있다. 사랑하는 능력이 점점 커진다. 상대가 나를 싫어한다면, 그의 행위에서 내가 갖고 있는 장, 단점을 발견해 낼 수도 있기 때문에, 그는 가끔 반면교사의 역할을 할 때도 있다. 이때 복수를 하면 속은 일시적으로 시원하나, 자기 수양에는 도움이 되지 못한다. 그런 복수하고 싶은 원인이 이기주의에서 시작하지만, 깊이 성찰을 한다면 이런 에고가 일으키는 장난을 억누를 수 있다.

진실 된 사랑은 신의 것이다. 이렇게 보면 진실이 곧 사랑이다. 사랑은 즉 진실 된 것이고, 사랑은 항상 그 속에 머문다. 이런 사랑을 타인에게 할 때, 그는 다른 이에게 선함을 느끼게 한다. 그러면 그의 내면의 삶을 한 단계 더 상승시켜준다.

사랑은 자유이다. 상처와 불공평한 느낌에서 벗어나게 해 준다. 그러나 진실 된 사랑은 무한하여, 한계를 가진 인간의 가슴에는 존재하기에는 자리가 비좁다. 이런 가슴은 사람들과 함께 살아가면서 노력할 때에야, 비로소 점점 넓어지게 된다. 인간의 삶 속에서 노력하여야 비로소 보이기 시작한다.

진실 된 사랑을 가진 자끼리는 서로 다투거나, 상처를 주지 않으려 한다. 다른 이를 경쟁자나 위협을 주는 자로 생각하지 않는다. 서양의 어느 집필자는 '사랑은 잘못을 저지르지 않는다. 즉 실수를 저지르지 않는데, 그것은 모든 실수는 사랑의 부족에서 비롯되기 때문이다.'라고 했다.

우리의 겉모습과 성격은 모두 다르지만, 진실 된 사랑 속에서는 평등하고 동일하다. 그 세계에서는 우리 모두 하나가 된다.

인디언의 무한한 자연 사랑

아래의 글은 류시화 선생이 번역한 '나는 왜 너가 아니고 나인가' 라는 책에서 감동을 받아서 만든 글이다. 나는 과거에 환경운동을 하던 초기에 이 글에 대한 내용을 읽고서 많은 감명을 받은 적이 있다. 밑의 글은 그 책의 문장을 그대로 옮긴 부분이 더러 있다.

당당한 체구를 가진 오논다 부족을 이끄는 인디언 추장의 이름은 '시엘트'이다. 이 연설은 1854년에 원주민들을 보호구역 안으로 밀어 넣기 위해 백인 관리 '아이삭 스티븐스'가 미국 서부의 퓨젓 사운드에 도착했을 때, 그때 이 인디언 추장이 행했던 연설을 시인이자 의사인 헨리 스미스가 기록한 것이다. 그는 그 추장의 백인 친구였다.

인디언들은 그냥 보면 자연을 숭배하는 미신을 믿는 수준의 사람들로 여겨졌지만, 그들의 정신은 더 없이 심오하고 언제나 위대한 창조신(神)에 집중되어 있었다. 유럽인들의 눈에는 원주민들이 대단히 단순한 생각을 지닌 것으로 보았지만, 백인 침입자들이 너무 어리석어서 그들의 지혜를 알 수 없었기 때문이었다.

인디언들은 땅에서 무엇을 얻을 때는 반드시 그만큼 돌려주어서 균형을 유지케 해야 한다고 하면서, 인간이 추수하면서 이득을 얻는 대신 그 보답으로 토지에 거름을 주는 등으로 생태적으로 가꾸었으나, 오늘날 표토(表土)는 화학비료를 쓰지 않고는 농사가 불가능하게 바뀌었다. 인디언이 '나무는 자신들의 친척이고, 그것들 없이는 모든 삶이 끝난다.'고 했을 때, 백인들은 웃어넘겼다. 그러나 지금 사막은 넓어지고, 대기는 점점 더워진다. 살아가기가 점점 나빠지고 있다. 모든 것은 나무를 잘라버렸기 때문이다.

인디언들의 생각이나 소원하여 드리는 기도는 밤과 낮 쉬지 않고 운항하는 어머니인 대지에 감사함을 전하고, 온갖 거름을 지닌 부드러운 흙에게 고마움을 표하면서 우리 마음도 자연과 일치되기를 바라는 것이었다.

하늘을 나는 새들과 새벽에 말없이 날고 있는 올빼미의 날개를 지탱해 주고, 우리에게 맑은 정신을 가져다주는 공기에 대한 고마움, 용감하게 자연의 비밀과 여러 자유로운 생활을 보여주는 야생동물에 대해 우리 마음속에 감사의 마음을 갖는 것이었다.

또 물은 머물렀다가 여행하면서 우리 모두의 몸을 지나 소금이 있는 바다로 흘러가듯이, 우리 마음도 막힘없이 흐르게 되기를 빌었다. 또 나무 둥치와 안개를 통과해서 곰과 뱀들이 잠자는 동굴을 따뜻이 덥혀주고 우리를 잠에서 깨어나게 해 주는 태양에게 고마움을 표시할 수 있는 인간이 되도록 기도로 간청했다. 그리고 수많은 별들을 담고 있는 위대한 하늘에도 고마움을 가지고 쳐다 볼 수 있기를 빌었다.

그들의 정신은

-대지는 우리가 조상들로부터 물려받은 것이 아니라, 우리의 아
이들에게서 잠시 빌린 것이기 때문에, 잘 돌본 후 되돌려주어야
한다. 아끼고 덜 훼손시켜서 물려주어야 한다.

-우리의 아이들과 아직 태어나지 않은 더 많은 아이들을 위해 이
숲을 보호해야 한다. 자신을 위해 말하지 못하는 새와 동물, 물
고기와 나무들을 위해서도 이 숲을 보호해야 한다.

-대지 위를 걸어갈 때는, 우리는 아직도 태어나지 않은 아이들의
얼굴을 밟고 걸어가는 것이라는 것을 알아야 한다.

-봄에는 어머니 대지가 아이(생명)를 배고 있으니까, 가벼운 발걸
음으로 조심조심 걸어라.

-어떤 것이든, 어떤 식으로든 서로 연결되지 않은 것이란 존재하
지 않는다. 모두가 연결되어 있기 때문에, 우리가 하는 모든 행
동은 우주 전체에 영향을 미친다. 행동을 함부로 하지 말라.

추장이 속한 오논다 부족의 주민들은 회의를 시작하기 전에
-시냇물과 물웅덩이들과 우물과 호수들에게,
-옥수수 줄기와 그 열매에게, 약초와 나무들에게,
-우리에게 유익함을 주는 숲과 나무들과, 자신들을 양식으로 제
공해 주고 가죽까지 우리의 옷으로 사용할 수 있게 해 주는 짐
승들에게,
-큰 바람들과 작은 바람들에게, 천둥에게, 위대한 전사인 태양에

게, 달에게,

-하늘 저 편에 거주하면서 인간에게 필요한 모든 것을 주시는,

건강과 생명의 근원이신 위대한 정령의 심부름꾼에게,

감사의 인사를 드린 후에 비로소 그들은 회의를 시작할 수 있
었다.

다음은 인디언 추장의 연설 내용의 일부이다.

백인(흰 얼굴의 사람으로 표현했음)들이 인디언들에게 자기들이 살고
있는 땅에서 그들이 지적하는 곳으로 옮기면, 돈을 지불하겠다고
제안 했다. 그들은 이것에 대해,

"땅을 사겠다고 제안한 것을 우리로서는 무척 이해하기 힘 든다.
어떻게 땅을 사고 팔 수 있는가? 어떻게 공기를 돈을 받고 팔 수 있
단 말인가? 대지의 따뜻함을 어떻게 사고 팔 수 있는가? 부드러운
공기와 재잘거리는 시냇물을 우리가 어떻게 소유할 수 있으며, 또
한 소유하고 있지도 않은 것을 어떻게 사고 팔 수 있단 말인가! 햇
살 속에 반짝이는 소나무들, 모래사장, 검은 숲에 걸려 있는 안개,
눈길 닿는 모든 곳, 잉잉대는 꿀 벌 한 마리까지, 모두가 우리의 기
억과 가슴속에서는 신성한 것들이다. 나무에서 솟아오르는 수액은
우리 인디언(붉은 얼굴의 사람으로 표현했음)들의 기억 속에 고스란히
살아 있다.

우리는 대지의 일부분이며, 대지는 우리의 일부분이다. 들꽃은
우리의 누이이고, 순록과 말과 독수리는 우리의 형제이다. 강의 물
결과 초원에 피어난 파란 꽃들의 수액, 조랑말의 땀과 인간의 땀은
모두 물이고, 하나이다. 모두가 같은 부족(部族), 우리의 부족이다.

워싱톤 대 추장(백인)이 우리 땅을 사겠다고 제의해 온 그 땅을 판다는 것은 우리의 누이와 형제를 팔아넘기는 것과 같다.

백인 대 추장(大酋長)은 필요한 땅을 손에 넣기 위해 한 밤중에 찾아온 낯선 자이다. 대지는 그의 형제가 아니라 적이기에, 그는 대지를 정복한 후 그곳으로 이주할 것이다. 그는 어머니인 대지와 맏형인 하늘을 물건처럼 취급한다. 결국 그의 욕심은 대지를 다 먹어치워 사막으로 만들고야 말 것이다."라는 연설을 했다. 이런 글은 우리에게 순수하고 아름다운 한 장면을 연상시킨다. 그 연설은 계속 다른 부분으로 이어진다.

"고즈넉한 해안을 따라 태양아래 죽은 듯이 입 다물고 있는 바위들조차도 우리 부족의 운명과 연결된 과거의 사건들에 대한 추억으로 몸을 떨고 있다.

살아 있는 모든 것들에 숨결을 불어넣어 주는 것은 공기이며, 아침마다 우리가 맞이하는 것도 그 바람이다. 바람은 나의 할아버지에게 첫 숨과 마지막 숨을 주었다. 그 바람은 우리들 아이들에게도 생명을 불어다 줄 것이다.

세상의 모든 것은 하나로 연결되어 있다. 대지(大地)에서 일어나는 일은 대지의 아들에게도 일어날 것이다. 우리가 발을 딛고 있는 이 땅은 조상들의 육신과 같은 것이기에, 그 대지를 존중해야 한다고 아이들에게 가르쳐야 한다. 우리는 '대지는 우리들에게 속한 것이 아니며, 인간이 오히려 대지에 속한다.' 고 알고 있다.

백인 당신들의 신(神)은 우리의 신이 아니다. 당신들의 신은 당신들만을 사랑하고 우리를 미워한다. 그 신은 강한 두 팔로 얼굴이 흰 사람들을 사랑스럽게 감싸 안으며, 마치 아버지가 어린 아들을 인도하듯 그들을 인도한다. 하지만 자신의 붉은 얼굴의 자식들(인디언)에 대해서는 잊어버리기로 한 것 같다.

당신들의 신은 당신들을 날마다 더욱 강하게 만들어서, 머지않아 당신들은 이 땅을 다 뒤덮을 것이다. 우리 부족은 서둘러 바닷물이 빠져나가듯이 급격히 줄어들고 있다. 그들은 다시는 옛날처럼 이곳으로 돌아오지 않을 것이다. 얼굴이 흰 사람들의 신(神, 하나님을 의미함)은 그의 붉은 얼굴의 자식들을 사랑하지도 보호하지도 않는다. 우리는 고아나 다를 바 없으며, 어디를 둘러봐도 도움 받을 곳이 없다.

머지않아 당신들의 부족(部族)은 홍수에 불어난 강물처럼 이 대지를 온통 뒤덮을 것이다. 반면 나의 부족은 썰물과도 같은 운명이 된다. 아스라한 별을 지켜보듯이 우리는 소멸해 가는 우리의 운명을 지켜 볼 뿐이다. 얼굴 흰 사람들의 꿈을 우리가 알 수 있으면 얼마나 좋을까! 그들은 마음속에 어떤 희망으로 부풀어 있으며, 긴 겨울 밤에 자기의 자식들에게 그려 보이는 내일의 모습은 어떠한지를 알고 싶다.

어느 곳으로 가든 우리는 빠른 속도로 다가오는 파괴자들의 발자국 소리를 듣게 될 것이고, 상처 입은 사슴이 사냥꾼의 발자국 소리를 듣는 것처럼, 어쩔 수 없이 자신의 마지막 운명과 맞닥뜨리게 될 것이다.

사람은 왔다가 가게 마련이다. 그것은 바다의 파도와 같은 것이다. 한 차례의 눈물, 한 번의 이별 노래와 더불어, 사람들은 그리워하는 우리의 눈에서 영원히 떠나간다. 그것이 자연의 질서이다. 슬

피할 필요가 없는 것이다.

당신들의 부족이 쓰러질 날이 지금으로선 아득히 먼 훗날의 일처럼 여겨질지 모르지만, 그날은 반드시 온다. 당신들도 이 공통된 운명에서 벗어날 수 없다. 그렇게 보면, 우리 모두는 같은 운명을 가진 형제일지도 모른다. 당신들도 그것을 곧 알게 되리라."

지금은 이 추장의 정신이 인디언과 시애틀 주민, 그리고 전 세계인 가슴속에서 살아 있다. 환경 파괴에 대한 추장의 예언은 놀랄 만큼 정확했고, 세상 만물을 형제자매로 보는 시각은 이 부족(部族)은 물론, 모든 인디언들이 갖고 있던 사상이었다. '대지는 어머니'라는 믿음 역시, 인디언들 각자의 가슴속에 뿌리내린 신성한 종교와도 같은 확신이었다. 백인들보다 더 먼저 이들은 민주적인 사회에서 살고 있었다. 유럽인들이 과거에 농노로 고통을 받았을 때에도, 이들은 부족들이 만든 연맹으로 민주적 틀 속에서 살고 있었다.

백인들의 위선에 찬 삶과 공허한 정신에 대한 인디언 추장의 지적은 시적(詩的)이면서도 핵심을 찌르고 있다. 추장의 글을 읽으면, 누구나 그의 따뜻한 영혼이 느껴진다. 자신의 세계가 무너져 가고 생명의 근원인 대지가 여지없이 파괴되는 것을 지켜보던, 감수성이 풍부한 인디언의 슬픔과 지혜, 그리고 비굴하지 않은 당당한 종말이 피부로 느껴진다.

결국 삶에서 기본이 되는 땅들은 몽땅 백인에게 빼앗겼다. 그가 세상을 떠나기 1년 전에 그의 이름을 딴, 거대도시 시애틀이 시작되었다. 풍요로운 문화가 꽃피워나던 그 곳은 탐욕스러운 이방인들에

의해 고유의 문화가 완전히 사라져 버린 장소로 변해 버렸다.

유럽인들에게서 옮겨진 전염병으로 수많은 사람들이 목숨을 잃었고, 부족의 고유한 문화와 종교는 억압되었다. 유럽인들이 아메리카를 정복할 수 있었던 것은 1. 월등한 성능의 무기, 2. 인디언에게 면역력이 없는 질병의 확산, 3. 속임수와 거짓말, 그리고 백인이라는 자부심, 4. 정신세계가 깊은 원주민들은 미개하고 야만적인 이교도라는 편견, 등을 이용했기 때문이었다.

역사에서 어떻게 사랑을 주창하는 기독교 사회가 인디언들에게 행한 것과 같은 이런 짓을 했을까? 서부로 개척해 나가면서 이런 악행을 하는 도중에도 계속 하나님께 기도를 했을 것이 아닌가? 만물에 대한 사랑을 외치는 기독교 원리를 사회에서 실행하려 할 때, 침범, 살해 등, 인간의 약점적 요소를 제거할 수는 없었는가? 현재 내가 60년 간 교회에서 드리는 기도도 하나님의 입장에 서 보지 않고, 내 나름(중심)의 기도만을 하고 있지는 않은가? 종교 때문에 일어난 국가 간의 분쟁도 종교교리 때문이 아니고, 교리로 포장을 한 자기들 끼리만의 주장의 충돌이 아닐까? 이런 생각이나 시간에 드리는 기도를 기도라고 할 수 있을까? 나 자신을 되돌아 볼 때, 그럼 내가 행한 기도는 나의 주장이나 합리화(변명)만 늘어놓은 것이 아닐까? 기도 수준에 포함되기에는 저급하지 않을까?

가시마저 사랑하라

chapter 2
생각

영원과 시간

우주의 크기란 작은 개미 한 마리가 지구의 크기를 생각해 보는 것보다도 무한히 더 크다. 학교에서 수학 시간에 배운 숫자로도 그 전체를 표시할 수 없을 정도로 우주는 한없이 더 크다. 그래서 우리는 우주를 '무한대로 끝없이 크다.'고 말한다.

우주가 언제 어떻게 생성되었는지를 인간은 모른다. 과학자들은 그들의 작은 머리로 생각하여, 우주의 시작으로 빅뱅설(big bang theory)을 주장하기도 한다. 지금도 엄청난 속도로 커지고 있다고 한다. 이것은 유력한 학설 중 하나이다.

우주에서 시간은 스스로가 우주와 함께 존재할 뿐, 인간은 아직까지 시간의 실체를 밝혀내지 못하고 있다. 시간은 원래 태양계에 속한 것이 아니고, 무한대의 전체 우주를 이루는 하나의 속성이라고 한다. 아우구스투스는 '시간이란 신이 창조한 우주의 특성이며, 그 시간은 우주가 시작되기 이전에는 존재하지 않았다.'고 했다.

이조시대에 관리이자 지식인이었던 박지원은 '열하일기(熱河日

記’에서, ‘성인(聖人) 공자가 240년간의 역사를 정리하여 이름을 ‘춘추(春秋)’라 했지만, 모든 일은 곧 한 가지[枝]에서 꽃피고 잎이 지는 순식간의 광경일 뿐이다.’라고 했다. 시간의 흐름을 우리는 세월이라 한다. 그 시대에도 세월을 느끼면서 살았던 모양이다.

우리는 태양계의 주기를 중심으로 달력을 만들고, 시계도 만들어서 눈에 잘 띄는 곳에 놓아둔다. 시계를 만든 이유는 세월의 길이를 측량하지 못하여, 생활하기에 여러 가지로 불편한 점이 많았기 때문이었다.

만일 인간이 기온 변화가 있어도 따뜻하고 그리고 언제나 먹을 것을 쉽게 구할 수 있었다면, 일부러 시간을 토막 내는 시계가 필요 없었을 것이다. 그렇게 삶에 어려움이 없었다면 문화도 문명도 필요치 않았을 것이고, 시간이란 단어가 없었을 것이다. 그러나 세상이 각박해서 그런지 요즘에는 0.01초까지 나누고, 과학에서는 시간을 나노 수준까지 쪼개어 본다.

시간의 속도에는 개인의 느낌도 관여하는 것 같다. 같은 시간을 두고도 바둑을 두는 사람이 장고(長考)를 할 때는 시간이 빠르게 지나가는 것 같이 느끼지만, 바로 그 시간에 옆에서 구경하는 사람은 지루하게 느끼는 등 속도가 다르다. 그 표현으로 우리는 ‘시간이 빠르다. 또는 길다.’라는 등으로 부른다.

인간은 어차피 수명이 다 하면, 흙으로 돌아갈 수밖에 없는 미약한 존재이다. 그리고 우리는 시간과 공간의 한계 안에서 살아가고 있기 때문에, 존재하는 동안 시계의 시, 분, 초를 보면서 시점과 속도를 알아내고 있다.

시간의 속박감은 피할 수 없는 운명이다. '태어난다' 는 것은 곧, 출생 순간부터 시간이라는 한계의 틀 안으로 들어가서 생명을 이어 가는 것이다. 그러기에 인간에게 시간이라는 환경이 없다면, 존재 가 불가능하여 삶이란 것도 없을 것이다.

어떤 우주 설(說)에는 우주의 가장 작은 원소 하나에까지, 모두 우 주의 속성을 가지고 있다고 한다. 인간도 우주의 구성 성분으로 만 들어 졌으므로, 우주의 모든 정보와 방식을 담아낸다고 할 수 있다. 그렇게 보면 늦고 빠름, 길고 짧음이라는 시간의 속성에 묶여 있는 인간은 극히 적지만, 우주 전체 원리의 일부분을 담당한다고 볼 수 있다. 이로 보아서, 우리의 몸은 하나의 작은 우주(小宇宙)라고 할 수 도 있겠다.

이렇게 인간이라는 생명체가 소우주라면, 무한한 크기의 우주에 포함되는 한 부분이다. 그래서 우주는 나의 속성이자, 나 이외의 모 든 것의 속성이 된다. 모두가 서로 포섭하고 융합하여 끝없이 전개 되어 이어지는 동적인 생명체이다. 모두가 하나가 된다.

인간은 흙으로 만들어 졌지만, 우주의 존재에 대해 고민해 보는 영적인 존재이기도 하다. 그럼으로 수행 정진하면 그는 시간의 틀 에서 벗어나, 영적으로 초월된 세상에 이를 수도 있다. 즉 노력하면 영적인 세계, 즉 우주로 들어가서 살아갈 수 있을 것이다. 이것을 우리는 영생이나 해탈(解脫)이라 할 수 있다.

한 원소는 다른 종류의 원소와 각각 상대성 이치의 적용을 받는 다. 즉 원소는 절대적 우주의 하나이면서, 상대성도 가지고 있어서 완전성을 갖는다. 이러한 절대성과 상대성은 서로 하나로 되어 무 수히 굴러간다. 시간을 초월하는 이것을 윤회(輪廻)라고 할 수 있지 않을까?

　그러나 현실 생활에서 우리는 시간에 포위당하여 있다.
　거기에다가 자본주의 원리에 에워싸여서 시간은 곧 돈이 되고 힘
이 되면서, 그 돈이라는 것이 삶의 수준을 측정하는 가늠자 역할을
한다. 내가 물건을 산다면, 그 물건을 만드는데 걸리는 시간을 사는
것이다. 시장의 매매란 다른 사람의 시간을 사고파는 것이다. 즉 상
업이란 시간을 사고파는 행위이다. 은행도 시간을 돈으로 환산하여
서, 돈 이자라는 등으로 거래를 이루는 곳이다.
　사회는 시간의 활용능력 정도에 따라 사회계층과 삶의 구역이 나
누어지고, 시간을 많이 가진 자와 적게 가진 자는 소위 부익부 빈익
빈의 현상을 보이기도 한다. 어떤 이는 초과 근무를 한다든지 또는
두 가지 직장을 동시에 가짐으로서, 살아가는 시간을 더 벌기도 한
다. 어떤 이는 물가조작을 하거나, 사기 술수로 다른 사람의 시간을
훔치기도 한다.
　가난하여 시간을 벌지 못한 자와 풍부하여 여유가 있는 자와는,
같은 행위라도 수행하는 속도가 다르다. 부자가 비행기로 시간을
아끼면서 중국 상해에 갈 때, 가난한 자는 배와 버스를 타고 많은
시간을 드려서 그곳으로 간다.

　시간은 멈추면 안 된다.
　멈춘다는 것은 그 자리에 서 있는 것이다. 그것은 우주와 존재의
정지를 의미한다. 사망자란 시간이 있지만 멈추는 것이 아니고, 사
라져서 없어진 사람을 말한다.

삶에서 바라보는 죽음

모든 생물에게 공평하게 분배된 죽음은 살아 있는 생물들 전부가 마지막으로 가야 하는 곳이다. 죽음은 유기물이 무기물로 생명의 있음(有)이 없음(無)으로 되는 우주의 원리이고, 이런 죽음을 대부분의 사람들은 산소 공급이 안 되어서 질식하는 것, 허무와 비탄과 절망의 극치, 불가피한 생물체의 최후로 맞이하는 결론 등 여러 가지로 표현한다.

이것은 컨테이너 박스 안으로 들어간 후, 문이 철저하게 꽉 닫혀져서 숨을 쉬지 못하는 것 같은 느낌을 갖게 한다. 그것은 '희망' 이라고 써둔 종이를 장작불에 태워 버리는 것이나 다름 없다고 여긴다. 출구를 찾지 못하여, 포기할 때에 갖는 느낌이다.

또 죽은 이후를 알 수 없기 때문에, 혹시 나의 영혼이 온 산천이나 하늘에서 방향 없이 떠돌지나 않을까 우려한다. 어쩌면 종교도 고난 속에서 살아가는 문제와 죽은 후에는 어디에 있을지 등 불확실한 위치에 대한 두려움 때문에 만들어 졌는지도 모른다.

우리는 사망을 보통은 끝이나 절망으로, 또는 좋든 나쁘든 복잡한 삶의 문제들을 해결해 버리는 것으로 보며, 삶의 마지막에서 대단원을 끝내면서 커튼을 닫는 순간으로 생각한다. 죽음은 상황을 끝낼 수 있으니까, 자기가 감당할 수 없는 큰 문제를 해결하기 위해 드물게는 자기를 죽인다든지(자살), 다른 사람을 죽게 하는(타살) 방법의 선택을 흔히 보기도 한다.

그러나 문제는 사람이란 서로 얽혀서 더불어 살아야 하고, 다른 사람 없이 혼자서는 살아갈 수 없다는데 있다. 그러므로 존재를 없애버리는 자살이나 타살은 문제 해결이 아니라, 무책임하게 자기를 방기해 버리는 행위가 된다. 물론 종교에서마저도 자살과 타살을 극히 나쁜 것으로 결론 지운다.

로마 철학자, 키케로는 '지혜로운 사람에게는 삶 전체가 죽음에 대한 준비기간이다.' 라고 말했다. 그는 죽음을 우주같이 무겁게 생각하고, 그러기에 삶을 의미 넘치게 보내기를 바라는 마음에서 이렇게 표현했다.

그러나 현재를 살아가는 사람들은 죽음에 대한 언급은 웬만하면 피하려 한다. 일상적인 대화 때나 또는 훌륭한 삶이란 어떤 것인가 등의 문제를 이야기 할 때마저도, 죽음이 삶의 한 부분인데도 애써 사각(死角)지대에 두려고 한다. 눈앞에서 얼른거리는 것조차 꺼린다. 그래서 그런지 '어떻게 죽어야 품위 있는 죽음인가에 대해 부부간에 대화해 보았는가?' 라는 질문에, 해 본 적이 '없었다.' 가 64.9%였고, '있었다.' 는 31%에 불과했다.

현대화가 되어갈수록 죽음의 무게가 가벼워지고 있다.

예를 들어 인도 뭄바이에서는 주검을 쓰레기 치우듯 치우기에 바쁘다고 한다. 이것은 삶과 죽음이 모두 헐값이 되어버리는 것으로서, 생명에 외경심이 없어졌기 때문이라 한다.

근래에는 빈소를 찾아 문상을 가보면 시장판 같은 풍경을 가끔 보게 된다. 죽음으로 짐 되고 부담되었던 한 가지 일이 해결 되었다는 것 같은 양상이다. 문상 와서 문상객끼리 왁자지껄 서로 안부를 묻는다. 땅을 치는 통곡소리는 옛날이야기에서나 들었던 것이다. 죽음이 평가절하된 것을 알면서도 우리가 살아가고 있는 현실을 보면, 우리가 삶다운 삶을 살지 못하기 때문에 그 대가로 만들어진 것 같이 느껴진다.

요즈음 죽음은 그 처리과정이 국가에서 복지정책의 일부분으로 다루어야 하는 불가피한 사회적 현상으로서, 정부는 사망률의 관리에 관심을 둔다. 평균 수명은 얼마이며 어떻게 관리해야 복지 국가가 되는지, 대형 사고는 일어나지 않았는지, 그리고 '오늘의 사고' 등을 알아야 사회의 내부를 아는 것처럼 여겨지게 딘다. 자연히 통계 숫자의 조절에 관심을 많이 둔다. 그러나 이러한 죽음 이해는 '죽음 관(觀)'이 아니고, '죽음의 얕은 지식' 수준일 뿐이다.

내 죽음이 존중받지 못하면, 나의 살아온 삶이 평가 절하되고 가치도 물론 추락해 버린다. 그러면 누구나 절망감 속에 빠져버린다. 삶과 죽음은 서로 연결되어 있고, 그것은 몇 천억 도의 불길로도 뗄 수 없다. 그러므로 삶의 가치가 떨어지면 죽음의 값어치도 헐값으로 자동으로 낮아진다. 이는 내가 살아 있으면서도, 자기 구실을 못한다는 뜻이 된다.

그러므로 사람 구실을 하기 위해서는 죽음에 대해서도 그 의미와 무게를 두어야 한다. 그러려면 우리는 가치 있는 인생을 만들려고 노력해야 한다. 알퐁스 데켄은 '죽음의 문제와 마주 대하는 것은, 곧 삶의 문제를 탐구하는 것이다.'라고 말했다. 삶과 죽음이 합쳐지면 '커다란 삶'이 되므로, 죽음도 삶의 일부로 인식하여서 내팽개치지 말아야 한다는 뜻이다.

우리는 멀리 있는 사람의 죽음은 자세하게 설명을 잘 할 수 있다. 그러나 바짝 바짝 내게로 닿아오면 점점 모르게 되는 것이 죽음이다. 나의 가족의 죽음은 그냥 설명이 가능한 지식으로서의 죽음이 아니라, 살아 있는 자의 '괴로움이 포함된 죽음'이다. 부모와 자식의 죽음에도 '당연과 당연하지 않음'이라는 생각의 차이가 있다. 부모의 죽음은 당연할 수도 있지만, 자식의 죽음은 모순으로서 일생동안 가슴에 묻고 살아야 하기 때문이다. 배우자의 죽음도 슬픔이 넘쳐나지만, 실제에 있어는 자기의 죽음이 아니다.

그러다가 자기 죽음이 임박하면 어느 것으로도 설명할 수 없다. 죽음이 내게로 점점 가까이 다가옴을 확실히 느낀다면, 아무리 권세와 재산이 많아도 그것은 의미가 없어지는 등 마음이 텅 비어버린다. 남의 죽음은 사망자의 통계에 +1을 하는 것에 불과한데도, 자기의 죽음은 온 천하가 푹 꺼지고, 내리 뭉개지는 것 같이 느낀다. 존재의 없어짐은 무엇으로도 설명이 불가능하다. 살면서 세상에 좋을 일을 못하였으면서도, 신에게 천국에 갈 수 있도록 싹싹 빌기만 할 뿐이다.

어떤 죽음이든 우리는 지식으로서의 죽음이 아니라, 수준을 높여서 고뇌의 수준까지 끌어 올려야 한다. 이를 위해서 우리는 죽음을

'마지막에 겪는 외경스러운 신비'로 여기고, 죽음이후의 문제도 살아가면서 내 정서 속에 담을 수 있도록, 가치 있는 '죽음 관'을 가져야 한다.

그래야만 헐한 죽음만 보는 현실의 문화 속에서 나 자신을 건져낼 수 있겠다. 좋은 삶은 좋은 죽음 관을 형성시킬 수 있다.

죽음의 의미

노인 병원의 매일은 죽음과 관계가 있다.

이럴 때마다 나는 사람은 의당 죽어야 한다는 사실을 생각할 때마다 언제나 서럽고, 삶 전체가 무의미하고 공허하게 느낀다. 하늘을 보아도 산을 보아도 마냥 허전하여, 불안하고, 슬픈 생각만이 머릿속에 가득하다. 이런 생각을 독일의 철학자 하이데커는 '인간의 근본적인 불안'이라고 했다.

우리나라에서 지금 죽어가고 있는 노인들의 일생을 생각해 보면, 일제시대, 독제 정권, 민주화 과정 등 험난한 인생의 과정에서 고생했던 장면들이 영화처럼 지나간다. 그들은 지금까지 살아온 삶에 대해서 어떻게 생각할까?

몽골의 구비 문학에서는 "자랄 때는 이가 하얗고, 늙을 때는 머리가 하얗고, 죽을 때는 뼈가 하얗다"는 '세상의 하얀 세 가지'가 있고, "태어나면 죽고, 모든 것은 없어지고, 모이면 헤어진다."는 것을 '세상의 세 가지 진실'이라고 했다. 이것은 유(有)는 무(無)가 되고, 회자정리(會者定離)의 철학이 그 속에 담겨 있다. 세상은 자꾸만 돌아간다는 것이다.

지극히 당연한 이 말이 새삼스레 금언(金言)같이 들린다. 우리는 당연히 죽는 것을 알면서도 죽음을 애써 모르는 척 외면해 버리거나, 먼 훗날에나 생각해 볼 일이라고 미루어 버린다. 말하고 싶지 않다. 아마도 죽으면 존재하지 않으므로 논의해 보았자 소용이 없기 때문일까? 죽음을 자기의 것으로 확신하려 해도, 그것은 잠시 내 머리에 머물 뿐이다.

죽는다는 것은 정상에서 벗어나는 상태이고, 무언가 잘못되고 있다는 뜻을 가진 것으로 사람들은 생각한다. 그래서 '노인과 죽음'을 연구한다면 '노인을 연구하는 것은 이해가 되지만, 하필이면 죽음을 포함시키느냐?'고 사람들은 응답한다. 무덤에 대해서도 마찬가지로, 이 이야기를 꺼내면 사람들은 대화를 피하려 한다.

아마도 그 이유는 죽음에 대한 두려움 때문일 것이다. 누구도 경험해 보지 못한, 아무도 증명해 내지 못한 미지의 땅, 적막 속에서 홀로 훌훌히 떠나는 길, 모든 것과의 이별하여 영원 행 버스를 타는 시간, 영화 상영 도중에 필름이 끊어져 캄캄해 버린 그때의 심정 등으로 공포를 자아낸다. 이런 여러 가지 생각이 뒤섞여서 우리는 죽음을 두렵고, 찜찜하고, 깨끗하지 못하며, 뭔가 잘못된 것으로 생각하여서, 말로 표현하는 대화나 생각의 범위에서 밖으로 애써 밀어내 버린다.

다른 이의 죽음도 피하려는데, 자기의 죽음은 더욱더 생각도 하기 싫고 말하기는 두렵기까지 하다. 그러나 그렇지 않다. 누구나 죽는다. 나도 죽는다. 아니, 사람을 포함한 모든 생명체는 전부가 유한하다. 죽음은 남의 일이 아니다. 다만 영생을 믿는 자만이 새로운 생명이 탄생되는 중요한 전환점이 되는 것으로 생각할 뿐, 다른 이에게는 영원한 끝이 됨으로, 죽음은 그의 평생에서 가장 높고도 깊은 분기점의 역할을 한다.

그러나 죽음을 많이 연구한 학자들은, 죽음을 생각하는 것이 곧 결국 삶을 깊이 생각하는 것이라고 말한다. '메멘토 모리(너의 죽음을 생각하라)' 라는 것도, 죽음보다는 너의 삶에서 죽음에 비추어 생각하라는 것이다. 죽음에 비춰보고서 너의 삶을 어디에 방점을 둘까를 생각하라는 것이다. 우주의 진리에 순응하여 인간의 역할을 다 하라는 것이다.

죽음에 대한 개념은 그 시대 문화의 유산이다.

그것은 시대마다 지역마다 다르게 나타난다. 우리나라 신석기 시대에는 양지 바른 곳에 묻기도 하고, 멀지 않은 옛날에는 애기가 죽으면 하늘로 잘 올라가도록 거적때기에 둘둘 말아서 나무에 달아두었다고 한다. 몽골에는 광활한 광야에 내다버리기, 티벳에는 험준한 산곡에서 독수리 밥이 되게 하고, 불교에서는 스님을 화장시킨다. 달라이라마는 죽음을 '헌 옷을 버리고 새 옷을 입는 것' 으로서 죽음을 종말로 보지 않았다. 이들은 모두 자연과 함께 사는 방식으로 장사를 지냈다.

죽음이란 과연 인생에서 나타나는 비극인가?

만일 우리가 죽지 않고 영생을 한다면, 질병을 앓고, 추하고, 서로 거짓말을 하면서 타인을 속여야 하는 이 세상을 영원히 보아야 하는 고통을 당한다. 그러면 영생은 죽음보다도 더 끔찍할 수도 있다.

만일 하나님이 사람들에게 "더 살고 싶으냐?"고 물으면, 젊은 사람들은 "다시 태어나고 싶어요."라 할 것이지만, 늙은이는 "몇 년 정도는 더 살고 싶지만, 다시 태어나고 싶지는 않습니다."고 할 것이다. 왜냐하면 늙도록 살아보니까, 온통 온갖 고생만이 연속되는 것을 경험했기 때문이다. 속고 속이면서 사는 것이 쉽지 않았기 때문이다. 그래서 죽음을 약간은 긍정적으로 바라볼 필요가 있다.

옛날 우리나라에서는 죽음을 회피의 대상이 아니라, 준비하여 맞이해야 할 대상으로 보았다. 죽음의 준비도 개인의 일이 아니라 가족과 친지, 그리고 그 마을 전체의 행사였다. 나이 많은 늙은이는 자기가 입을 수의를 입어 보면서 씩 웃기도 했다. 호상인 경우에는 상가 집은 축제의 자리였다.

이는 죽음은 흩어져 버리거나 소멸이 아니고, 새로운 존재의 시작임을 나타내는 것이었다.

그러나 이제는 장례라는 절차를 통해 화장하거나 일찍 땅에 묻어 버린다. 간소한 예식부터 전체 장례 방식은 자본주의적으로 처리되고 있다. 처리 과정이 매우 건조하고 메마르다.

인생의 종착점

생명체에서 죽음은 연습할 수 없고, 피할 수도 없는 종말을 뜻한다. 그것은 누구에게나 자연스럽게, 그리고 시점은 다르지만 공평하게 분배된다. 이런 면으로 볼 때, 누구나 사람은 동일한 조건에 놓여 있는 것을 알 수 있다. 죽어서 가는 곳은 모두 같은 장소이다. 장례란 죽은 후에 모든 인간이 하나로 되어지는 절차를 말한다.

우리는 높고도 험하게 일렁이는 격랑의 세상을 살아가면서 끊임없이 고난을 받는다. 그러나 그것을 반대로 수련을 위한 도구로 이용하면, 삶의 지혜를 가르쳐주는 좋은 교과서 역할을 할 수도 있다. 즉 고난에서 지혜를 얻는다면, 삶 속에서 일어나기 마련인 혼미와 판단 착오를 알아내어, 방지하거나 줄이는데 도움을 준다. 이것은 험난한 인생의 바다에서 나침반 역할을 할 수도 있다.

고난을 당하여 어려움을 극복하는 과정에서 만들어지는 경험은 인간이 하늘나라로 들어가는 과정에서, 방향을 알게 해주는 지혜로 나타난다. 이것은 그것으로 자기를 점검함으로써, 신이 인간에게 인생의 무거운 짐을 조금씩 가볍게 느끼도록 배려해 준 방법이다.

누구나 성실하고 부지런하게 살다가, 그 후 좋은 죽음을 맞이하고 싶어 한다. 그러려면 고난을 극복하고 살면서 사랑할 수 있는 마음을 단련시켜야 한다. 그래야만 인생을 지혜롭고도 긍정하면서 받아드릴 수 있다.

우리의 삶은 늘 죽음과 동반한다.

왜냐하면 죽음은 삶 속에서도 무형으로 항상 존재하기 때문이다. 삶과 죽음은 반대작용을 한다. 하루를 살아가면 죽음은 그만큼 당겨져서, 하루만큼 살 수 있는 기간이 줄어든다. 사람들은 여러 가지 방법 예를 들면, 일상생활에서 만나는 좌절, 노쇠나 질병에 의한 허약함과 덧없음, 자기가 살면서 느끼는 깊은 고뇌와 아픔, 어쩔 수 없는 상황에 대한 무력감 등으로 평소 생활에서도 죽음과 이미 만나고 있다. 그래서 죽음을 조금씩 마음으로 받아드리게 된다. 그러다가 삶의 마지막 순간에 대 단원의 죽음을 만난다.

노후를 긍정적으로 살아가는 사람이면 누구나 죽음을 기꺼이 받아 드린다. 그러므로 인간에게 있어서 죽음이 있다는 것은 평화로운 세상을 만들어 가도록 호소하는 강한 방법 중의 하나이다. 살아가면서 남의 건강과 평안을 기원하고, 열심히 살다가 죽음을 받아드리면서 하나님의 세계의 일원이 될 때, 사람들은 이것을 좋은 죽음이라 하고, 존경심을 가지게 된다.

사랑으로 헌신하다가 맞이하는 죽음도 의미가 충만한 죽음에 해당된다. 이런 것에서 제일 위대한 것은 '순교'이다. 예수는 이웃을 위해 죽는 것은 구원을 받을 수 있는 헌신적인 죽음이라고 했다. 그것은 예수님이 했던 것과 같이 다른 사람을 위해 죽는 것, 나의 모든 것을 주위의 사람에게 주어버리는 죽음을 말한다. 또는 내가 죽음으로서, 그가 나의 죽음에 힘입어 살아나게 할 때에도 해당된다. 이것이 사랑 나누기를 적극적으로 권유하는 이유이다.

죽는 순간까지 최선을 다 하면서 살아왔기에, 그는 못다 이룬 삶에 미련이 남아서 연연해하지 않는다. 그는 죽음을 담담하게 수용할 뿐, 매달리거나 애걸하지 않는다. 헐떡이면서 허겁지겁 따라가지 않는다.

죽은 이후에 새로운 삶을 산다고 믿는 자나 영생을 믿는 사람은 죽으면 영원의 세계로 들어가기 때문에, 죽음이 그의 인생을 완성시키는 전환점으로 생각한다. 종교를 믿는 사람들에서 많이 발견할 수 있다. 그렇게 생각하는 노인들도 역시 따뜻하고 온유하면서 죽음을 담담하게 받아드린다. 그는 죽음을 아무런 두려움도 없는 심정으로 차분하게 대면할 수 있는데, 이런 생각을 일반 사람들은 '바람직하고 양호한 생각'이라고 한다.

생명체의 공통된 언어는 사랑이다.

인간은 신과 심지어는 짐승과도 사랑을 통하여 감정을 주고받을 수 있다. 사랑은 삶과 죽음을 꿰뚫어 관통한다. 좋은 죽음은 좋은 삶의 결과이다. 관통하기 위하여서 얼마나 좋은 삶을 살아왔는지는 '생물체에 대해, 그리고 지구를 얼마나 사랑했느냐?' 등의 사랑의 실천 정도에 따른다. 이와 같이 사랑의 대상은 신과 인간끼리만 아니고, 인간이외의 생물체도 포함한다.

불교에서는 사랑을 자비라고 표현하고, 사람들에게 자비를 베풀라고 한다. 기독교의 사랑은 좀 밝은 색을 띠지만, 그러나 불교의 자비라고 하면 뭔가 슬픈 빛을 띤다. 그러면서도 자비에서는 무한히 깊은 의미와 훈기를 느낀다. 자비로 해탈을 하란다. 본시부터 사랑은 슬픈 빛이 아니었을까? 인간의 사랑도 지극하면, 눈에 눈물이 고이니까!

사람들이 살다가 죽고 난 후에 제일 바라는 것은 사랑이신 신을 만나는 것이다. 죽고 난 이후에야 신을 만날 수 있으니까, 죽음은 두려운 것이 아니라 인간의 제일 큰 소망을 채워 주는 과정이다. 단 죽음이란 뭔지를 모르니까 두려울 따름이다.

기독교에서는 죽음이란 평범하게 자연 속으로 버려져서 썩어지는 것이 아니고, 하나님과 영적인 튼튼한 관계를 갖게 한다고 한다. 죽음이란 생각하기에도 끔찍한 최후나 끝 모를 이별이 아니라, 영원한 생명 안에서 다시 태어나는 것이란다.

그들은 죽음이란 세상의 모든 사람이나 사물들에서 떠나가는 것이 아니고, 다른 형태로 새로이 연결되는 재생의 순간으로 여긴다. 그래서 늙는다는 것은 죽어가는 연습이고, 그래서 하나님의 영광에 참여할 수 있는 자격증을 따는, 자기 자신을 깨뜨려 재구성해 가는 과정이란다.

이렇게 볼 때, 늙는다는 것은 죽음으로 나아가는 즐거운 여행인 것이다. 만일 그가 죽음을 마지못해 체념하면서 받아드리면, 긍정하는 자세가 아니다. 긍정하는 자세란 죽음을 '사랑을 주고받는 행위의 하나'로 볼 수 있어야 가능하다. 일반적으로 늙어 가면 갈수록 고독감이 점점 커져가지만, 긍정하는 사람은 그런 마음을 가지면서도 주위의 사람들과 이별하는 준비를 마음속에 항상 하고 있다. 이들은 '노화'란 헌신하여 '사랑을 완성하기 위해 나아가는 과정'으로 여긴다.

그러나 많은 노인들은 '사랑과 용서하기'가 매우 어렵다고 한다. 그래서 죽음 앞에서 인생을 긍정하는 행위를 멈칫, 주저하고 있다. 또 그러면서 자연히 죽음이 언제 닥칠지 모르는 것을 불안해한다. 죽음의 시점을 예측하기란 삶에서 제일 어려운 부분이기 때문이다.

우리는 사랑의 실천을 위하여 깨어 있어야 한다. 어느 한 순간도 공허하게 시간을 보내지 말고 열심히 살아야 한다. 그래서 사랑을 실천하다가 언제 세상을 떠나더라도 모든 것을 긍정할 수 있는 생활을 해야만 한다.

청산은 나를 보고 말없이 살라 하고
창공은 나를 보고 티없이 살라 하네
탐욕도 벗어 놓고 성냄도 벗어 놓고
물같이 바람 같이 살다가 가라 하네

세월은 나를 보고 덧없다 하지 않고
우주는 나를 보고 곳없다 하지 않네
번뇌도 벗어 놓고 욕심도 벗어 놓고
강같이 구름 같이 말없이 가라 하네

고려 말기의 선승이자 다인(茶人)이었던 나옹 혜근(懶翁 慧勤) 스님의 불교 가사이다. '혜근이 법명이고 나옹은 호'이다. 시에 나타나는 삶의 자세를 가지고, 하루하루를 열심히 살아가면, 신은 종착점에서 우리를 '어서 오게!' 하면서 반길 것이다.

-『황혼의 미학』 안셀름 그륀 저, 윤선아 번역 참조

미래를 생각하면서 살자

태어난 후, 줄곧 시골에서 살다가 초등학교 6학년 11월에, 대구로 전학하면서 처음 아스팔트길을 보았다. 트럭을 타고 밤에 대구에 도착했을 때, 차량 불빛에 번쩍거리는 길을 나는 얼음이 얼어서 번들거리는 줄 알았다.

6·25 한국전쟁 직후에는 길이나 산에서 총알을 줍기도 하고, 상이군경이 많았다. 길거리에는 거지와 부모를 잃은 고아도 많았다. 그들은 지금 돼지나 먹을 수준의 열악한 음식을 얻어먹으면서 살아갔다. 국가 총 수출액이 1억 달러를 달성하여서 기뻐하는 신문기사를 읽기도 했다. 산길을 걷다가 노루, 토끼, 여우는 물론이고, 산돼지마저 본 적도 있다.

중학 시절에 흑백 TV가 나왔고, 볼펜이 생산되기 시작했다. 30~40년 전에는 어느 가수가 '미니스커트'라는 짧은 치마를 입었는데, 길에서 그 옷을 입으면 위법행위였다. 또 머리를 길게 하면, 장발족으로 몰려서 경찰은 강제로 머리 일부를 싹둑 잘라버렸다.

그 후 반세기가 조금 지난 오늘날에는 전혀 다른 세상이 되어 있다. 시골 곳곳의 길은 모두 포장되어 있고, 거미줄같이 얽힌 찻길을 만들어 버렸기 때문에 절벽이 만들어져서 짐승들의 통로가 막혀버렸다. 여우는 거의 사라졌다고 한다.

TV프로그람도 다양해 졌고, 채널수가 대단히 많아졌다. 이제는 대부분 사람들이 장발을 하고, 거지같은 신세도 '노숙자'라는 말로 대치되었다. 물론 펜티보다도 짧은 치마를 입어야만 현대 여성인 것같이 세태가 바뀌었다. 이제는 지게나 보릿고개라는 단어는 고어사전에만 있는 단어가 되었다. 역사는 태풍과 같이 흘러가고, 과학기술은 과속으로 발전한다.

최근 뉴스에서는 차세대 우주선이 2시간 반 만에 지구를 한 바퀴 돌았다고 한다. 지금은 다른 별에 가려고 노력하고, 친척이란 단어는 사라지고 있다. 4촌의 이름도 가물가물 거린다.

멀지 않는 미래에는 남녀평등이 실현되고, 어쩌면 오히려 여권이 더 신장될 것이다. 사랑은 그 값이 대단히 헐하게 변해질 것이다. 아버지가 여러 사람이어서, 한 어머니의 아이들이 각각 다른 성을 가지거나 어머니 성을 자식에게 물려줄지도 모른다. 또는 지방자치가 강화되어서 '국민'보다는, '시민'이라는 단어를 사용할 것 같다. 우주탐사선이 수년간의 비행 끝에 곧 별에 도착하리라 한다. 인간의 염색체 DNA의 기능과 구조가 밝혀졌다. 그래서 생명 조작이 가능할지도 모른다. 실험실 애기가 탄생했다는 소식도 가능하다. DNA조작으로 다른 종류의 생명체가 만들어질 수도 있다. 그러면 그 생명체에게 있어서 인간은 창조주가 되어버린다.

그럼 2050년쯤에는 어떻게 변화되어 있을까를 여러분은 생각해 본 적이 있는가? 아마도 상상한 것보다 더 많은 변화가 있을 것이다. 달(月)은 그것을 제일 먼저 정복한 나라의 속국으로 되어 있고, 지구를 좁게 여겨서 달나라에 이사를 갈지도 모른다. 기계문명은 하루가 다르게 발전할 것이다. 이와 같이 지금의 학생들이 노후가 되었을 때는 지금보다는 전혀 다른 세상으로 변해 있을 것이다.

드디어 우주의 기원과 생명 출발의 신비가 거의 밝혀져서, 종교의 필요성에 대한 토론이 격렬해 질 것이다. 그러면 신부, 수녀, 스님, 비구니, 목사, 전도사 등의 직업은 어떻게 변해 있을까?

과거에 만화나 괴기 영화에서는 미래의 세상이 과연 어떻게 변할 것인가에 대해 상상한 것을 가끔 보기도 했다. 그때는 그냥 공상세계로 여기면서 대수롭지 않게 생각했으나, 점점 그것이 현실화 되어가는 것 같다. 만화가가 그린 작품의 세계가 멀지 않은 미래에는 삶에서 점차 나타나기 시작하면서, 인간도 만화 속의 인물과 같이 처신할지도 모른다.

종교의 미래에 관한 책을 읽고 난 후, '영화는 미래를 어떻게 그려내는가?'를 알기 위해서, 며칠 전에 우주를 여행하는 내용의 영화를 보았다. 그 영화에서는 과학기술의 발달로 별들 사이를 자유롭게 여행하지만, 인간의 갈등이나 사랑, 그리고 음식 재료 등의 기본적인 것은 현재와 변함없이 진행됨을 보여 주었다.

그러나 지구의 환경은 파괴되어서 온난화로 해수면이 1m 이상 높아질 것이다. 제일 큰 걱정은 환경 문제이다. 잘못하면 인류의 종말을 부를지도 모른다. 끝 간 데 없이 발전시키고 싶어도 종말이 되면, 텅 빈 지구가 될 것이다. 누가 이런 현상을 막을 수 있을까?

우리는 현재를 살아가지만, 후손들을 위해서는 미래도 생각하면서 살아야 한다. '과학이나 의료 기술의 발달은 어디까지 일까?'를 연구하는 것도 자녀교육에 밑받침이 될 것이다. 그래서 미래를 대비하기 위해 지금 해야 할 일을 먼저 찾아서 해야 한다. 그중에서 제일 중요한 것은 자녀들에게 나름대로의 미래 관을 갖고 살아가게 하는 것이다.

가난에서 탈출

배고픔을 참는다는 것은 매우 고통스럽다.

주린 배를 가진 사람이 느끼는 느낌을 다른 사람들은 짐작할 수조차 없다. 당사자는 지금 본능을 침범 당하고 있는데, 주위의 사람은 본능이 해결되었기 때문이다.

6·25 한국전쟁 직후 그때는 길거리에서 거지들을 많이 보았다. 다 떨어진 옷을 입고서 깡통을 들고 동냥을 하는데, 구성진 가락의 노래를 곁들여 하였다. 그 노래가 요사이는 '품바' 라고 한다. GNP가 올라가니까 덩달아 표현하는 단어도 고급스러워 진다.

점심시간에 교실에서 도시락 점심을 먹는 학생은 절반에 미치지 못할 정도였다. 겨울철 점심시간에는 밥을 먹지 못해서 배가 고프지만, 추위를 피하려고 양지바른 곳에 나가서 서로 밀치기를 하여서 몸을 따스하게 하는 것이 고작이었다. 부자 되는 것이 소원인 학생이 많았다.

청송군에서 초등학교를 다닐 때는 이런 경우도 있었다.

담임선생님은 남녀 공학반인 우리 반 학생들에게 한 사람씩 장래의 소원을 이야기 해 보라고 했다. 나는 변호사가 되고 싶다고 했지만, 많은 학생들은 장래의 소망을 '부자가 되는 것' 이라고 말했다.

우리 반에는 김 부자라는 여학생이 있었다. 그 여학생은 부끄러워하면서 일어서더니 "나는 커서 부자가 되고 싶습니다."라고 하여서 모두 와락 웃었다. 부자가 부자 되고 싶다니……

과거에는 '가난' 으로 매일 끼니를 걱정하는 일이 다반사로서, 그것을 운명으로 생각했다. 그러나 가난이 근래에는 일을 한다면, 탈출할 수 있으리라는 '저 소득자' 로 바뀌었다. 이 말은 밥은 먹고 사는데, 기본적인 생활을 유지하기가 힘 드는 경우이다. 그래도 지금의 노숙자는 과거와 같이 심하게 배고프지 않고, 교육을 받았거나 어느 정도 유식한 자가 많은 것이 차이점이다.

요즈음에는 GNP가 상승하여서 생활수준이 많이 향상되었다. 그러면서도 이리저리 생활에 쫓기는 형편이기 때문에, 이전과 같이 열악한 수준에서 살고 있는 사람들이 많다. 상대적 빈곤자가 전체 인구에서 차지하는 비율이 약 16%가 된다고 한다. 이러면 약 850만 명이 여기에 속한다.

우리나라의 빈곤 양상의 특징은 그 범위가 매우 넓게 확장되어 있다는 것이다. 근로능력이 없는 사람들이 빈한하게 된 것은 이해가 되지만, 이제는 능력이 있어도 쉽게 가난 속으로 빠져버릴 수 있다는 것이다. 산업구조가 급하게 변해 갈수록, 노동시장이 자꾸만 불안정해져 가고 있다. 그리고 열심히 일할 의지가 있어도 상대적으로 낮은 보수 때문에, 빈곤에서 벗어날 수가 없는 자가 많아졌다.

가난의 기준은 상당히 높아졌다.

과거에는 '밥을 굶는 생존차원'의 어려움에서 가난의 여부를 따지다가, 요사이는 '삶다운 삶의 가능성 여부'로 빈곤을 결정하는 것으로 기준이 바뀌었다. 요즈음 각 가정에서는 의, 식, 주의 해결에도 돈이 들어가지만, 우리나라는 전세금 등 주거비에 많은 목돈이 필요하다. 또 교육 분야에서도 젊은 부부의 허리를 휘어지게 한다. 옆집에서 교육투자를 많이 하는데, 부모로서 자기 아이를 방치할 수는 없다. 그래서 부양을 받는 자녀까지 빈곤 속으로 몰아넣는다.

고급 차를 탈 수 있는 사람은 좋은 TV와 호화 저택에 살고 고급 운동을 즐기지만, 차를 가지지 못한 사람은 중고품의 헐한 가전제품을 가지고 열악한 전셋집을 전전한다. 생활에는 돈이 있으면 무엇이든지 할 수 있고, 돈이 없으면 아무것도 할 수 없는 속칭 '제곱의 철학'이 적용된다. 인터넷이나 휴대전화는 모든 가정에 필수 소비제이다. 그러나 빈곤층에서는 그것의 구입에 큰 부담을 받는다. 그러면 세상에 대한 정보 격차가 더욱 커지게 되고, 이러한 박탈감은 빈곤층을 더욱 코너로 몰아 부치게 된다.

또 이들에게는 '사회적 소외'도 문제로 된다. 과거에는 속칭 판자촌에서도 이웃과 함께 기쁨과 걱정을 나누었다. 그러나 오늘날은 서로 대화도 없고, 생활이 비슷한 사람들 끼리끼리만 모여 산다. 특히 시민들이 노력하여 자력으로 상층부에 들어가기가 매우 힘들다.

심지어 가난 때문에 가족마저 해체되어 버리는 것도 볼 수 있다. 이런 상황에서는 빈곤층은 자신감을 잃게 되고, 무기력하게 탈진해 버린다. 이렇게 사회적으로 배제되고 문화적으로 단절되면, 정치적 표현은 거의 사라진다.

옛날에는 가난에서 벗어나기 위한 희망이라도 있었지만, 자연히 이제는 더욱 더 빈곤에서 탈출하기가 어려워 졌다. 게다가 현재는 절대적인 빈곤자수(數)마저도 불어나 버려서, 빈곤의 대물림은 자꾸만 현실화되고 있다.

과거에는 자녀의 성장이 곧 빈곤에서 해방되는 시점이 될 수 있었기 때문에 베이비붐이라는 세대까지 있었지만, 이제는 그 희망도 사라지게 되었다. 그래서 부모는 자식을 덜 낳으려 한다.

심지어 젊은이들은 복잡한 정보사회에서는 아기 키우기가 어렵다고 자식 낳는 것을 기피하는 경향도 있다. 아이들은 벌써 부모의 경제적 능력이 곧, 자신의 미래에 있을 사회적 위치를 만든다고 여기고 있다.

세계를 휩쓸고 있는 신자유주의는 부익부 빈익빈의 현실을 더 크게 확대시켰다고 생각된다. 그래서 삶에서 이긴 자와 패배자를 갈라놓은 상태가 점점 고착되어 가고 있다. 이런 갈라놓은 것을 재 봉합하려는 사업계획이 있어야 한다. 그것의 한 부분이 복지 정책이다. 경제의 성장에 동반하여 모두가 과일을 적절히, 합당하게 나누어 갖도록 정책을 잘 운용해야 한다.

*상대적 빈곤율: 소득의 정 중앙에 위치하는 사람의 소득을 기준으로 하여,
　　　　　　　그 소득의 50%를 빈곤라인으로 하고, 이에 미치지 못하는 사람 %.

돈의 위력

　누구든지 이야기를 하는 중에 돈 이야기는 함부로 꺼내지 않는다. 꺼려하여 잘 이야기하려하지 않는다. 왜냐하면 돈은 논란의 대상이 아니라, 잃어버릴까 숨기고 싶은 소유물이기 때문이다. 돈을 많이 가진 사람과 대화할 때에는 혹시 돈을 소유하는 과정 등에서 아픈 곳을 건드리지나 않을까 하여 더욱 돈 예기를 꺼내기가 어렵다.

　우리가 돈을 여유 있게 가질 때까지는 우리는 돈을 많이 소유할수록, 그 만큼 더 행복감을 느낀다. 그래서 돈을 무한히 많이 가지면, 무한까지 더 만족하리라고 사람들은 생각한다. 그러나 일단 돈을 소유하여 기본 생활이 충분히 보장되고 나면, 돈이 많아진다고 삶의 만족도도 거기에 비례하여 커지지는 않는다는 사실을 사람들은 잘 납득하지 않는다.
　돈은 있으면 있을수록 그의 속마음이 돈 생각으로 채워져서, 남을 도우려는 마음의 공간 등이 자연스레 줄어든다. 돈 자체는 악취를 내뿜지 않지만, 돈을 벌고 싶은 사람의 마음에서는 고기가 썩는 것 같은 냄새가 코를 자극하기 쉽다.

돈을 객관적으로 볼 수 있을 때, 사람들은 비로소 마음을 비워서 남을 도우고 싶은 생각이 일어난다. 돈벌이에 집착하지 않고 상호 협조가 잘되는 관계에서 돈을 모은다면 금전보다 상대에 대한 이해가 앞섬으로, 전체적으로 따뜻함과 안정성을 보인다. 그러나 돈은 경쟁하면서 벌기 때문에, 깨끗하지 못한 경우가 많아서 그 과정에는 숨기고 싶은 것이 많다.

사람들은 부자가 되기 위해 노력할 때 보다, 부자가 되고 난 후에 더 우울해 지는 경향이 있다. 노력하는 기나긴 과정이 우리를 지치게 하기 때문이다. 우리는 남과 비교하여, 상대자 보다 내가 더 많이 가질 때까지는 신경을 곤두세운다. 그 후 내가 더 가졌다고 안심하다가 조금이라도 나보다 더 많이 가지고 잘 사는 자를 찾아내면, 우리는 그만 기분이 멍해지고, 우울해 진다.

내가 월급을 많이 받는다면 기쁘다. 그러나 다른 사람이 나의 인상된 월급보다 더 많은 월급을 받는다면 찝찝한 기분이다. 왜냐하면 다른 사람과 나를 비교해 보기 때문이다. GDP가 제일 많은 잘 사는 나라가 가장 행복한 나라인가? 서양의 선진국이 다른 나라들 보다도 더 즐겁게 살아가는가? 꼭 그렇지는 않다. 이는 기준을 어디에 두는가에 따라 다르다. 행복은 돈에 완전히 의지하는 것이 아니기 때문이다.

1972년 부탄국의 왕이 국민총행복량(GNH, Gross National Happiness)을 제창한 것은 험준한 산골의 나라지만, 국민의 행복이라는 면에서 볼 때, 선진국에 뒤지지 않는다는 자신감의 표현이었다. 우리가 잘 모르고 있는, 호주 북동 쪽에 있는 바누아투라는 나라가 우리보다 더 평온 속에서 행복하게 산단다.

자유당 정권 시대까지도 우리는 연탄으로 밥을 지으면서도 학생 기숙사 정도의 크기에서 한 가족이 복작복작 함께 살았지만, 부모를 공경하고 자녀를 사랑하면서 행복했다. 요즘 소수의 가족만이 살고 있는 도시의 큰 집들은 여러 가지 시설을 갖추고 있다. 그렇다고 해서 편리한 요즈음의 가정이 방이 좁아서 뒤엉키면서 살아가던 60년 전보다 더 행복을 느낄까? '감옥 속의 고독'을 느끼지는 않을까?

어느 곳이든 빈부 격차가 많은 곳에서는 사회가 불안하여 삶의 질이 저하된다. 불안하면 제 아무리 돈이 많다하여도 걱정이 생긴다. 그러므로 GDP에 못지않게 공정한 분배가 중요하다. 안정된 사회란 공정한 분배와 이웃 사랑의 정신이 있을 때 가능하다.

약 50년 전만해도 대구에서 서울까지는 제일 빠른 기차로도 약 4시간이 걸렸다. 그 후에 과학의 급진적인 발달로 이제는 100분 만에 서울에 도착한다. 빨래도 물가에서 힘들게 하다가, 이제는 버튼을 누르면 깨끗하게 되는 세탁기로 바뀌었다. 30여 년 전에 비해 임금은 약 6~10배 늘어났다. 그러나 그때나 지금이나 우리가 느끼는 행복감은 엇비슷하다.

과학의 발달과 사회의 진보는 삶의 질 향상을 가져왔으나, 그만큼 사회 정보가 많아졌다. 그것이 또 인간을 괴롭혀서 피로(긴장)하게 만든다. 더 넉넉하게 사는데도, 삶은 점점 더 피곤을 느낀다.

사람들은 남의 눈에 잘 띄는 사치품을 구매하여, 과시하고 싶어한다. 그러나 일단 내가 소유하면 그 사치품은 평범한 주변 사람들이 가지고 있던 것의 가치로 낮아져 버린다. 또 그만 더 좋은 것을 가지고 싶어진다. 차는 가벼운 것이 연료 절약으로 좋다. 그러나 사람들은 뻐기기 위해 큰 차를 좋아한다.

또는 다른 사람들에게 으스대기 위해 꼭 히 필요하지도 않는 물건을 어렵게 벌인 돈으로 구매하는 경우도 있다. 과시를 하기위해서는 그들에게 필요한 물건이 한 없이 많다. 우리는 늘 뭔가가 부족하게 느껴져서, 어떻게 하면 돈을 많이 벌수 있을까를 생각한다. 하필이면 나에게만 좋은 기회가 오지 않는 것 같다. 항상 돈의 부족으로 행복하지 않다고 느낀다.

그럼 돈은 인간을 꼭 히 불행하게만 만드는가?

아니다. 당신을 행복하게 만들 수도 있다. 돈이 인간을 불행하게 만드는 방법의 반대편으로 생각하면 된다. 우리는 주위가 익숙한 곳에서 살지만, 생각을 좀 더 먼 곳에 두라. 멀리 여행해 보는 것도 좋은 방법이 된다. 또 어떤 현명한 사람은 '무형의 경험'에 투자하라고도 한다.

행복을 위한 또 한 가지의 방법은 당신의 돈을 남을 위해 쓰는 것이다. 거금을 쓰면 좋지만 적은 액수도 관계없다. 자기에게 맞는 액수를 사용한다. 이때 느끼는 작은 행복이 많이 모이면, 하나의 큰 행복보다 나을 수 있다.

행복을 위해서는 자주 작으나 보람을 느끼는 일에 투자하라. 돈은 남을 위해 쓸 때, 효과가 가장 좋게 나타난다. '행복 투자'란 스스로 충분히 가졌다고 생각한 사람이라면, 누구나 할 수 있는 것이다. 그런 투자자들은 가진 것이 적더라도 마음이 너른 사람들이다.

신념

    어떤 생각이나 현상에 대해서 사람들은 자기 나름대로의 관점을 가지고 있다. 관점을 오랫동안 가지면, 소신으로 변하여 주장의 근거가 된다. 또 시간이 흘러가면 소신은 이론 체계가 잡혀지면서 점점 익어가서, 그것은 확고한 신념이 된다.

    그것이 만들어지기까지 그는 긴 세월 동안 여러 경험을 머리에 축적해 왔다. 그래서 문제가 있을 때, 같은 문제를 두고도 성장한 환경에 따라 어떤 이는 이렇게 설명하기도 하고, 다른 이는 저렇게 말하기도 한다.

    때로는 주장에 동조하는 사람들이 한 편으로 쏠려 있는 경우도 있지만, 어떨 때는 양 측의 숫자가 거의 엇비슷하기도 한다. 지동설의 초기와 같이 소수만이 진리의 편에 서는 경우도 있었지만, 제일 큰 대립은 대통령 선거 때, 불과 몇 표의 차이로 한 쪽이 승리를 하는 경우를 들 수 있다.

이런 경우도 있었다.

1954년 자유당 시절에는 국회에서 개헌안 통과에 1명이 모자랐다. 전체 의원들 중에서 통과 가능한 136명에서 1표가 모자랐다. 이때 부족한 의원 수를 4사 5입 원칙을 만들어서 헌법을 통과 시켰다. 당시의 여당 국회의원 중 단 2명만 4사 5입 가결 방법을 반대했다고 한다. 풍딴지같은 통과였다. 2명만이 올바른 판단을 행사한 것이다.

'어떻게 살아가야 그런대로 가치 있는 삶이 될까?'에 대해 고심하면서 살아온 사람은 누구나 자기의 갈고 닦은 생각을 밑받침으로 하여 형성된 신념을 가질 수 있다. 만일 그 신념에서 사람들이 좋아하는 향기를 내뿜거나 아름다운 면을 발견할 수 있으면, 다른 사람의 동의를 받는 공감대가 만들어져서 확산될 수 있다. 그것이 따뜻함과 정의를 대변하여 확산되면, 많은 사람이 동의하여 신념은 사상으로 변하여 주의(主義)로 만들어 지기도 한다. 주의란 지구상의 많은 사람들이 공감하는 큰 원리를 말한다.

신념은 각자의 사고의 산물이기 때문에, 같은 목표를 두고도 입장에 따라 여러 가지가 가능하다. 누구는 자유 민주주의를 택하고, 어떤 이는 사회주의를 택하기도 한다. 현실에서 지금의 복지 정책의 속도가 너무 빠르다는 사람이 있는가 하면, 어떤 이는 더 빨리 진행해야 한다고 한다. 어느 것이 맞는지는 신(神)만이 아신다. 신념은 '불완전한 사람의 것'이기 때문이다.

마음속에 있는 개인의 생각은 소신으로서, 신념으로 단일화 되는 것은 대단한 노력이 필요하다. 세상에는 다양한 인간의 생각이 있기 때문에, 개인이 가진 한 가지로는 통일된 견해가 될 수 없다. 그러나 그것이 공감의 폭이 넓으면 넓을수록 그 뿌리는 더욱 확실하게 사회에 적용된다. 여러 사람의 생각의 공통성을 주류로 하여 만들어진 신념은 있을 수 있다.

즉 개인의 생각이 곧 신념으로 되려면, 많은 노력으로 거의 신의 경지에 가서 공감대를 형성해야만 가능하다. 다만 국가만은 통치를 위해 한 가지 신념만을 인정할 수는 있다. 이런 통일된 신념이 있다는 것은 신사조(新思潮)나 전쟁 등 무언가 외압이 강하게 작용했을 때만 가능하다. 왜냐하면 공세(攻勢)나 압박에 공동으로 대처해야 하기 때문이다.

인간의 두뇌 능력으로는 한계가 있다. 수십 년 후에 인간 두뇌보다 더 영특한 스마트폰 기계를 가질 것이라고 하니, 어디 미래를 한번 기다려 보자. 그 기계는 신념 등을 어떻게 형성하며 인류의 미래는 어떤 방향으로 인도해 줄지 궁금하다. 아마도 인간이 지금의 지능 수준 또는 지금보다는 조금 더 나은 정도일 때에는, 개성이 있는 개인들이 모여 있기 때문에 강력한 외압이 없으면 아마도 인간은 영구히 단일화 된 통일된 신념은 갖기가 불가능할 것이다.

모든 주장들이 단일한 결론으로 종결되어 기타의 의견들이 웃으면서 자진하여 철회할 때까지, 여러 학설들이 심심해서 잠들 때까지, 각각의 의견이 세탁기 속으로 들어가 버릴 때까지, 인간들은 자기 것을 연구하여 주장하거나 입장을 설파할 수밖에 없을 것이다.

그러나 인간의 주장이나 신념은 선한 결과를 낳지 못한 경우가 많았다. 이상(理想)생각을 하여 만든 종교적 이데아는 잘 흘러가다가, 이데오르기로 변질되어서 중동아시아나 아프리카에서 전쟁이 많이 일어났다. 이것들로 과거부터 많은 사람들을 죽였고, 지금도 살육 중이다. 약간의 해석 차이 때문에 사랑을 부르짖는 종교마저도 세계적인 살육의 한 복판에서, 지금도 활보하고 있다.

곳곳에서 터져 나오는 소신은 우후죽순처럼 다양한 방법으로 인간을 유혹한다. 그래서 어떤 이는 이곳으로, 어떤 이는 저곳으로 기웃거리게 된다. 그는 그의 주장이 합당하고 정당하다고 하지만, 신의 입장에서는 그것이 종국에는 꼭히, 선(善)쪽에 있다고는 확신할수 없다. 그러므로 각자의 주장의 위치가 불확실하기 때문에, 우선지금 여기서 상대의 생각에도 귀를 기우리고 존중하려고 노력해야한다.

어쩌면 장님이 코끼리를 만지는 것처럼, 인간은 진리를 알기에는한계가 있나보다. 그것을 우리는 자기에게 설정된 환경이 다르기때문이라 할 것이다. 생각을 결정지우는 환경을 누구에게나 똑같이만들 수는 없기 때문이다. 이를 다른 말로는 운명이라 한다.

동물의 권리

짐승들도 하나님이 만든 생명체이다. 인간은 만물을 다스릴 자격이 있으므로, 고기를 먹을 자격이 있다. 그러나 고기를 폭식하라는 것이 아니고, 영양분으로 알맞게 먹으라는 것이다. 동물도 생명이며, 그러므로 살아갈 권리가 있다.

동물권이란 동물이 가질 수 있는 최소한의 기본 권리를 말한다. 그러나 동물들은 사람들이 그렇게나 나쁜 환경에서 살고 있는지를 추측이 불가능할 정도로 열악한 환경에 놓여 있다. 동물은 인간이 먹음직한 냄새를 풍기면서 밥상 위에 얹히는 음식이 되거나, 서커스에서 인간의 관심을 끌려고 매를 맞으면서 고된 훈련을 받기 위해 태어난 존재가 아니다.

인간이 세상에 존재할 섭리가 있듯이, 동물과 작은 풀꽃, 심지어 물고기 새끼 등 모든 생물은 이 땅에서 자기 나름대로 고유한 생명을 유지할 수 있는 자격을 갖고 있음을 인간은 인정해야 한다. 그러나 인간은 자기들이 신인 것 같이 여기는 모양이다.

2000년부터 14년간 우리나라에서 구제역과 조류 독감 등으로 생매장되거나 살 처분된 생명은 무려 2,800만 마리정도가 된단다. 2014년에는 11월까지 약 1446만 마리의 오리나 닭들이 살 처분 되었다. 인간 마음대로 강제로 태어나게 해서 강제로 생매장시켰다. 하나님은 이런 인간의 행위를 '잘 했다.'고 칭찬하실까?

인간들 사이에는 조그마한 불평등이 발생하거나 착취가 일어나도 큰 문제로 이슈화 되게 된다. 그러나 인간과 동물간의 불평등은 그 폭이 점점 더 커져서, 이제는 사육 후 집단살육을 하는 등으로 심각해지고 있다.

조류 독감이 발생하면 발생 농가 3km 반경 이내의 모든 가금류를 '살 처분' 한다. 이것을 잔인하게 표현하면 깡그리 죽이는 것, 사전에 나오는 단어 중 가장 끔찍한 '몰살' 시키는 것이다. 질병의 확산을 방지하기 위하여 예방하려는 차원에서 죽인다고 한다. 인류의 풍부한 음식만을 생각하다보니 지상을 생지옥으로 만들고 있다.

그러나 살처분의 진짜 이유는 바로 여론을 악화시켜 버리거나, 상품의 가치를 하락시켜서 수입이 줄어들지나 않을까를 우려하기 때문이다. 즉 생산성 저하도 문제이지만, 판로가 사라질 우려에 대한 해결법이었다. 그래서 몰살이라는 살 처분의 극단적인 방법을 선택해 버렸다. 하기야 질병이 만연하면 더 큰 사회적 혼란이 일어남으로, 이를 막기 위해서 생매장시켰다면 할 말이 없는 것도 확실히 맞기는 하다.

독가스로 죽여서 집단으로 매장해 버리는 것은 야만적인 동물 대(大) 학살극이지만, 사람들은 '어쩔 수 없지 뭐!' 라고 여기고 있다. 그러나 이렇게 동물을 살육하는 것을 사람들은 21세기 문명시대의 비윤리적이고도 반생명적인 정책으로 여긴다. 그래서 대량으로 죽이는 것은 우리들에게 깊은 정신적 상처를 남기고 있다.

좁은 지구 위에 너무 많은 인간들이 살고 있다.

이런 인간의 영양부족을 충당하려고 대량사육을 하는 것도 인정한다. 그러나 거기에 따라오는 새롭고도 무서운 질병의 만연을 인간은 감수해야 한다. 그래서 무조건 죽이기만 할 것이 아니라, 거기에 대한 대책도 세우면서 음식에 대한 대책을 세워야 한다. 먹고 살아가기엔 살고 있는 인간 숫자가 너무 많다는 것이다. 그러나 국가는 앞으로 인구수가 줄어든다고 아우성이다.

인간은 자기들의 예리한 두뇌를 이용하여 질병을 방지하려고 노력은 하고 있다. 그러나 세균들은 그보다 몇 배 더 빨리 증식하거나 변종을 함으로서 인간을 비웃고 있다. 에볼라균 전염의 빠른 확산이 이를 잘 설명해 준다. 신이 인간에게 '번성하라!'고 축복했지만 너무(too much) 번성하면, 축복이 아니라 저주로 변하는 것은 아닐까?

동물 농장 TV 프로그램에서는 인간의 성격에서 선한 면과 악한 면을 동시에 볼 수 있다. 어떤 사람은 동물을 살리려고 피나는 노력을 하는데 반해, 어떤 악한 자들은 심하게 학대하거나 괴롭히면서 즐기는 정신병적 사람들도 있는 것을 보았다. 이들 모두는 똑 같은 태양아래에서 똑 같은 시간안에서 살아가는데도, 왜 무한한 선과 끝 모를 악을 동시에 보일 수 있을까? 이런 인간들이 한데 뭉쳐서 지구의 역사를 만들어 나간다면, 이런 역사의 종점은 어디일까?

동물도 스스로가 질병에서 회복할 수 있는 자연 치유력이 있다.

그러나 특히 기업 형 축산으로 키우면, 저항력을 증강시키는 기회를 동물에게 주지 않아서 자연히 허약하게 키운다. 닭은 태어나자 말자, A4용지 크기와 비슷한 곳에서 날개 한 번 제대로 펴지 못하고, 조금 성장한 후에는 평생 알만 낳다가 바비큐나 닭갈비가 되어 인간의 입 속으로 직행할 뿐이다. 겨우 6개월 남짓 더러운 곳에서 살다가 죽는 돼지도 역시, 동물들 중에는 사회성도 좋고 매우 깨끗한 곳을 좋아한단다.

기업 형 축산을 한다면, 그 기본정서는 '가축이란 정신적 감정적인 면이 없고, 모성(母性) 등의 다양한 본성도 아예 없는 것'으로 생각해 버리는 것에 있다. 오직 상품으로서 돈벌이 등 경제적 가치로만 판단을 내려버린다. 그러나 가축도 생명체여서, 희로애락의 순수한 감정이 있다. 오히려 복잡한 속내를 가진 인간들이 그들에게서 순진성을 배워야 한다.

이미 유럽에서는 가축이 언젠가 음식상에 얹힐지라도 '생명이 갖는 최소한의 복지와 권리'를 인정하는 방향으로, 발전된 나라답게 생각이 전환되고 있다. 그 첫걸음으로 동물을 인간과 같이 지각과 감각을 가진 존재로 인정하는 것에서 출발했다.

영국의 '농장 동물 복지 위원회'에서는 가축들은 1. 배고픔과 목마름에서 자유, 2. 불편함으로부터 자유, 3. 고통과 질병에서 자유, 4. 움직일 수 있는 자유, 5. 공포와 불안에서 자유. 등 5가지 자유를 주창했다. 또 그들은 동물 복지 향상을 위해서는 정책이나 법 또는 제도개선도 중요하지만, 동물에 대한 인간의 인식을 바꾸는 것이 더 중요하다고 했다.

그 해결 방법으로는 1. 채식을 하거나, 육식을 줄인다. 2. 동물복지가 인증된 축산물을 구입한다. 3. 동물실험을 거치지 않은 화장품이나 생활용품은 구매하지 않는다. 4. 곰 쓸개즙 등 동물에게 극심한 고통을 주는 보양문화는, 그 상품을 이용하지 않는다. 5. 동물쇼를 관람하지 않고, 모피나 오리털 제품을 구입하지 않는다. 등이다. 후진국일수록, 정도가 낮은 생활을 할수록 위의 해결법을 무시하는 경향이 많아진다.

위에 거론한 것들은 동물복지에서 제일 중요한 근간이 된다. 생태계에서 불균형과 부조화로 인해 재앙이 발생하면, 가장 큰 피해는 바로 우리 인간이 받는다는 것에 근거를 둔다. 이것은 누구나 인정할 것이다.

우리가 살아가는 데 있어서 환경과 생태의 비중은 막중하다. 그러나 정부가 내세우고 있는 녹색성장이라는 구호는 이것들을 경제적 성장의 가치 밑에 두어버렸다. 이는 크게 잘못된 판단이다. 사회의 성장에 생명 존중과 생태 조화를 포함시켜야 한다. 인간과 동물, 그리고 자연이 모두 행복하게 공존 할 수 있는 진정한 녹색성장 정치가 필요하다. 생물 모두가 행복한 지상을 만든다면, 그곳이 곧 천당이다. 즉 현재 여기가 천당이 된다.

(박상표 / 개마고원 / 『가축이 행복해야 인간이 건강하다』 참조.)

인생의 지향점 설정

　흔히들 길고 긴 삶의 여정을 42.195km의 마라톤에 비유한다. 내가 '마라톤' 경기에 매력을 느낀 이유는 다른 경기와는 달리, 연습 시간이나 경주를 하는 것은 곧, 자기 자신과의 싸움을 시작하는 것이기 때문이다.

　물론 더 나은 기록을 세우기 위해 부단히 노력하는 전문적 마라토너들이 있다. 그러나 주위 사람들의 페이스에 휘둘리지 않고, 자신이 설정해 놓은 계획에 따라 중도에 포기하지 않고 묵묵히 달리는 일반 마라톤 애호가들이란 자신과의 싸움을 자원한 사람들이다. 사서 고생을 자원한 사람들이다.

　고생 끝에 마라톤을 완주한 후에는 모두가 '성취'라는 달콤한 결실을 얻을 수 있다. 그래서 절대다수의 사람은 '경쟁'이라는 스포츠의 보편성보다는 '극기(克己)'라는 마라톤만의 특수성에 훨씬 더 큰 비중을 둔다.

　우리는 행복하고 성공적이면서, 안정적인 미래를 위해 마라톤 경기를 할 때와 같이 끓는 피를 가지고 극기하면서 살아가고 있다. 그러나 생활 전선에서는 투쟁적으로 '이겨야 한다!' 는 목표 아래, 상대를 누르고 올라서기 위해 최선을 다 한다. 승리의 발판을 닦기 위해 날마다 최선을 다하면서 살아간다. 자기를 수양하는 마라톤과는 달리, 스스로가 살아가기에도 바쁜 매일을 보내고 있다.

이기기 위하여 모든 수단을 동원하여 살아가는 이 사회에서, 그러나 각 종교는 그와 반대로 '인간이 이타(利他)의 삶으로 나아갈 때 비로소, 진정으로 행복하고 아름답게 삶을 살아갈 수 있다.' 고 설파한다. 이런 것은 현실과는 크게 괴리가 있다. 특히 이것은 한국의 청소년들에게는 허공을 향한 메아리일 뿐이다. 스스로가 매일 경쟁을 위한 준비에 바빠서, 소리쳐 보아도 귓전만 울릴 뿐 어느새 사라져버린다. 오로지 생존에 내몰려서 허우적거리기에, 이타정신은 교과서에만 존재하는 단어로 생각한다.

이런 생존을 위한 치열한 경쟁의 원인으로, 가깝게는 자기 자식이 남의 자식보다 더 잘되기를 바라는 부모의 영향이 미친 것이다. 그러나 전체적으로는 오직 생존을 위한 투쟁의 법칙만이 존재하는 우리 사회의 제일 기본은 '지면 안 된다' 고 하는 '경쟁심' 으로 만들어져 있기 때문이겠다.

그러나 지금의 세상이야 어떻게 굴러가고 있든, 우리가 추구해야 하는 것은 이타(利他)적인 삶이다. 그것은 대한민국의 이념인 '홍익인간(弘益人間)의 삶과 같은 것이며, 이는 자기중심적 사랑에서 타인 중심의 생활로 나아가야 함을 말하는 것이다. '홍익' 은 불교에서 말하는 '이타' 나 기독교의 '사랑' 과 같은, 선(善)의 실천과 맥을 같이한다.

그러므로 불교에서는 '자비는 남의 아픔을 자기의 아픔으로 느끼는 것'이라고 설법하고, 기독교에서는 '네 이웃을 너의 몸과 같이 사랑하라'고 가르친다. 이것은 이 세상이 평화롭기 위해서는 혼자만이 행복해서는 안 된다는 말이다. 모두가 행복해야 한다는 뜻이다.

우리는 인생을 살아감에 있어 완벽하지 않기에 많은 상처를 서로 주고받는다. 또 바로 그 상처로 인해 아픔과 비통함을 매일 느끼지만, 나와 타인이 지구위에서 함께 살아가는 과정에서 상처를 주고받는 것은 어쩔 수 없다고 생각한다.

상처를 주고받는 것이 피할 수 없는 일이라면, 이 상처를 주고받는 것을 긍정적으로 받아들이는 것이 필요하다. 상처받은 과일이 더 향기롭고, 그랜드캐니언과 같이 상처가 큰 땅이 더 경치가 좋은 곳이다. 스위스의 루체른은 아름다운 높은 산과 빙하에 깎여서 아픔으로 생겨난 푸른 호수가 선경(仙境)을 이룬다. 몸져누워 며칠을 헤매다가 처음으로 본 파란 하늘과 쏟아지는 햇살은 잔인하도록 아름답다. 인간에게도 상처를 입을 때는 아픔을 느끼지만, 그 상처는 그의 인생관을 더 확대시키고 승화시켜서 아름답게 해 준다.

인생의 늦은 나이에 그윽한 인품을 풍기는 사람은 잔잔한 강에 배를 띄워놓고 그냥 인생을 한가하게 즐기는 사람을 의미하는 것이 아니다. 그것은 거친 파도를 넘어서, 험난한 인생항해를 경험해 온 사람들로 부터 훈훈하게 우러나온다.

불완전한 인간이 살아갈 때, 실패와 실수는 있을 수밖에 없다. 완전(完全)은 보기에는 좋으나 이는 하나님의 영역이고, 또 우리 인간이 완전하다면 우리들은 완전함을 자랑하면서 자만과 교만으로 꽉 채워지게 된다. 실패는 쓴 맛이 나지만, 인생의 좋은 약이 될 수도 있다. 실패를 통해서 배움을 얻어야만 우리는 성숙해 지고, 비로소 신의 존재를 한층 더 깊이 체험할 수도 있다.

어느 목사가 말하길, '깨어지고 상처받아 괴로워하는 심령에만 하나님은 임재 하신다.'고 했고, 인간은 삶에서 아무리 잘 나간다 하더라도, 야구로 치면 3할 대 타자의 수준이라고 했다. 인간은 10할 대로 안타를 때릴 정도로 완전하지 않기에 종교에 의지할 수밖에 없다. 또 역설적으로 이런 점이 인생의 참 맛을 느끼게 한다. 만일 우리가 완전하다면 인생이라는 야구게임은 영원히 진행될 것인데, 그 어느 누구가 그 야구를 재미있다고 보겠는가? 관중들은 지루해서 돌아가 버릴 것이다.

매일의 생활을 사람들은 자기 나름대로는 최선을 다하여 살아간다. 그러나 부단히 노력하더라도 우리자신은 신이 될 순 없다. '예수가 손을 들면 우리도 손을 따라 드는 것이지, 꼭이 예수님의 손 높이까지 맞추어야 하는 것은 아니다.'라고 한 어느 신부님의 설교처럼, 인간의 능력이란 한계점이 분명히 존재 한다. 그래서 사람들은 자기 본연의 자아에 대한 해답을 찾으려고 종교에서 많은 노력을 한다.

인생에서 성공(成功)적인 삶이란 어떻게 사는 것을 말하는 것인가? 나의 삶은 과연 성공적이었다 할 수 있을까? 경쟁제일주의의 시대를 살아가면서, 남에 한 배려가 전혀 없는 사이코패스들이 넘쳐나는 이 시대에, 성공적으로 산다는 것은 무엇을 의미할까? 이런 갓을 우리는 알 수 없다. 대략적으로 짐작만 할 뿐이다.

어쩌면 이런 것은 신의 영역일지도 모른다. 또는 어떻게 보면 성공이란 행복처럼 쫓아가서 찾는 자에게 주어지는 것이 아니라, 열심히 살아가는 삶의 현장 속, '지금, 여기'에 이미 존재 하고 있는지도 모른다. 우리가 찾아내지 못하였을 뿐일 것이다.

즐겁게 수고한 보람으로 지내면서, 모든 삶이 전부 하늘의 선물이라고 감사하면서, 우리가 일상 속에서 열심히 살아간다면, 이미 우리들의 삶 속에 성공적인 삶이 와있지는 않을까? 어찌 보면 최소한 '살아있다'는 그 자체만으로도 희망을 이루어 낸, 승리의 삶이라 할 수 있을 것이다.

남과 비교하지 않으면서 신의 섭리에 따라 스스로 성실히 노력하면서 묵묵히 살아간다면, 하늘도 땅도 인정하는 진정한 의미의 성공적인 삶이 될 것이다. 하늘은 스스로 돕는 자를 도우니까!

-위의 글은 대학 동기인, 전 대구 가톨릭 의대 학장 권굉우 교수의 정년퇴임 연설을 참조하였다.

평화로운 곳

친구와 대화를 하는 중에 어쩌다 평화 이야기가 나왔다. '평화로운 곳은 어떠할까?' 라는 나의 질문에 친구는 평화로운 상황을 예를 들면서 설명했다.

"점심을 먹고 난 시간에, 나의 집 애기가 옆집의 어린이와 마당에서 소꿉놀이를 즐기고 있다. 애기 엄마는 언덕 위에서 일하던 남편이 맛있게 먹고 난 점심 밥상을 설거지하고 있다. 멀리 매미가 찌르르 우는 곳에서 식후에 남편이 담배 한 모금을 빨아드리면서 휴식을 취하고 있다면, 이런 곳이 평화스런 곳이 아니겠는가?"라고 대답했다.

"그러나 현대 사회는 농경시대보다 매우 바쁘게 움직이면서 살아간다. 그럼 과학이 발전한 이 시대에는 어떤 상태라야 평화롭다고 말할 수 있을까?"를 그에게 또 다시 물어 보았다. 조금 머뭇거리더니,

"기쁘게 살아가는 곳이겠지. 자기가 할 것은 모두 스스로가 하고, 남을 도우면서 열심히 살아가는 곳이겠지. 때로는 사람들 사이에 의견이 대립되어도, 양보하고 타협할 줄 아는 사람들이 살아가는

곳이 아니겠는가!"라고 대답했다.

　나를 포함한 모든 인간은 평화를 바라면서도, 마음속에는 탐욕과 증오심, 싫어함, 시기함 등으로 인해 화평한 분위기를 만들지 못한다. 대인 관계에서 의견 충돌이 일어나면 다툼이 가능하고, 견해차이가 심한 것이면 서로 뒤돌아서서 외면해 버릴 것이다. 이렇게 되면 세상은 우리에게 원한과 대결을 계속 부추기게 된다. 그래서 세상일을 처리함에 있어서도 투사정신으로 이겨 나가기를 격려하고, 전쟁에서 승리하면 영웅시하고 있다. 과격함을 좋아하고, 평화를 지향하면 나약한 사람으로 몰아 부친다.

　역사는 전쟁에서 이긴 자의 기록이다.

　우리나라 역사에서 만일 백제가 3국을 통일했다면, 백제 왕조의 치적을 후손들은 배우고, 입학시험에서도 백제에 대해서 월등 더 많은 문제가 출제되었을 것이다. 역사에서는 정의로운 자에 대한 배려가 없다. 평화를 사랑하거나 정의롭게 살려고 하는 자는 어쩌면 어리석은 자일지도 모른다. 오로지 승리자만이 역사 무대에서 주연을 담당한다. 패배자는 꺼져라. 선거는 당선자의 몫이다. 낙선자는 집으로 돌아가거라.

　우리는 여러 가지 생각과 다양한 환경, 그리고 개인에게 부여된 특유의 인격을 가지고 살아가고 있다. 각자의 커 나온 환경이나 교육을 받은 정도와 내용은 모두가 다르다. 그래서 각자는 자기만의 개성과 경향, 기호, 경험을 가지고 있다. 각자의 성격은 살아가는데 필요한 무기 역할을 한다. 그래서 이것으로 남을 공격하거나 방어를 할 때도 있다. 이런 경우로 미루어보아, 평화는 싸우지 않도록 다양한 사람들의 입장을 배려하는 곳에서만 발견할 수 있다.

그러나 현실은 그렇지 않다.

세상은 한 시도 평화로운 해가 없었다. 사회 복지가 잘 되어 있는 곳이면, 다른 곳 보다 그 사회는 평화를 지향하는 편에 가깝다. 그러나 수 년 전 복지국가인 노르웨이에서도 어느 극우 청년의 테러가 일어났었다. 우리나라도 지루한 냉전과 휴전의 상태가 지속되고 있고, 미국에서는 대통령 선거의 후보자들 끼리 서로를 깎아내리고 있다. 종교의 위력 앞에 숨죽이던 회교국가에서는 살상이 이어지고 있다. 그러면서도 그곳 사람들은 "평화를 달라!"고 외치고 있다.

우리는 평화를 지향해야 한다.

그럼 평화를 향하는 사람들은 어떤 사람들인가? 그들은 가난하고 소외된 자들을 한 번 더 바라보는, 마음이 화평한 사람들이다. 평화로운 생각은 조용한 마음이 지속되어 내면을 안착시킬 때, 비로소 가능하다. 그가 평온하게 사람을 대하면, 자연히 자기 주위마저 평화롭게 변화시킨다.

그러나 일상의 삶은 불안의 연속이다.

조용할 수가 없다. 그로인해 심란할 때, 사람들의 마음은 흔들린다. 사방에서 일어나는 여러 여건들이 우리의 마음에 풍파를 일으키기 때문이다. 평화를 받아드릴 여유가 없다.

이런 실패를 거울삼아 우리는 후손들에게 평화의 중요성을 가르쳐야 한다. 평화는 사랑이 넘치는 곳에서 수입해 온 것이 아니고, 각자의 마음에서 키워야 한다는 것을 알게 해야 한다. 또 평화를 위한 교육은 생활 속에서 몸소 실천하는 교육, 사랑으로 자기희생을 감수할 수 있도록 하는 교육이어야 가능하다. 이론만으로는 불가능하다.

또 우리들은 평화적인 삶을 위해 본받아야할 분들을 많이 가지고 있다.

그분들 중에는 어떻게 살아야 평화스런 삶인가를 모범으로 보여준 틱 나한 스님이나 테레사 수녀, 모든 생명을 존중하는 것을 신조로 하여 삶을 수행한 알베르트 슈바이처, 모든 생물은 살아갈 가치가 있다는 다양성 존중의 정신으로 살아가고 있는 달라이라마, 비폭력이 폭력을 이긴다는 신념을 선택한 간디 같은 삶도 평화의 전도사 같은, 우리가 따르고 싶은 형태로 살아왔다.

지난 번 교황이 우리나라를 방문했을 때, 그는 약하고 소외되고 억울하고 가난한 자들 편에 서서 설교와 활동을 하였다. 혼자서 TV를 통해서 교황의 활동을 보기만 하면서도 멋쩍게도 여러 번 눈물이 눈에 고였었다. 혼자서도 여러 번 박수를 쳤었다.

평화를 지향하는 사람들은 모두 우리 주위의 환경을 더 좋게 개선하려고 노력하는 자들이다. 그들은 사회의 주변으로 밀린 자들에게 더 좋은 여건을 만들어 주려고 노력한다. 나무마저 함부로 베지 않는다. 자원봉사를 많이 한다. 즉 생명을 보호하고 남을 위해 시간을 할애하는 자들이다. 또는 연구실에서 인류를 위해 밤새워 노력하는 자들은 물론, 살아가면서 선행(善行)을 하고 싶어 하는 사람들도 이 부류에 속한다.

누구나 상대방을 마음으로 받아드리는 자세를 가지면, 평화주의자가 될 수 있다. 폭력을 쓰지 않는 자, 사랑을 실천하는 자, 평화의 소중함을 가르치는 자, 다양성을 인정하고 존중하는 자, 모든 생명을 존중할 줄 아는 자, 지구의 아픔을 절감하는 자 등은 모두가 하나임을 느끼고 평화를 사랑하는 자들이다.

평화는 단순히 전쟁이 없는 상태가 아니다.

전쟁이 없어도 가난하거나, 여러 질병이 퍼져있는 곳, 독재정치를 하는 곳에는 평화가 없다. 사상 대결이 있거나, 끝없이 내분이 일어나는 곳이면 평화는 떠나 버린다. 너무 많이 조용한 것도 좋지 않다. 억압된 분위기가 여기에 속한다. 억눌려서 조용하기만 하고 토론이 없다면, 그곳은 공동묘지와 같은 곳일 것이다.

그럼 평화로운 곳이란 어떤 장소일까?

그곳은 현재명이 작사, 작곡한 노래가사에서 볼 수 있다. 출렁이는 인생의 격랑에서 노를 저어 험한 물결을 넘어가야만 비로소, 발견하는 산천경개 좋은 언덕이다. 문제점이 나타나도 갈등으로 소란을 일으키는 곳이 아니다. 약점이 있는 인간이 서로 화합하여 공동으로 노력하는 곳이다.

그러기에 평화가 살아서 숨 쉬는 곳은 시원한 바람을 맞으면서 서로가 격려하는 화해의 언덕이다. 질풍같이 부는 폭풍을 거슬러 오르고 삼켜버릴 듯한 파도를 지나서 드디어 돛단배가 도달한, 자유 평등 행복이 가득한 곳이다. 그곳에 도달하려면, 험하고 어려운 고난을 수없이 이겨나가야 한다. 엄청난 대가를 치러야만 한다. 이렇게 극복하려는 긍정적인 각오가 가슴 속에 넘쳐날 때, 바로 거기에 평화가 깃들 수 있다.

평화는 더 건강하고, 더 정의롭고, 더 소통할 수 있고, 더 안전하게 살 수 있는 곳에 있다. 가슴이 단점과 갈등과 경쟁심으로 꽉 채워진 인간이 삶을 지배하면, 평화는 안착될 수 없다. 무질서, 질병, 강권, 인권 말살, 사람차별 등이 있는 곳에는, 평화가 깃들기는커녕, 멀리 도망쳐버린다.

그래도 그곳에 평화가 있다면 그것은 평화로 위장한 두려움이 가득한 가짜 평화가 있을 뿐이다. 지상에서 평화로운 곳은 단점 투성이인 인간의 힘만으로는 이룰 수 없다. 건설할 힘이 부족하다. 인간의 노력에는 한계가 있기 때문이다. 하늘이 도와주어야 한다.

평화를 위해서는, 평화의 절대 가치를 선포하는 종교 수준의 확신이 필요하다. 종교는 인간의 평화를 위한 마지막 보루이다. 종교는 인류의 지향점을 밝혀 준다. 생명을 지키고 사랑을 실천하는 법을 가르쳐 준다.

그러기에 종교는 도움이 필요한 약자의 편에 서야 한다. 또 종교는 전쟁에서 승리한 자보다도 정의롭게 살아가려는 자를 중심으로 역사를 써 나가야 한다. 가진 자의 논리를 따라가서는 안 된다. 종교는 자칫 잘못하면, 가진 자나 권력자의 성장 지상주의 논리에 함몰되어 버릴 수가 있다. 그러면 평화는 자꾸만 더 멀리 떨어져 나가 버린다.

종교가 세상의 가치를 추종하여 따라간다면, 그것은 존재에서 마침표를 찍는 것과 같다. 지금 종교는 물질축복 등으로 개인의 욕망을 채워 주거나 부추기는 경우가 많다. 종교가 개인의 이득에 이용된다면, 이미 미신으로 전락해 버린 사이비 수준이다. 이렇다면 이미 악하게 변해버린 것이 아닐까?

평화를 위해서는 여러 방면에서 인간들의 피나는 노력이 필요하다. 노력이 제일 크게 요구되는 곳은 다음과 같다.

1. 사람들을 가난에서 해방시켜야 한다. 이것을 위해서는 사회의 모든 조직이 가동되어야 한다. 외국인 근로자도 여기에 포함된다. 우선 배고프지 않아야 한다.

2. 사람들을 무지와 어리석음에서 탈출시켜야 한다. 그래서 사회의 모든 소식을 알게 해 주어야 한다. 민주화가 뭔지, 삶의 지향점은 어디여야 하는지를 토론해 보아야 한다. 그 답을 인식할 수 있어야 한다.

3. 노력하여 환경보호로 생태계를 지켜야 한다. 성장과 발전, 개발 지상주의로 파괴되는 생활 터를 보존해야 평화롭게 살 수 있는 터전이 된다. 자본주의는 인간의 끝없는 욕망을 부추겨서 지금 지구의 온도를 상승시키고 있다. 환경파괴로 전 생명체가 버려지는 상태로 몰아가고 있다. 생명을 보호하는 일에 몰두해야 한다.

지금 이 세상에 퍼져 있는 사상은 과연, 평화를 가져 올 수 있을까? 더 좋은 사상은 없을까? 평화를 위해 우리 각자는 오늘부터 무엇을 해야 할까? 등을 생각하는 시간을 가져보아야 한다. 이런 생각들이 누적되면, 이것을 거름으로 하여 그 위에서 평화의 싹을 키워 나갈 수 있다.

인류사에서 보면, 평화를 주창하던 사람들은 대부분 죽임을 당하거나 말로가 비참하였다. 흑인의 자유와 인권을 위한 링컨, 히틀러 시대에 평화를 위해 노력한 폰 회퍼, 비참한 흑인의 현실을 개선하기 위해 노력한 루터 킹 목사 등이 그 대표적인 사람들이다. 인류를 구원하려던 예수는 '소란 죄'로 십자가에서 처형을 당했다. 이와 같이 평화는 많은 대가를 치루면서 조금씩 자라왔다.

가시마저 사랑하라

chapter 3
인생

관심과 사랑

생명을 가지고 살아가는 동안에 우리들 가슴에 품고 있는 감정 중에서 제일 기본이 되는 것은 사랑이다. 사랑을 표현하는 방법은 다양하다. 희망, 요구, 권유, 수용, 절제, 희사, 관심 등 여러 가지 방법이 있다.

생명을 가졌다는 것은 언젠가 죽음으로 끝이 나는 존재라는 뜻이다. 내가 죽어도 생명을 연장하는 유일한 방법은 종족을 퍼뜨리는 것이다. 과거에는 인간은 배란의 시기를 몰랐기 때문에 언제든 수시로 성적 관계를 가져야 했다.

또 이런 애정에는 독점욕이 있어서 인간 사이에 경쟁을 유발한다.

애정의 특성은 될 수 있는 한 상대자의 마음에 깊은 소속감을 갖고 싶게 되어서, 서로가 상대에게 소유되어버리고 싶어 한다. 상대에게 포박당하기를 스스로 자원한다. 이럴 때 느끼는 애정은 기쁨이나 고통, 행복, 갈등, 평안, 불안 등이 섞인 묘한, 한 마디로 줄일 수 없는 이상야릇한 감정을 말한다. 이 사랑은 여러 이성들과 나눌 수 없다. '단 둘만의 사랑'이다. 젊은 시절에는 이런 사랑의 샘물이 항상 철철 흘러넘친다.

또 인간에게는 이성적인 사랑도 있다.

그 사랑은 두 사람만이 나누는 애정과는 다르다. 3인칭에 속하는 여러 사람을 동시에 사랑하는 것이다. 심지어 생물이나 자연을 사랑할 수도 있다. 이것을 '아가페 사랑', 또는 '더불어 사랑'이라 하기도 한다. 이것은 에로스적인 사랑과는 별개의 것이다. 이 사랑의 샘은 항상 솟아 나와서 아무리 퍼내어도 마르지 않으면서, 또 넘치는 법도 없다. 이 사랑을 가지면 크게 용서할 줄도 알고, 조건 없이 덕을 베풀며 어떤 방해가 있어도 희망의 끈을 놓치지 않는다. 깊고 넓게 이해할 수 있어서, 그의 품격을 한 단계 더 높여준다.

이 사랑은 무엇에든 항상 관심을 가지게 하고, 시간과 공간적으로 자기가 할 수 있는 범위 안에서라면 언제나 사랑을 현장화하려 한다. 배고플 때 밥을 주고, 목마를 때 물을 준다. 병상에 있을 때 문병을 가며, 세상을 떠날 때 진정으로 슬퍼해 주는 사랑이다. 추운 날에 온수가 되어주고, 어울리고, 배려하고, 동행하며 아픔을 나누는 사랑이다. 세속적 이득을 바라지 않는다.

이런 사랑은 2인칭의 지혜로운 스승과 주고받을 수도 있고, 동반자와도 가능하다. 이들과는 처음부터 아가페의 사랑을 실천할 수 있는 관계 속에 있다. 애정은 머리의 사랑이다. 그러나 아가페는 가슴의 사랑이다. 머리에서 가슴으로 내려오는 데는 긴 세월이 걸린다. 인생의 단, 신, 쓴, 짠 맛을 알아야 비로소 터득할 수 있다.

이 사랑은 인간끼리만 한정되게 사랑해서는 안 된다.

3인칭의 생물과 자연도 사랑의 대상이 된다. 가축 등 짐승들도 사랑의 느낌을 알고 있다. 웃는 얼굴과 성난 표정을 알고 있고, 그리고 인간이 보이는 관심에도 반응한다. 또 인간은 동물을 사랑한다. 동물 학대 현장을 보면 가슴이 철렁이지만, 짐승들에 지극한 관심을 보이는 사람을 만나면 감격의 눈물이 눈가를 적실 때도 있다.

자연에 대한 사랑도 끝이 없다. 하늘에 떠 있는 해와 달, 별도 대상이 되지만, 있는 그대로의 경치나 못 생긴 바윗돌도 사랑의 대상이다. 보기에 아름답지 않은 자연도 사랑해야 한다. 그것도 존재의 이유가 있을 것이다. 심지어 잔뿌리가 얽혀 있는 길가에서 자라는 풀에서도 생명의 강인함을 느껴볼 수 있기 때문이다.

낙엽이 떨어진 앙상한 나무, 말라비틀어진 꽃잎에서도 감동을 받을 수 있다. 하찮은 '자 벌레'의 꿈틀거림에서 넓이 뛰기를 하는 선수를 연상하기도 한다. 모기가 사람을 물어서 병을 옮기지만, 모기는 잠자리가 살아가는데 좋은 영양분이 된다. 지렁이를 보면 징그럽지만, 토양을 비옥하게 해서 다른 식물들이 잘 살아가도록 만든다. 어느 한 생명도 무관심하게 지나쳐버릴 존재가 아니다.

사랑과 관심은 주는 것이다.

역사에서 보면 앙리뒤낭은 전쟁의 참혹상을 목격한 후, 전쟁에서 적군과 아군 모두를 치료하는 적십자정신을 탄생시키기도 했다. 이 활동은 적군과 아군 관계없이 전쟁 중에 다친 모든 부상 병사를 치료케 하는 아가페 사랑의 위대한 계기를 만들어 주었다. 주고 또 주고, 받지 않고 자꾸만 주기만 하는 국제단체이다.

일반적으로 받는 편은 약한 쪽이다.

이런 사랑을 받을 대상이 있어야만, 줄 수 있는 영광을 가질 수 있다. 받을 대상이 없다면, 아가페 사랑을 간절히 주고 싶은 자는 갈등을 느낄 것이다. 이런 사랑을 받을 대상이 있다는 것을 감사해야 한다. 그러한 인간에게는 그렇다고 불행한 자가 있어야 한다는 것은 아니다.

아가페 사랑은 손실이거나 빼앗기는 것이 아니다. 단순히 주기만 하는 것이 아니고, 오히려 정신적으로는 자기가 더 많이 받는다는 것을 알아야 한다. 이 사랑은 정상적인 생활을 하고 있는 사람들끼리도 평소에 행할 수 있다.

진정한 사랑은 이해와 포용, 그리고 자기 낮춤 위에서 일어난다. 한 번 가슴으로 내려와서 따뜻하게 데워진 사랑은 그의 마음속에서 일생 간 지속한다. 사랑을 베푸는 동안은 자기의 마음을 아름답게 다듬는, 맑고 선한 시간이 된다.

이런 자는 다른 사람들에게 좋은 인생의 안내자가 될 수 있다. 그들은 누군가를 아껴주고 성원하고 격려해 주는 사람이다. 때로 힘겨워하면 수고를 나누고, 이겨나가도록 같이 기도해 줄 수도 있다. 이런 사람을 우리들은 '멘토' 라 하기도 한다.

세상에서 서둘러 빨리 가려면 혼자 가는 것이 좋다. 그러나 멀리 가려면 동료와 서로 사랑을 나누면서 같이 가는 것이 도움이 된다. 마라톤 같이 먼 거리를 달릴 때 혼자 달리면, 곧 지루함을 느껴서 중도에 포기하고 싶은 마음을 억제해야 한다. 그러나 옆에 같이 달리는 사람이 있다면 지루함을 덜 느낀다. 인생은 짧다고 하지만, 이렇게 이웃과 더불어 살아가야하는 기간을 사람들은 매우 지루하고 길게 느낀다. 이럴 때 아가페 사랑은 지루함을 없애준다.

우리는 정이 많아서 서로 자주 돌보아 주고 싶어 하는 사람이 되고 싶어 한다. 그러나 사랑이 몸에 밴 사람이라도 매일의 생활이 바쁘기에, 충분히 다른 사람에게 봉사할 수가 없다. 더구나 평범한 우리는 완벽하지 못하여서, 자기의 삶마저도 힘들어하고 벅차게 생각할 때가 많다. 그래서 우리는 살아가는 기간 동안은 혹시라도 시간 여유가 있으면 그때마다, 격려하고 서로의 부족함을 도와주어야 한다. 사랑하는 것은 손실이거나 빼앗기는 것이 아니다.

날줄과 씨줄이 얽혀서 베가 되고 그것으로 옷을 만든다. 약한 실이 가로세로 얽히어 짜지면 튼튼한 베가 되어 돛을 만들듯이, 우리도 약한 개인이지만 서로 도와서 사랑의 돛을 만들자. 노력하여 많은 돛단배를 만들어 험한 파도가 치는 지구위에 띄어보자. 돛단배를 타고, 선(善)을 향하여 노를 저어 가보자.

목표가 있는 삶

오늘도 다람쥐 쳇바퀴 돌리듯이 하루가 지나간다.

어김없이 아침에 해 뜰 시간이면 출근 준비를 하고, 오전 일을 하고는 점심을 먹는다. 저녁을 먹고는 텔레비전을 보거나 잡담을 한후에 잠자리에 들면 또 하루는 지나가 버리는 것이다. 그러면 흙으로 돌아갈 날은 하루가 앞당겨진다.

우리는 어떤 뜻 있는 일을 하고 싶지만 살기에 바쁘고, 생활이 어려워서 마음에 여유가 없다. 그러나 이런 것은 부귀를 누리는 사람도 똑 같은 처지이다. 지금 누리고 있는 지위와 돈을 지키려면 고심과 노력이 필요하기 때문이다. 누구나 똑 같은 하루일뿐이다. 거기다가 요즈음에는 사방에서 많은 정보꺼리가 발생한다. 앞으로는 우리가 소화시켜야 할 정보의 양은 지금보다 몇 배나 더 많을 것이다.

어느 학자는 20세기를 '박테리아 시대'에서 '바이러스 시대'로 흘렀다고 했다. 박테리아 시대에는 항생제의 개발로 수많은 사람들이 건강을 되찾았고, 바이러스 시대에는 면역학이 발달하여 면역으로 극복해 나왔다고 했다.

지금 시대에는 정보가 날마다 넘쳐나고 그 내용도 다양하게 바뀌고 있다. 그래서 21세기 이 시대를 어느 학자는 '신경증의 시대'라고 불렀다. 우울증, 성격장애, 행동장애가 증가하는 시대라는 것이다. 많은 정보를 소화해 내지 못하기 때문이다. 우울한 성격을 가진 자는 자기를 쓸데없는 인간이라고 여겨서 스스로를 공격해 버리기도 하고(자살), 행동에 방해가 되는 타인을 괴롭히거나 '묻지마 살인'을 하려 한다. 즉 행동장애로 남을 죽이려 하거나 또는 우울증으로 자기를 죽이려 한다는 것이다. 이런 정신은 건전한 심성을 키우지 못했거나, 영혼을 부정하는 행위들이다.

살면서 우리는 죽고 싶도록 마음이 아플 수도, 슬플 수도, 괴로울 수도, 기쁠 수도, 덤덤할 수도 있다. 이러한 감정의 신호를 어떻게 받아드리느냐에 따라 행동은 여러 가지로 나타난다. 살인을 할 수도, 용서를 할 수도, 그냥 지나가게 할 수도, 교정하려고 애를 쓸 수도 있다. 삶에서는 뭣이든 어떤 것을 어떤 각도로 생각하느냐에 따라 내용이 전혀 다르게 느낄 수가 있다.

이런 관점에서 볼 때, 이 시대를 조금이라도 정화시키기위해서는 건전한 정신을 가진 자가 많아야 한다. 그래야만 이웃이나 이 사회, 또는 국가나 세계에 기여할 수 있다. 다행히도 근래에는 이런 사람들이 신문지상의 많은 부분을 메우고 있다.

그 한 예로는 자신의 젊음을 세계에서 제일 오지인 아프리카에서 바치고 세상을 떠난 현대판 예수, 이태석 신부는 생활 자체가 하나의 소설이자 거의 픽션에 가까웠다. 또 한 예로는 주월 한국군 사령

관을 지낸 3성, 채명신 장군은 평소에 자기의 지휘를 받던 사병들 옆에 있는 묘지에 누워서 영원으로 떠났다. 마치 죽으면 인간의 계급은 의미가 없다는 듯이! 그는 적장이 돌보던 어린이를 맡아서 대학 교수로 키웠다. 서로 총부리를 겨누던 관계에서도 한 생명을 살리는 장엄한 일을 했다. 적장도 훌륭했던 것 같다.

　나의 친구 한 사람은 자기의 아버지 시체를 의과대학에 실험용으로 기증을 하였다. 매우 어려운 결단을 한 것이다. 살점 하나하나를 떼면서 마지막에는 뼈까지 외울 것은 외우고 버려지는 연습도구로 기증을 한 것은, 그 어느 선행보다 더 큰 일을 한 것이다.

　넬슨 만델라라는 사람을 예로 들어보자. 매스컴에서는 그를 21세기의 성자로 불렀다. 앙갚음을 화해로 폭력을 사랑으로 되갚는, 어쩌면 시대를 역행하는 행동을 보여주었다. 인종차별이 휩쓸던 남아연방에서 그는 1964년에 정치범으로 투옥된 후 27년간 감옥 생활을 하다가 1990년에 출옥되었다.

　1994년에 대통령이 된 그는 정적인 백인들과 총칼을 겨누는 전쟁을 할 수도 있을 정도로 핍박을 받았으나, '화해와 관용' 이라는 정신을 기초로 인종 차별을 없애고 국민을 통합하는 정치를 행했다. 물론 노벨 평화상을 받은 것은 당연하다. 8만 명의 시위대는 보복과 응징을 촉구했다. 그러나 그는 흑인들에게 무기를 바다에 던지라고 외쳤다.

　27년 수감 생활 중 6개월에 한번 씩 편지를 주고받았을 뿐, 어머니 사망 시에도 출감을 못하던 곳인 형무소를 출옥 후, 사회생활을 하는 동안에는 오히려 구속되었던 형무소를 그리워하였다. 애환이

서려 있고 영어의 몸으로 자기 성찰의 시간을 보내면서 많은 인생 공부를 한 곳이었기 때문이었다.

거기서는 인간애와 동지애, 그리고 사색할 시간이 있었고, 편지를 쓰거나 묵상할 수 있었기 때문이었다. 그러나 대통령이 되어서는 바쁜 생활로 이들 모두를 잃어버렸다. 그뿐 아니라 사람들이 인간일 뿐인 자기를 성자와 같이 볼까봐 두려워했다.

만델라가 대통령이 된 후에 감옥 생활을 지긋지긋하게 생각했다면, 그의 오늘은 없었을 것이다. 평범한 일반인이었다면, 교도소가 있는 방향으로는 눈길도 주지 않았을 것이다. 우리는 각자 자신의 삶을 어떻게 해석하느냐에 따라 행동 방향은 다른 여러 곳으로 나갈 수가 있다.

삶에서는 모든 시간이 자기에게 필요할 수 있다. 인생에는 부스러기 밥풀 같은 토막 시간도 이용하기에 따라서는 의미를 가질 수 있다. 사찰에서 예불을 드리는 스님들은 쌀 한 톨도 그냥 버리지 않고, 깨끗이 먹고서는 밥풀도 물에 헹구어서 숭늉으로 마신단다. 버려질 대상은 없다. 살면서는 모든 일에 이런 자세가 필요하다.

우리는 살아가면서 항상 결단의 심정을 가지고, 순간순간 최선을 다 해야 한다. 그러다가 먼 하늘도 가끔 보면서 마음을 정리하여 가라앉혀야 한다. 복잡한 세상에서 흐트러진 정신을 잘 간추려야 한다.

인생의 목표는 꼭 커야하는 것이 아니다. 각자는 자기에게 맞는 목표를 가지고, 이루기 위해 노력하면서 나가야 한다. 그래서 모든 이의 목표가 한 곳에 쌓여서 태산을 이루고, 이것으로 위대하고 거대한 역사의 흐름을 만들어 가야한다. 우리는 시민이다. 모두가 대통령이 되어 버리면 시민은 한사람도 없게 된다.

목표는 항상 난관 뒤에 숨어 있다. 만델라가 했듯이 난관을 향하여 나아갈 수 있는 용기가 중요하다. 그래서 현실에서 주위 사람에게 좋은 영향을 미칠 수 있는 일을 할 수 있도록, 생각의 방향을 돌려야 한다.

목표에 집중하자

나에게는 병원에서 매일 하는 의료 행위가 집중하기에 딱 들어맞는 것 같다. 진료를 할 때 집중하여 일하지만, 끝난 후에는 무거운 머리임에도 두통은 거의 느끼지 않는다. 아마도 내가 좋아서 일을 하기 때문일 것이다. 병이 쾌차해 지는 것을 보거나 나의 설명을 이해하여 환자나 보호자가 웃으면, 나의 마음에는 희열이 일어난다. 나는 이 직업에서 일하는 것을 즐기고 있다.

이런 경험에 비춰 볼 때, 사람은 '그가 무슨 일을 하면서 생활해 왔고, 그 일을 집중해서 행한 정도'와 그의 '삶의 질' 정도는 깊은 관계가 있는 것 같다. 좋은 삶을 살고 있는 사람들 대부분은 필요한 것을 집중적으로 생각하여 자기가 의도하는 방향으로 행동으로 옮긴다. 왜냐하면 집중을 하면 정신체계에 명쾌한 질서가 만들어질 수 있기 때문이다.

일반적으로 성인들이 자기의 일을 할 때는 평소에 하던 방식에 숙달되어서, 반복적인 행위를 하기 때문에 행복감을 적게 느낀다.

그러나 그가 하는 일의 어려운 정도가 그의 능력과 엇비슷할 때는, 그는 가끔 집중하여 일하는 경험을 하기도 한다. 조금 버겁게 느끼더라도 해야 할 목표가 확실하고 자기의 노력으로 일을 수행할 수 있다고 생각될 때, 그에게는 일할 의욕이 생겨서, 그 효과가 잘 나타나는 경우가 많다.

그러나 만일 그가 하는 일이 수준이 낮은 능력으로도 쉽게 처리할 수 있거나 그 일을 혼자 하면서 대화를 나눌 상대마저 없다면, 의욕과 집중력이 줄어들게 마련이다. 그러면 그는 잠재된 능력을 동원할 기회를 갖지 못하게 된다. 또 만일 자기 능력보다 너무 높은 수준이 필요하다면, 자신감이 사라져서 포기해 버릴 수도 있다. 그러면 문제를 풀어내지 못할 뿐만 아니라, 산만하게 생각이 흐트러져서 쉽사리 포기하여 좌절을 경험할 수도 있다.

일거리는 자기 능력에 약간 버겁거나, 엇비슷한 수준에서 정해야 한다. 그러나 일을 수행하는 도중에도 목표를 상황에 따라, 자신의 장점이나 능력에 맞도록 약간 조정할 수도 있다.

여러 가지 일상생활에서 우리 마음은 정리정돈이 되어 있지 않을 뿐만 아니라, 보통은 서로 산만하게 흩어져 있다. 이때는 집중력이 필요한 경우에도 생각을 한 곳으로 모으기가 어려워서, 무질서하게 놓여 버린다. 그래서 일을 잘 정리시켜서 완성하려면, 집중하는 법을 알아야 한다.

또 삶에서는 대인 관계나 인간들끼리 교류하는 것도 매우 중요하다. 사람은 모여서 살아야 하는 사회적 동물이다. 그래서 사회적 정신적으로 외톨이가 되면, 본능적으로 의욕과 자신감이 떨어진다.

그러면 자연히 적극적으로 외부 자극을 받아드리지 못함으로 우울한 마음이 되어 버린다.

이때는 지루함을 느끼고, 이것을 피하려고 사람들은 놀이기구를 찾거나 TV를 보기도 한다. 또는 잡담을 하기도 한다. 즉 대부분의 시간을 할 일없이 그냥 낭비해버린다. 또 혼자 있으면 집중할 필요가 전혀 없기 때문에, 마음이 차츰 움츠러져서 흐트러져 버린다.

그러나 혼자서 잡다한 생각으로 우울하다가도 그가 여럿이 모인 곳에 있어보면, 우울한 느낌이 사라진다. 왜냐하면 남들과 어울리면 상대와 대화의 세계로 들어가서 마음을 모으기 때문에 우울함에서 벗어난다. 그래서 인간관계를 회복해서 행복을 느끼는 것도 삶의 질을 끌어 올리는 좋은 방법이 된다. 대인관계에서 마음속의 느낌이나 생각이 얼굴을 통하여 드러나는 것을 감정표현이라 말한다. 두뇌가 좋고 재능이 많아도 집중하지 못한다면, 이런 표현력이 약해지고 감정이나 생각을 한 곳으로 모으지 못하여서 분산되어 버린다.

또 슬픔이나 어설픔, 괴로움, 외로움, 어려움, 두려움, 지루함 등 바람직하지 못한 감정을 가지고 있으면, 이것 역시 마음을 분산시켜서 어떤 일에도 집중이 되지 않는다. 이것들은 혼자 있을 때, 주로 지배당하는 사고방식이다. 이렇게 되면 그가 시도한 것과 그 결과가 잘 조화되지 못하여 기쁨을 맛볼 수 없다. 이런 면으로 볼 때 어떤 일에서든 집중할 수 있어야만, 좋은 결과를 얻을 수 있다고 생각한다.

목표를 향하여 나아갈 방향은 생각을 한 곳으로 모아서, 전체 윤곽을 떠올려 설정해야 한다. 이때 하려는 동기가 강하면 강할수록,

끈질기게 노력하여 목표에 이를 수 있다. 목표를 달성하기 위해 힘차게 밀고 나갈 때는 자신감 같은 바람직한 감정이 가슴속에 작용하여 마음에 질서가 만들어 진다. '좋아서 집중하여 일하는 시간' 이 늘어나게 된다.

만일 같이 일하는 두 사람사이에 집중력을 투입하는 목표의 위치나 높이가 다르다는 것은 곧 둘의 삶과 사고방식에 차이가 있다는 것이다. 어떻든 일단 집중할 곳이 정해지면 그 목표를 일관되게 잘 추진해야 한다. 이렇게 일해 나간다면 점차 성숙한 삶으로 나아갈 수 있다.

목표 수행은 남들의 권유로 하기보다는 자발적으로 집중할 때, 월등히 좋은 결과가 가능하다. 즉 스스로가 의무감을 가지고 반복적으로 잘 추진하다보면, 드디어 그는 그 분야에서 두각을 드러내는 사람으로 변신될 수 있다. 그래서 점점 사회의 전면에 부상할 수 있다. 자신감을 가지고 노력하면 할수록 성공할 확률은 그만큼 커진다. 특히 스스로가 선택한 일이라면, 정력을 온전히 쏟아 부을 수 있다.

좋아하던 마라톤 경기를 할 때 나는 집중하여 완전한 몰입이 가능했다. 30km 지점 근처에서 쉬지 않고 헉헉대면서 오르막을 달리던 그때에는 아무런 다른 생각이 없었다. 그 순간에 깊은 집중의 경험 속으로 들어가고 있었다. 모든 것이 하나로 수렴되는 몰입 경지에 빠져들었던 것이다. 이때 달리기는 자동적으로 순조롭게 진행되었다. 바둑과 같은 게임을 할 때도, 같은 원리로 쉽게 빠져들 수 있다. 아마도 야구에서 투수가 공을 던지기 직전에는 선수들은 모두 볼에 정신을 집중 시킬 것이다.

어떤 일에 집중해 본 경험을 가진다면, 그는 다른 일에도 흥미를 가지기가 쉽다. 그 후 시간이 지나면 집중해 본 경험은 점차 더 높은 수준의 일에서도 스스로의 실력으로 소화시켜서 해 낼 수 있다.

정신집중에 대한 동서양의 개념이 과거에는 차이를 보였다.

집중에 대해서 서양의 철학에서는 조직적이고 분석적인 방법을 이용했지만, 동양철학에서는 '세상사에 집중하지 말고 자유로워라.' 또는 '버리라.'고 했다. 그러나 이는 집중하기를 무조건 막는 게 아니다. 존재의 근원을 알고 바른 자세를 가져서 제 위치를 안 후, 집중할 것을 말했을 뿐이다. 또 이것은 '생리적 욕구와 욕망, 출세욕, 물(物)욕 등을 버리라.' 는 것이다. 목표가 욕망에서 시작하지 않아야 한다는 것이다.

인생 전체의 목표를 시행하기에는 나는 벌써 나이가 뉘엿뉘엿하다.

그래서 나이에 맞는 작은 목표만 가지고 있다. 나는 여러분에게 자기의 능력과 꿈 등을 참조하여, 삶에서 이룰 수 있는 목표를 설정하여, 집중적으로 노력해 보기를 권한다. 단, 어떤 목표든 그 목표를 이루기 위해서는 '시간이 걸리더라도 집중적인 노력해야 한다.' 는 것을 말하고 싶다.

삶의 방법 선택

우리들 매일은 희로애락이 반복되면서 생활을 이어 나간다.

그 중에서 기쁨과 즐거움은 가끔 느낄 뿐, 주로 화가 난다든지 슬프거나 괴로운 일에 온 종일 시달린다. 그러다가 저녁에는 절여진 파김치마냥 녹초가 된 육체를 억지로 끌면서 집으로 돌아온다. 그러기 때문에 어떻게 하면 더 좋은 환경을 만들어서, 이런 세상을 탈피하여 긴장감을 줄일 수 있을까를 모두는 고심을 한다.

이를 위해 어떤 이는 종교에 의지하기도 하고, 또 어떤 이는 미신과 같은 자기 나름의 종교를 만들기도 한다. 위대한 자들은 간혹 세상에서 잘 살아가는 방법을 제시하기도 하지만 쉬운 것은 하나도 없다. 인간은 다양성을 가지고 있어서 전부를 만족시키기에는 부족한 점이 너무나 많다.

그래도 그 방법을 찾으려고 현명한 사람들은 노력해 보았다. 그래서 종교나 선현들의 권하는 방법을 분석해 보니, 아래와 같은 몇 가지 해결법을 추론할 수 있었다.

첫째는, 자기가 바라는 것을 자기중심적으로 추진하기보다는, 다른 사람도 수긍할 수 있게 객관성을 띄어야 한다는 것이다. 모든 갈등은 자기중심에서 생겨나기 때문이다. 자기의 주장, 희망, 방향이 다른 이의 것과 배치되면, 서로가 얽히고 꼬여들게 된다. 그러면 꼼짝도 못하게 되기 때문에, 대화 등으로 의견을 주고받을 필요가 있다.

둘째는, 눈으로 찾고 손으로 두드리며, 마음으로 구하는 자세가 필요하다. 갈망하면서 노력하는 자세를 의미한다. 자기의 내면세계를 다듬어서 성숙시켜 나가기 위해, 몸과 마음을 다하여 간절히 기다리는 자세를 가져야 한다.

셋째는, 남이 나에게 해 주기를 원하는 것과 같은 정도로, 나도 다른 사람에게 해 줄 것을 권한다. 이것은 남을 잘 대접하라는 말과 같다. 다른 사람과 나는 수평적 관계에 있다. 내가 싫어하는 일은 타인들도 하기 싫어한다. 그런데도 그 일을 남에게 미루어 버리면, 그에게 부담을 주고 그와의 관계에서는 따뜻함이 사라져 버린다.

공자는 제자 자공(子貢, 기원전 520년경~기원전 456년경)의 물음에 기소불욕물시어인(己所不欲勿施於人 자기가 싫어하는 일을 남에게 하게 해서는 안 된다)이라고 했다. 우리는 상대를 다 알 수 없다. 그러므로 내가 하기 싫으면, 상대도 싫어하려니 라고 생각하는 것이 옳다는 것이다. 상대의 마음을 읽으라는 것이다.

성경에서 아브라함이 며느리를 구할 때의 이야기이다.

어떤 낙타를 끄는 자가 우물에서 마실 물을 요청할 때, 한 처녀는 그에게는 물론 낙타에게도 물을 먹였다. 사람이 목마르면 짐승도 목마르다. 그 여자는 자동적으로 한 행동이지만, 갸륵한 행위이다. 짐승에게 마실 물을 준 행위로 그 처녀는 동물의 마음까지도 읽어서 인류가 읽는 성경에 그녀의 행동이 실려져 있다. 그래서 만세 후손들에게도 칭송을 받고 있다.

마음 씀씀이는 곧 사람 됨됨이다.

많이 가지면 뭘 하고, 많이 알면 뭘 하나! 출세를 했다면, 대수인가? 행동으로 사랑을 베풀지 않으면, 그 지식과 재산은 제값을 받지 못하고, 소리쳐 외쳐보아도 의미 없는 울림에 지나지 않는다. 휴지통에 버려진 쓰레기와 같은 것이 된다. 자기의 귀중한 것이라고 소리쳐 외쳐보아도 의미 없는 울림만 돌아온다. 사랑은 아름다운 삶의 기본이 되는 원리이기 때문이다.

어떤 일에서든지 목적하는 것을 수행해 나가는 데에는 사랑이 꼭 포함되어야 한다. 조용히 앉아 있던 자도 사랑이 가슴에서 울렁거리면, 기뻐하면서 춤을 추고 싶어서 몸을 움직이지 않을 수 없다. 이때 사랑은 명사에서 동사로 변한다.

지역사회에서 사업을 하는 사람들도 최선을 다하는 것이 중요하다.

예를 들어 식당업을 할 때에도 그 주인 자신이 다른 음식점에서 대우를 받고 싶은 것과 같은 수준으로, 손님에게 더 맛있고 분위기를 좋게 해 드려라.

넷째로, 성현들은 우리에게 사람들이 좋아하는 넓은 길 대신에, 사람들이 가기를 꺼리는 좁은 길로 나아갈 것을 권한다. 행복의, 승리의, 아름다운 삶의 길은 험해 보이는 좁은 길을 지나가야 비로소 나타난다. 인생에는 지름길이 없단다. 그 곳은 시련과 고난을 거쳐야만 한다.

사람들은 보통 좁은 길을 지나갈 때면, 이 근처에 행복한 곳이 있을 것이라는 것을 막연히 느낄 뿐이다. 그러나 대부분은 고생만 하고 끝장나 버릴까 걱정하면서 주저한다. 그래서 시도하기를 좋아하지 않는다. 그러나 선과 진리 등은 좁은 길로 가야만 발견할 수 있다.

프로스트는 그의 시(詩)에서 자기 앞에 놓인 두 갈래 길에서 선택의 어려움을 표현했다. 두 길을 동시에 모두 선택할 수는 없어서, 그는 사람들이 잘 다니지 않은 험한 길을 택했다. 그랬더니 모든 것이 바뀌고, 운명마저도 진정을 향하는 방향으로 바뀌었다고 했다. 어느 길을 선택하여 들어서는가에 따라, 그 사람 인생의 나아갈 방향과 삶의 형태는 굳혀져 버린다.

다섯째로, 우리는 누구나 삶에서 동행하는 사람들이 있다. 그들을 사랑하여야 한다. 그들과는 삶의 소소한 부분까지도 같이한다. 함께 살고 있는 부부와 자식, 즉 가족을 말한다. 가정은 삶의 기본이다. 게다가 가정은 행복의 기본이기에 서로가 서로를 생각하고 위로해 주어야 한다. 가정에서는 서로를 너무 잘 알고 있어서, 잔소리가 가능하다.

남편은 아내, 처, 집사람, 와이프, 안 사람 등 5명의 여자와, 그리고 아내는 남편, 바깥양반 등 2명의 남자와 살고 있다. 가정에서는 서로를 잘 아는 나머지, 서로에게 거의 관심을 갖지 않고 살아가고 있다. 가정에서 가족 간에 가지고 있는 관계의 친소정도는 바깥으로 드러나 버린다. 즉 가정은 소홀히 하면서 대인 관계를 잘하려는 것은, 의무를 다 하지 않으면서 권리를 주장하는 것과 같다.

X   X

우리는 자신이 선택한 길을 자신만의 걸음걸이와 속도로 살아간다.

그 길이 어떤 방향이든, 자랑스런 길이든 어리석은 곳으로든, 원했던 길이든 마지못해 선택한 방향이든, 그는 터벅터벅 그의 외길을 걸어간다. 두 번 다시 걸을 수 없는, 다시는 돌이킬 수 없는 인생길을 살아간다.

그 길에 따라 적응해나가다 보면 나의 의사(意思)와는 관계없이 운명은 만들어져 버린다. 자기의 꿈과 희망과 소원은 길의 방향에 따라 맞추어 나갈 수밖에 없다. 단 종교인이란 자기의 현재의 위치와 방향을 긍정하고 감사하면서 살아가는 자를 말한다.

운명은 바로 잡을 수 있다

옆집의 아저씨는 오늘도 허공을 응시한다.

일거리가 없어서 의자에 비스듬히 기대어 담배를 물고, 목적 없이 뜬 구름을 쳐다보고 있다. 며칠 전 그는 나에게 그의 친구가 넘어져서 뼈를 다쳤다고 하더니, 오늘은 "내가 알고 있는 **회사의 전무가 ***에 투자를 했다가, 재산을 날려 버렸답니다."고 했다.

들리는 소식이라고는 전부 잘못되거나 골치 아픈 이야기뿐이다.

만일 세상에서 하는 일이 죽고 싶을 정도로 짜증나게 꼬여가는 그들에게 "우리는 남을 도우면서 살아가야 하지 않을까요?"라고 물으면, "말도 되지 않는 소리! 내 앞도 닦아나가지 못하는데, 화 돋우지 마시요!"라고 큰 소리를 지를 것이다. 그들의 대화는, "어느 정도 돈을 투자해야 하느냐?" 또는 "요즘 학생들은 너무해!"나, "**가 구속되었데……" 등 주로 경제적이거나 사회적인 이야기꺼리를 주고받는다. 그 내용의 대부분은 부정적인 것이다.

과거에는 집안에 장애자나 독특한 질병을 가지고 있는 가족이 있으면, '누구 잘못 때문에 이런 험한 팔자가 되었는가?' 라는 도덕적, 윤리적 질문을 스스로에게 많이 했다. 또는 '하나님의 벌을 받았다.' '봐라! 죄 짓더니만, 하늘에 당했잖아!' 라고 종교적인 결론을 내리기도 했다. 대체로 고난과 고통 뒤에는 누군가가 잘못을 저질렀기 때문에 일어났다고 생각했다.

이런 질문을 자기 자신에게 하는 것은 이해될 수 있다. 어떤 꼬여가는 일이 발생했다면, '내가 왜 그런 잘못을 저질렀을까?' 라고 하는 것은 스스로 뉘우치고, 부족함을 깨달아서 변화를 가져올 수 있다. 그러나 심하게 자책하다보면 그 원인을 전적으로 뒤집어써서, 저주스럽게 자기를 학대해 버릴 수도 있다.

또 만일 그 원인이 구체적으로 누구의 잘못이라는 것을 알게 되면, '그의 잘못 때문에 내가 이런 큰 고생을 한다!' 고 원망하게 된다. 그러면 가혹해 진다. '그의 죄 때문에 내가 당하고 있어! 동정이나 자비는 필요 없어! 이렇게 만들다니!' 라고 복수심이 가득하여, 잔인한 생각으로 변해 버릴 수도 있다.

어떤 경우에는 그 가정 전체의 문제로, 또는 조상 탓으로 돌리기도 했다. 지금은 한센 병을 고칠 수 있지만, 과거에는 천벌을 받았다고 생각하여 상종을 하지 않는 병이었다. 또 거지와 같은 극빈자나, 맹인과 같은 장애자도 막연히 그럴 운명을 받았다고 생각하여 도우는 자가 없었다. 그들의 고통은 몽땅 그 사람의 책임으로 돌렸다.

만일 조상의 잘못으로 후손이 고통을 당한다면, 우리는 모두 고통을 당해야 한다. 잘못이 없는 조상은 없기 때문이다. 그래서 이럴 때는 팔자소관이라거나 운명이라고 해 버리기도 한다.

삶 자체에는 행복과 불행이 뒤섞여 있다.

우리들은 어려운 형편에서 고생과 고난의 생활을 해나가는 경우가 거의 전부이다. 그래서 행복보다 불행이 훨씬 더 많이 넘쳐나는 것 같이 우리는 느낀다. 그러나 삶에서 어려움이 있다는 것은 이를 극복함으로서 올바른 길을 찾으라고, 하늘이 그에게 내리는 선물일 것이다.

고난이 없다면 극복하려고 노력할 대상이 없어서, 타성에 젖어지고, 삶의 의미가 약하게 된다. 자신에게 닥친 고난을 풀어나가는 과정이 나를 나답게 만든다. 그것은 나의 존재 이유를 알게 해 줌으로서, 고난을 좋은 기회로 삼아 승화시키는 방향으로 나아갈 수 있게 한다.

의미가 깊은 소설로 유명한 도스토이에프스키는 평생 간질병을 앓았고, '불안의 개념'을 쓴 키르케고르는 우울증과 불안이 그를 괴롭혔다. 그는 '인생에서 내가 나답게 되는 것은 불안과 우울이 있었기 때문이었다.'고 했다. 존 밀턴은 12세부터 눈이 나빠지기 시작하여 맹인이 되었다. 그래도 69세에 실낙원이라는 소설을 썼다. 이들 모두는 자신의 운명을 긍정하면서 불행을 극복한 사람들이다.

삶에서 해결이 불가능해 보이는 아픔이나 고통은 누구에게나 있다. 우리는 그 원인을 모른다. 그러나 괴로운 고난은 내가 앞으로 살아야 할 이유와 의무를 알게 해 준다. 내가 좀 더 성숙하게 되기 위한 활동을 할 수 있는 계기를 만들어 준다. 고난의 양은 극복을 위한 노력의 양과 비례한다. 그래서 그것이 많을수록 극복의 기쁨도 역시 그만큼 커진다.

지체 장애를 가진 35세 된 아들은 병으로 죽어버리고, 며느리는 자식을 버리고 어느 날 도망가 버렸다. 그런 운명을 당한 어느 할머니는 나에게 "내가 키우는 손자 놈이 성장하여 튼튼히 살아갈 때까지, 나는 눈을 감을 수 없어요."라고 했다. 손등으로 눈물을 지우면서 할머니는 새롭게 한 번 더 결심을 하는 것 같았다.

할머니는 살아야 할 이유를 갖고 있다. 자기의 일을 팽개치지 않으려 했다. 자신이 스스로에게 '더럽다. 재수 없다. 포기해 버리자.'라는 등으로 생각한다면, 노력하여 개선 할 의지는 사라져 버린다. 일상생활에서도 고난은 문제 해결의 실마리를 제공해 준다.

삶은 끝없는 어려움의 연속이다.

그러나 이 고생을 역이용하라. 시련은 단련을 위한 도구로 생각하라. 어미 사자는 그 새끼들을 어릴 때 언덕에서 떨어뜨려서 다시 집을 찾아오게 하는 맹훈련을 시킨단다. 그래서 살아갈 때에 배고픔을 잘 해결하도록 한단다. 이런 새끼들이 성장하여 맹수로서 큰 소리로 으르렁거릴 때와 같이, 자신감으로 가득 찬 열변을 사자후(獅子吼)라 한다.

고난이나 장애가 나에게 있다면, 탈기해 버리지 말고, 이것을 나의 미래를 위해서 도움이 되는 것으로 승화시켜야 한다. 당했던 나쁜 일이나 불행한 일도 선한 일, 행복을 위한 도구로 사용해야 한다. 각자가 겪는 역경은 보통 자기만의 문제가 대부분이다. 나에게 있는 문제꺼리는 나를 나다운 사람으로 만드는 것에 이용하라. 그러면 다른 사람에게 나쁜 작용을 할 수 있는 것도, 나에게는 살아야 할 이유로 좋게 변할 수 있다.

고난이 많아도 생명이 있다는 것은 곧, 해야 할 일이 있다는 것을 말한다. 죽음이 지배하는 시간이 밤이라면, 내가 살아 있는 지금 이 시간은 할 일이 많은 낮 시간이다.

우리 주변에는 고통 중인 자, 장애자 등으로 괴로움을 겪는 사람이 대단히 많다. 그들은 지금 어두움 속을 헤매야 하는 처지에 있다. 이런 자에게는 나는 물론, 가족이나 주변에 있는 사람들 모두는 그들을 도와주어야 한다. 고통과 아픔을 나누어서, 그의 운명을 조금이라도 선하게 이루어지도록 애써 주어야 한다.

남이 고통을 당한다면 마치 내가 고통을 당하는 것처럼 생각하고 아파해야 한다는 것이, 종교적인 시각이다. 만일 내가 건강하거나, 경제력, 지식이나 기술 등이 있으면, 이것들은 그들을 도울 수 있는 좋은 수단이 된다. 우리 모두가 이렇게 노력을 기울인다면, 인간 세상은 밝음을 향하여 한 걸음 더 전진할 수 있다.

인생 목표 달성

나이가 많아짐에 따라, 인간은 세상을 보는 시각을 바꾸면서 삶에 대한 자세를 바꿔나간다. 어릴 때는 엄마의 젖을 독차지 하는 등 완전히 자기중심적이다. 그 다음에는 점차 자기의 주위를 의식하기 시작한다. 학생 때는 우정이나 클럽 생활로, 그 후 직장에서는 팀원이 되어 조직 활동의 기본을 경험하면서, 이타의 정신을 조금씩 배워나간다.

그 후, 청년이 되면 남녀 간에 사랑을 주고받기도 하고, 동료끼리는 서로를 인정해 주면서 각자는 미래를 준비한다. 그런 중에 그들은 결혼하여 가정을 꾸미고, 서로 인간관계의 그물을 형성하면서 점차 경쟁사회로 뛰어든다. 사업 등의 생업을 하면서 인생의 어려움을 절감하기도 한다. 예수나 석가모니 등 그 어느 누구도 이런 세월의 흐름을 흐르지 못하도록 단단히 묶어버린 자를 아직까지 보지 못 했다.

우리는 사회적 관계를 벗어날 수 없다. 사람을 나타내는 한자의 인(人)은 두 사람이 서로 버티어주어야 넘어지지 않고, 인간으로서의 생존이 가능하다는 것을 보여준다. 서로의 힘을 보태야 한다는 것이다.

그러나 성인(成人)이 되어도 자기중심적이면, 주위의 사람들에게 손가락질 당한다. 그는 인자(人字)를 쓸 줄 몰랐기 때문이다. 꿀벌은 자기를 위해 꿀을 먹으면서도, 식물에게는 종자를 맺히도록 씨를 운반해 준다. 인간도 자기뿐만 아니라 남을 의식하면서, 그리고 위하면서 살아가야 한다.

사람은 일을 하지 않으면 무료해서 살아갈 수 없다.

근래에는 대부분의 일터에서는 여러 사람이 합동으로 일하는 경우가 많다. 비교적 단순한 직업도 거의 전부가 공동으로 애를 써서 생산한다. 여러 가지를 조합하여 하나의 상품을 만들기 때문이다. 특히 여러 사람으로 조직된 기업 등에서는, 일이란 전문적인 소질과 경험을 이용하여 생산에 모든 힘을 쏟아 부어야 한다. 일을 통하여 자아실현을 경험할 수 있다. 이때는 서로가 서로를 도와준다.

그러나 대부분의은 직장에서는 내부 직원끼리, 또 다른 직장들과는 치열한 경쟁 상태에 놓여 있다. 이런 사회에서는 어쨌든 이기는 것이 미덕이다. 목표 달성을 위해서는 일단 이기고 볼 일이다. 비교에서 진다면 그것은 당사자에게 큰 타격을 준다. 심지어 학교에서 성적순위도 그 반에서 비교를 나타낸다. 비록 스포츠에서는 승리보다는 참여에 더 큰 뜻이 있다고 하지만, 그것은 비교하위자를 격려하는 단어일 뿐이다. 목표는 달성해야 하고, 그것은 이기는 자의 것이기 때문이다.

경쟁에서 의도한 바를 완성하기 위해서는 행동으로 옮기기 전에 철저히, 그리고 분별력 있게 준비하여야 한다. 성실과 집중은 좋지만, 집착은 권하고 싶지 않다. 집착을 하지 않고 일을 수행해 나가야 한다. 그러기에 일하는 과정에는 집중을 하면서도, 중간에 쉬면서 뒤를 돌아 볼 마음의 자세, 여유를 가져야 한다.

어떤 상황에서든 일에 임하는 바로 그 때의 제일 좋은 태도는 '집중'이다. 세상살이에서는 집중하는 것이 좀 더 확실하게 성공할 수 있는 방법이다. 또 집중하면 결과에 대한 불안이나 초조감은 줄어든다. 최선을 다 했기 때문에, 결과가 어떠하든 있는 그대로 받아드릴 수 있다.

그러나 집착이란 것도 있다.

이는 욕망을 이루기 위해 사람들이 잘 이용하는 방법으로서, 그것을 버리기는 매우 어렵다. 집착이란 것은 나를 달콤한 말로 유혹하여 자기편을 만들려고, 항상 옆에 대기상태에 있다. 기다리는 시간이 많을수록 집착의 속삭이는 달콤한 말에 넘어가버릴 가능성은 더 많아지고, 그 결과 괴로움이 더 깊어지면서 결국 비참한 분위기 속으로 빠져들게 된다.

또 욕망을 가지고 몰입한다 해도 집착을 하기 때문에 성취할 가능성은 크지 않다. 그러나 자기의 성공을 위해서 우리는 쉽게 집착하기 마련이고, 그것 때문에 그만 그 일에 묶여 버리는 경우를 우리는 흔히 볼 수 있다. 그래서 성취하지 못했을 때는 마음에 허무와 착잡함이 교차하게 되고, 기가 가라앉아서 심하면 몸살로 병을 앓는다. 그는 실패하면 자신이 무능하게 생각되어서 미워지고, 괴로운 상황에서 빨리 탈출하고 싶어진다. 집착과 집중은 차이가 많다. 정 반대 편에 있다.

그러나 욕망과 집착은 인간의 기본 욕구라서 없앨 수는 없다. 없앨 수 없으면 노력하여 줄이기라도 해야 한다. 그 방법으로는 이루어 내지 못해도 '좋은 경험을 하였다.' 고 생각하여, 만들어진 결과에 긍정의 시선을 보내는 방법이 있다.

그 다음에는 '앞으로는 어떻게 해야 좋을까?' 를 생각해야 한다.

이때는 욕망과 반대되는 방향으로 생각을 가져야 한다. 그것은 '희망' 이다. 희망을 갖는다는 것은 과거의 실패보다는 사람들이 미래 지향적인 것에 무게를 두는 생각방법이다. 실패의 이유를 밝히는 것도 중요하지만, 그보다는 희망적으로 해결책을 강구해야 한다. 기죽지 말고, 또 승리해도 들뜨지 않고 담담해야 한다. 미래를 희망을 가지고 지향하는 사람은 지고 있어도 이기고 있어도, 항상 흔들리지 않고 태연한 자세를 가진 자이다.

희망이 있으면 일을 해 나가는 과정이 모두 즐겁고, 관심을 온전히 쏟을 수 있다. 물론 성공하면 좋지만, 목표의 성공여부는 크게 문제가 되지 않는다. 즉 그는 최선을 다 할 뿐, 욕망에서 만들어 지는 다른 사람과의 비교는 하지 않으려고 노력한다. 희망은 실패했다면 다시 해 보려고 하는 마음을 빨리 갖게 만든다.

욕망과 희망은 이렇게 차이가 많다.

그러나 일의 시작하는 부분에서는 이들 둘은 비슷한 과정을 밟아서 나아가기 때문에, 처음에는 모양새가 비슷비슷하다. 그래서 바

로 시작점에 있을 이때에 욕망을 희망으로 바꾸기가 쉽다. 약간의
노력으로도 이룰 가능성이 있다.

그 방법으로는 욕망이 나오려하더라도 집착을 억제하면서 마음
을 계속 다잡아 가는 것이다. 실패하더라도 다시 시작하고, 그것을
반복하여 망(望)자 앞에 있는 욕(慾)이라는 글자를 희(希)자로 바꾸도
록 반복하여 훈련할 것을 권한다. 이런 상태로 계속 일을 해 나가다
보면, 그 두 글자사이는 점점 벌어지게 되어, 드디어 나중에는 욕
(慾)자가 희(希)자로 바뀌어 고착하게 된다. 이것은 매우 어렵지만 계
속 노력해야 한다.

이런 것은 내가 먼저 대상(對象)이나 상대자에게 마음을 열(開) 때
가능하다. 마음을 열면, 상대의 마음이 점차 눈에 들어온다. 인간사
회에서는 어느 한 쪽이 절대적으로 맞아드는 흑백논리는 있을 수가
없다. 그래서 반대 측의 의견도 그 나름으로는 맞는 경우가 있음으
로, 상대의 입장에서 자기의 수행을 음미해 볼 수도 있어야 한다.
이런 자세는 인간관계에서 알력을 줄이는 역할도 한다.

이런 방법으로 자신의 부족한 점을 긍정하고, 자기를 적극화 시
켜서, 오뚝이 정신으로 일어서기를 시도한다면 좋은 결과가 가능하
다. 경쟁과 비교가 많은 사회에서 이런 방법으로 노력하면, 그의 미
래의 전망은 더 밝게 변하게 될 것이다. 이 원리는 누구에게나 예외
없이 적용될 수 있다.

인생 성적표

모두는 가치 있는 삶을 살기 원한다.

가치 있는 삶을 산다면, 사람들은 그를 행복한 삶을 산다고 말한다. 그러나 가치 있게 산다고 해도 그에게도 오히려 지겹거나 고통의 시간이 훨씬 더 많은 등, 모든 시간이 행복하지는 않다.

세상에는 하고 싶은 것들이 대단히 많다. 그리고 하고 싶은 유혹을 외면하기란 매우 어렵다. 장관 후보자들의 청문회를 보면, 살아가면서 많은 실수나 잘못을 저질러서 '미안하다.' 또는 '나의 잘못으로 생각한다.' 라고 말하는 것을 우리는 방송을 통해 자주 들었다. 도덕적으로 차원이 높은 삶을 사는 자를 우리는 존경한다. 그런 자는 하고 싶은 욕망을 수없이 절제하면서 살아왔기 때문이다.

인생을 살아가면서 잘했거나 남에게 도움을 주는 일을 하는 것 등 좋은 삶의 내용은 +로 표시하고, 실수했거나 잘못한 일은 −로 표시해서 서로 상쇄해 보자. 그러면 당신은 +가 얼마나 많이 남을까? 일생의 전체를 모아서 성적이 +가 나오면 잘 살아온 인생이라 하고, −라면 좋지 않게 살아왔다고 해 보자.

만일 나의 성적의 총 합계가 −라면, 대체로 반성해 볼 내용이 많다는 것이다. +라면 기뻐할 것이다. +인 사람도 총계가 +라는 것이지, 많은 −가 있을 것이다. 그것은 성경에 '의인은 없나니, 한사람도 없다.'는 말로 대변된다. 대부분의 사람은 +되기가 힘이 든다. 왜냐하면 살아가는 생활 속에는 악의 유혹이 대부분이고, 선을 향하는 부위는 아주 적은 부분뿐이기 때문이다.

미술 시간에 사용하는 색깔도 밝은 것은 몇 가지가 되지 않고, 대부분의 색깔은 어두운 빛을 띤다. 또 두 가지 이상의 색깔을 합해보면, 밝은 색은 점차 줄어들고 합쳐지는 색이 많을수록 더욱 어두워진다.

그럼 모두는 인생을 어둡게만 살고 있는가? 그건 아니다. 삶 그 자체가 굉장히 가치가 있으므로 부정적 내용물이 웬 만큼 많아도 삶은 가치가 충분하다. 거기다가 또 가치 있게 살려고 노력한다면, 그는 인생을 값지게 보내고 있다고 할 수 있다.

삶 그 자체의 총 합 가치는 거대한 바위와 같다. 우리가 행하는 행동의 −크기는 일반적인 자갈[石]의 크기이다. 일생 간 잘못을 저질러서 이런 돌들을 모아도 생명의 가치를 초과하기는 어렵다. 그래서 돌들이 많다고 해서 인생의 가치를 상실한 것으로 취급해서 자기 생명을 포기해서는 안 된다.

일반적으로 사람들은 자기의 생활 중에는 부정적인 −가 더 많이 있다고 생각한다. 그러나 일반적으로 사람들은 −가 조금 더 많아도 비교적 좋게 자기를 평가한다. 그 정도는 평균 수준이기 때문이다. 또 −가 심히 많아서 실망한 나머지 '태어나지 않았으면 좋을 텐데……' 라고 생각이 나더라도, 자살은 온당한 방법이 아니다. 자살은 인생의 맛을 보는 기간을 스스로가 당길 뿐이다. 시체로 돌아가도 그로서 해결이 되는 것이 아니다. 나쁜 결말을 지웠을 뿐이다.

인생길이 자갈투성이라면, 그것을 줄이려 노력할 것을 성자들은 권한다. 총합으로 −가 더 많더라도 노력한다면, 그 자체만으로도 그는 살만한 자격을 가지고 있다. 그 정신만으로도 그는 인생을 재건할 수 있다. 그는 신이 긍정하는 삶의 방식으로 살아가려고 지금 돌아설 수 있다.

가치 있는 인생을 산다고 하여 그것이 행복한 인생과 꼭 히 일치되는 것은 아니다. 가치 있게 살려면, 매 순간을 노력해야 하고, 그러면 본인은 삶이 무미건조하게 살아가고 있다고 생각할 수도 있다. 그는 "삶은 지루하다. 이런 삶을 살아가다가는, 자칫 삶의 가치를 잃어버리지나 않을까?"를 생각하기도 한다. 그는 좋은 내용의 삶을 살아간다고 하더라도, 행복한 느낌과는 거리가 먼 생활을 하고 있다고 생각할 수도 있다.

내용물의 총 합이 +인 사람은 삶에서 선행(善行)이 그리 많다고는 생각되지 않지만, 많이 저질렀던 나쁜 악(惡)보다는 충분히 많다고 생각한다. 낙관론 적으로 인생을 살고 있다. 그는 삶에서 있었던 부정적인 부분을 받아드리면서도, 인간의 삶의 전체 가치를 긍정적으로 바라본다. 긍정은 행복감을 느끼는 길로 가는 정류장이다. 행복은 본질적으로 좋거나 긍정적인 마음에서 나타나기 때문이다.

그러나 총합에서 −가 훨씬 더 많다면, 그는 삶을 비관적으로 볼 것이다. 그는 그냥 헤매듯이 악만 보고 살았을 뿐 선을 드물게 보았기에 그만, 낭떠러지로 떨어져 버릴지도 모른다고 생각한다. 태어나지 않은 편이 더 좋았다고 여겨서 비관적으로 세상을 바라본다. 행복이란 저 멀리 떨어진 곳에 있고, 자기는 접근하기가 불가능하다고 여긴다. 또는 뭔가가 나에게서 행복을 박탈해 가 버린 것 같이 생각한다.

그러나 −가 많아도 성실히 살 것을 새로이 다짐한다면 누구든지 마음먹기에 따라 행복해 질 수 있다. 기쁨을 느끼지 않아도 노력한다면 행복을 느낄 수 있다. 이때 그의 얼굴에 염화시중의 미소가 나타난다면, 그것은 마음속 깊은 곳에서 우러나오는 행복의 표식이다.

그러나 기쁘다고 해서 모두가 행복한 것은 아니다. 섹스 등으로 쾌락을 추구하면 크게 기쁠지라도 그 한계를 넘어서면, 범죄적인 요소가 남몰래 스며든다. 종국에는 그를 슬픔 속에 던져버린다. 일반적으로 쾌락의 직후에는 고통이 나타날 수도 있다.

태어나면서 또는 사고로 인해 신체적 손상을 당하면, 그만 가치 있게 살고 싶은 욕망이 꺾여 버리는 수도 있다. 어떤 뜻하지 않게 발생한 사건이 그를 좌절케 만들기도 한다. 그러나 이를 극복하려고 노력하는 자에게는 신(神)이 그에게 가치 있는 삶을 선물한다.

그러므로 선하게 살기 위하여 노력하는 자의 마지막은 기쁠 수밖에 없다.

인생의 요점은 '사랑과 바른 선택'이다

추석 명절에 성묘하러 산소로 가는 길은 항상 즐겁다.

"할아버지, 지난 번 해운대에 놀러갔을 때에는 즐거웠어요. 다시 한 번 가고 싶어요."

아들과 손자들과 함께 제사 음식을 들고서 산으로 갈 때에는 다른 세대이면서도 생각에 어떤 공통분모를 가지고 있다. 그래서 늘 기분 좋게 덕담을 주고받는다. 손자들은 신이 나서 자기들의 세계를 할아버지에게 조잘조잘 이야기한다. 따분함, 지루함 등의 생각은 마음에서 멀리 떨어져 나가 버린다.

성묘 때에는 한 줄로 나란히 서서 큰 절을 한다. 조상 앞에서는 세대와 관계없이 동일 선상에 있다. 성묘에서 절하는 것이 미신적 행위라고 한다면 이것은 큰 오해이다. 살아계실 때에 받은 무한한 사랑으로 인해 조상님 앞에서는 자연히 몸과 고개가 숙여져버리는 것이지, 우상 숭배가 아니다. 산소에서 절하는 것도 존경과 사랑을 바치는 한 가지 표현방법이기 때문이다.

이때까지 허겁지겁 살아오는 과정에서는 많은 실수와 실패, 그리고 때로는 간혹 작지만 성공과 기쁨이 섞여 있었다. 노인으로 주름이 잡히는 이때까지 편하게 쉬는 날 없이 고되게 살아왔다. 이제 인생의 늘그막에 지나온 길을 뒤돌아보니, 지금까지 살아왔던 행로가 굽이굽이 까마득하게 이어져 있다.

이 길을 걸어오면서 나는 숱하게 무덤덤하기도 했고, 화를 내기도, 울기도, 기뻐하기도, 괴로워하기도 했다. 살아온 이 길이 혼자 오르기에는 힘이 너무 많이 들어서, 주위의 도움이 없이는 이곳까지 오지 못했다. 도움을 주신 모든 이에게 감사를 드린다.

바램
　　　-노사연

내 손에 잡은 것이 많아서 손이 아픕니다.
등에 짊어진 삶의 무게가 온몸을 아프게 하고
매일 해결해야 하는 일 땜에 내 시간도 없이 살다가
평생 바쁘게 걸어 왔으니 다리도 아픕니다.

내가 힘들고 외로워 질 때 내 얘길 조금만 들어 준다면
어느 날 갑자기 세월의 한복판에 덩그러니 혼자 있진 않겠죠

큰 것도 아니고, 아주 작은 한마디,
지친 나를 안아 주면서
사 랑 한 다. 정말 사랑한다는 그 말을 해준다면……
나는 사막을 걷는다 해도 꽃길이라 생각 할 겁니다.

우린 늙어가는 것이 아니라 조금씩 익어가는 겁니다.
우린 늙어가는 것이 아니라 조금씩 익어가는 겁니다.

저 높은 곳에 함께 가야 할 사람, 그대뿐입니다.

이 노래에서는 늙음이란 죽음을 향해 행진하는 발걸음이 아니란
다. 더 깊이 내다보면, 인생의 결실을 위해 터질 듯 붉게 익어가는
과정이라고 했다. 그러면 늙어짐은 가을이자, 인생의 열매를 남기
는 기간이 되는 것이다. 일 년 동안의 곡식을 추수하여 거두어 드리
는 계절, 금년(今年)이라는 역(驛)을 내려서 내년 호(來年 號)열차를 바
꾸어 승차할 준비를 할 즈음이다.

그래서 수확의 계절인 가을 추석에 우리는 할아버지께 큰 절을
하러 산소에 간다. 산소에서 조상에게 절하면서 우리는 '조상님, 우
리도 노력하여 좋은 결실로 추수하다가, 세월이 흐르면 조상님이
계시는 영원으로 갑니다. 그 동안 잘 계십시오.' 라는 인사를 드린
다. 이때 조상님들은 가슴에 내려와서, '오냐, 사랑으로 열심히 살
아서 알뜰하게 수확을 거둔 후 이곳으로 오너라.' 고 하면서 온기를
전해 줄 것이다. 성묘는 선조와 대화하는 시간이 된다.

누구나 지금 살고 있는 이곳에서의 삶이란 한 사람의 순례자이거
나 떠돌이일 뿐, 영원히 머무를 수 없다. 그래서 우리 모두는 밝고,
기쁘고, 아름다운 영원으로 들어가기를 원한다. 그러기 위해 우리
가 살면서 자주 꼭 히 사용해야할 단어는 '사랑한다' 라는 말이다.
사랑한다는 말은 그럼으로 꼭 히 살아있을 동안 많이 사용해야 한

168

다. 이생에서만 그 단어를 사용할 기회를 우리는 가질 수 있을 뿐이다. 저 세상에서는 사랑했던 여부가 판가름 나게 된다.

태어나서는 하나님 사랑 같은 엄마의 사랑을 듬뿍 받으면서 살아간다. 그러다가 철이 든 후 결혼해서 자식 낳아 가정을 책임지면서, 성인의 한 평생을 만들어 나간다. 종교에서 기도시간이란 삶에서 내가 세상사를 사랑으로 실천하면서 살아가는지를 뒤돌아보는 시간이다. 내가 세상일에 대해 정보를 정확하게 분간할 정도로 철이 들었는지를 제 2의 자신, 즉 신(神)에게 묻는 과정이다. 천당에 가기 위해 애걸복걸하는 시간이 아니다.

그래서 종교를 믿는다는 것은 사물의 이치를 분별하는 능력을 키워서, 어떤 일을 어떻게 해야 할지 정확히 알 수 있는 능력을 키우는 행위이다. 천당행 열차를 타기 위해 줄서 있는 행위가 아니다. 이런 능력을 키우는 행위의 제일 좋은 방법이 곧 '사랑하는 것'이다.

우리는 삶의 시작(출생)과 끝(사망)을 마음대로 할 수 없고, 그리고 좋은 부모를 나 스스로가 선택할 수 없다.(예를 들어, 19세기 말에 태어나서 『의심의 소녀』를 처녀작으로 내 놓은 여류 소설가 김명순은 부잣집의 첩의 소생이었다. 첩은 기생 출신이었다. 이 때문에 그녀는 조국을 등지고 해방 후 일본의 정신병원에서 죽음을 맞이하였다. 모두가 첩의 자식을 천하게 바라볼 때에 태어난 것이다.) 또 죽을 때에는 아무 것 하나도 가지고 갈 수가 없다. 모든 것에서 시작이나 끝남이 있다는 것은 제 3의 힘이 작용하기 때문이다.

또한 세상에는 한 가지 상태가 영원히 지속되는 것은 없다. 순간적인 것도 있고, 긴 시간이 걸리는 것도 있다. 부흥할 때와 쇠퇴할 때가 있고, 울어야 할 때와 웃어야 할 때가 있다. 따분할 때와 즐거운 시간이 섞여 있다. 이런 세상을 살아가면서 인생살이를 경험해 본 결과, 인간은 몇 가지 삶의 원칙을 발견한다.

첫째, 웃고 춤추는 쾌락 뒤에는 반드시 괴로움과 고통이 뒤따른 다는 것이다. 만일 네가 그렇게 했다면, 언젠가 너에게도 후회나 슬픔의 날은 오고야 말 것이다. 쾌락 속에 있다고 교만하지 말라.

둘째, 사랑하면 그것에는 구속이 뒤따른다는 것이다. 부부는 서로에게 구속을 받는다. 부담 없이 사랑으로 즐기기만 하는 것은 불가능하다.

셋째, 삶이 끝나는 죽음에는 고통이 반드시 선행한다는 것이다. 이것은 피할 수 없다. 그렇다면 차라리 고통도 수긍하여 적극적으로 받아드려라.

'될 대로 되겠지 뭐!' 라고 하면서 운명론에 맡기지 말고, 각자는 능력에 맞게 자기의 일을 잘 선택해야 한다. 침묵할 때와 말을 해야 할 때, 찾을 때와 포기할 때, 지킬 때와 버릴 때, 사랑할 때와 미워 할 때, 일을 할 때와 휴식할 때, 등에서 상황에 맞아드는 것을 찾을 선택권은 당신자신이 가지고 있다.

옛날에 신(神)이 어느 왕에게 '너는 무엇을 받기 원하는가?' 라고 물었다. 왕은 넓은 땅이나 많은 백성을 거느리기 보다는 지혜를 요구했다. 신이 그의 선택에 따라 지혜를 주니까, 통치를 멋지게 할 수 있었다. 다스릴 넓은 땅이나 많은 백성은 저절로 이루어 졌다.

그는 보이는 것보다 보이지 않은 지혜를 선택하는 현명함이 있었기 때문이었다.

  인간은 미래를 확실하게는 알 수 없다.
  대충 짐작만 하면서, 희미하게 안개 속의 윤곽만 잡을 수 있어서 선택에 어려움이 많다. 그래서 다른 사람은 쉽게 생각하는 것도 내가 하기에는 어렵게 느끼는 경우가 많다. 그러나 한 가지 확실한 것이 있다. 무엇을 선택하든 그것을 가지고선(善 to be good)하게, 행복(to be happy)하게 살아야 한다는 것이다.
  그러나 행복하게 사는 자는 선(善)하겠지만, 선하게 산다고 하여 모두 행복해 지는 것은 아니다. 행복은 느낌의 기준이지만 선은 행동의 기준으로서, 행동은 악의 유혹을 많이 받기 때문이다. 우리는 평범하다. 평범한 사람은 엄청나거나, 유별난 기쁨을 선택해서는 안 된다. 왜냐하면 그곳에는 선(善)을 깨뜨리려는 유혹이 들어 있기 때문이다. 유혹은 달콤한 말로 귀를 즐겁게 하지만, 그 결과는 나쁜 방향으로 행동하게 만들어버리는 속성을 가지고 있다.
  우리 모두는 평범하게 살아가고 있지만, 노력하여 원하는 일을 성실히 수행해 나가야 한다. 이렇게 수행하는 과정을 통해 비로소 선하면서 행복한 생활이 만들어 진다. 이런 생활을 영위하기 위해서는 반드시 좋은 선택과 노력이 필요하다.

  후대(後代)들과 산길을 걸으면서 나는 많은 생각을 한다. 자식과 손자에게 어떻게 살아야 할지를 가르쳐주고 싶다. 삶에서 기도나 자기반성은 무엇이며, 바른 선택을 하기위해서는 젊었을 때 어떻게 시간을 보내야 하는지를 가르쳐 주고 싶다. 대체로 노인들의 이야기에는 잔소리가 많다. 잔소리를 줄이면서 내가 하고 싶은 말을 전하고 싶은 것이 요즈음 새로이 대두되는 나의 고민거리이다.

우정

논어의 앞부분에 有朋自遠方來, 不亦樂呼(유붕자원방래 불역낙호)라
는 문장이 있다. 이는 과거에 농사를 지을 시절,

1. 세상의 학문을 배우는 것은 기쁜 일이다.

2. 자동차가 없어서 멀리 있는 친구를 걸어서라도 만나러 가는
것은 즐거운 것이다.

3. 다른 사람들이 나를 알아주지 않아도 성내지 않은 것은 군자
가 된 것이므로 기쁘다, 라고 적혀 있는 것 중의 중간 부분이다. 이
것을 합하여 三樂(삼락)으로 보았다. 그 중에 친구를 사귀는 것을 제
2의 낙이라고 했다.

또 前漢(전한) 때 동중서가 공맹교리에 입각하여 만든 삼강오륜에
있는 朋友有信(붕우유신)이라는 것은 '벗들 사이에서는 믿음이 있어
야 된다.'는 뜻이다. 신라 원광법사가 만든 花郞五戒(화랑오계)에서
도 交友以信(교우이신)은 '벗과의 도리는 믿음에 있음'을 가리키고
있다. 믿음을 제일 중요하게 다루었다.

옛날 TV나 전깃불도 없이, 밤에 호롱불을 켤 때에도 친구는 있었다. 그때는 한 친구가 낮에 밭일을 하면서 여러 가지를 생각해 두었다가, 저녁 식사 후에 친구를 만나고 싶어서 컴컴한 밤길을 걸어가서 모처럼 만났다. 둘이서 호롱불 밑에서 낮에 생각해둔 것을 이야기한 후, 이슥할 즈음 "잘 있어!"하면서 헤어진다면 이것이 '유붕자원방래(有朋自遠方來)' 한 것이다.

친구라는 단어는 동성끼리 1. 오랫동안 2. 가깝게 사귀어 온 3. 비슷한 연배의 사람을 의미하고, 친우(親友)라고 하기도 하며, 그들의 사랑을 우정이라고 한다. 순수 우리말에는 '벗' 이나 '동무' 라는 단어가 있었다. 그러나 동무라는 단어는 70대 이상의 어른들이 어릴 때만 사용되었다. 그 후 북한에서 상용단어가 되어서, 6·25 한국전쟁 이후에는 남한에서는 없어진 단어이다.

사람들은 우리가 사는 세상을 '험한 세상,' 이나, '광야 같다.' 고한다. 또는 '물결이 일렁이는 흉흉한 바다,' 또는 '지루한 여행' 이라고 표현한다. 우리가 살아 본 세상은 곳곳에 함정이 있는, 장애물 경기장 같다. 이러한 세상을 살아 갈 때는 같은 배를 타고서 고생을 같이 하는 가족이 물론 제일 중요하다. 그러나 가족은 아니지만 자기가 생각했던 깊은 것을 주고받을 수 있는, 가족처럼 중요한 사람이 곧 친구이다.

우리에게는 스승, 상담자, 이웃, 친구, 조언을 해줄 멘토 등에게서 도움을 받는데, 그중 친구가 아주 중요하다. 친구와는 마음껏 대화할 수 있으며, 충고, 지략 보조, 상담, 조언도 하고 의논할 수 있는 사람이다. 이때 지혜 있는 친구를 만나면 지혜를 얻지만, 미련한 친구를 만나면 실수를 저지르게 된다.

제일 좋은 조언은 자기를 제일 잘 아는 친구에게서 들을 수 있다. 나 자신을 속속들이 알고서, 내가 가진 어떤 사실에 대한 관점을 격려하거나 교정해 준다. 그는 나의 입장과 그의 입장에서 사실을 바라본다. 그는 나를 유혹에 빠지지 않게, 낙심 좌절하지 않게, 용기를 주면서 넘어지기 전에 버티어내게 해 준다.

세상은 대인 관계없이 혼자서 살아갈 수 없다.

우리가 좀 더 좋고, 좀 더 깊이 있는 인생을 살려면 혼자서 판결해서는 안 된다. 외딴 섬에 홀로 있는 것 같이, 자기의 생각이 절대적이라고 생각하면 안 된다. 인간 모두는 단점이 있으므로 자기만이 의롭다고 생각하면, 그것은 크게 잘못된 오해이다. 그는 다만 그의 환경에 적응하도록 성격과 인격이 형성되었을 뿐이다.

생활 중에 어떤 때는 나를 잘못된 길로 끌고 가는 사람도 있다. 그래서 인간관계 속에서 사회적 동물로 살아가는 과정에서는 낙망, 낙담, 범죄, 좌절, 유혹, 모략 등이 우리를 유혹하는데, 이것들은 누군가에 의해 일어나서 나에게 피해를 준다. 친구는 이런 것도 막아 준다.

좋은 친구는 많지 않다. 셋이면 많다. 재물이 많으면 친구가 많다 하나, 이는 서로 이기적인 도움으로 이루어진 관계가 대부분이다.

친구는 고향과 같이 그리움의 대상이다.

친구란 잠시 만나서 이야기를 하면 즐겁고 만족을 주지만, '같이 살아라'고 하면 거북하게 느낄 것이다. 그러나 헤어지면 그리워서 또 보고 싶어진다. 고향도 그렇다. 고향을 생각하면 거기서 살기에는 주저될 것이지만, 그립고 가고 싶고 푸근하여서, 누구나의 가슴에 동경심을 갖게 한다.

그리움은 영원을 향한 인간의 자세다. 하나님은 영원한 친구임으로 인간에게 그리움을 가지고 접근토록 한다. 신이 인간을 부르는 방법이다.

그립다는 것은 부부간에도 가능하다. 제일 가까운 사람은 부부이다. 친구는 떨어져 살지만, 부부는 싫어도 한 집에서 산다. 그래서 갈등이 생길 수 있다. 제일 좋은 친구란 '마음 놓고 부모를 맡길 수 있는 관계'가 되는 사람이다. 부부는 부모를 모시니까, 부부간에도 그리움의 대상이 될 수 있다.

하루하루 일생

여생이 얼마 남지 않은 사람들은 가끔 삶을 '왜 그렇게 허둥대며 살아 왔을까?' 라고 하면서, 고통과 고뇌 속에서 살았던 과거를 후회한다고 한다. 그리고 삶의 마지막 날이 가까이에 이를수록, 즐겁게 지낸 여유(놀이)로웠던 순간들을 매우 중요하게 여긴다고 한다. 그들이 가장 많이 하는 후회는 '인생을 그렇게나 심각하게 살지 않았더라면 좋았을 텐데……' 이고, '일을 좀 더 많이 하였으면 좋았을 텐데……' 라고 하는 사람은 없다고 한다.

일반적으로 사람들은 일만하고 놀지 않는다면, 어리석게 사는 것으로 균형을 잃은 생활이라고 믿어왔다. 즉 자기가 일한 결과로 많고도 크게 성취하는 것은 살아가면서 행동한 것의 결과물이 많다는 것일 뿐이란 것이다. 눈에 보이는 결과물이 많다고 해서 잘 살았다는 것은 아니란 것이다. 좋은 삶이란 인생의 마지막쯤에는 성취한 것이 자기의 이득을 위한 것이 아닌, 객관성을 띠어야 다른 사람과 조화를 잘 이룬, 제일 좋은 삶이라고 생각한단다.

그러나 지금의 사람들은 살아생전에 끊임없이 무언가를 이루어야 한다는 강박관념에 시달려서, 매일 생산적이고 성공적인 일을 해 내려고 최선을 다 하고 있다. 잘 살아가는 법은 돈이나 출세와는 관계가 없다. 부귀나 출세를 지향하는 사람들은 많은 일을 해 내는 것만 모색할 뿐, 풍부한 인생으로 여유롭게 살아가는 방법은 생각하려 하지 않는다.

사회생활에서 성공과 부와 권력이 중요한 것은 누구나 인정하는 사실이다. 그래서 사람들은 오로지 그것을 목표로 하여 치열하게 살아간다. 그러면서도 고도로 생산적인 사람도 역시, 다른 사람들을 위한 일이나 여가놀이 등의 여유를 갈망한다. 여가 놀이란 단순한 놀이가 아니고, 다음번에 가질 일에 대해 준비하는 시간이 된다.

여가 놀이란 열심히 일하는 사람에게는 여유를 갖게 함으로서, 삶에 균형을 잡아주고 정신을 맑게 해준다. 또 그것은 우리에게 웃음을 선사하고, 몸에는 엔돌핀을 분비케 하여 스트레스도 줄여 준다.

여가시간에 갖는 여유와 웃음은 저절로 채워지는 긴장 해소약과 같다. 이런 좋은 놀이의 상대는 누구라도 가능하다. 심지어는 애완동물과도 기쁨을 나눌 수 있다. 그래서 정신과 치료에는 애완동물을 이용하는 경우도 있다. 이렇게 놀이는 인간에게 자연스럽고도 본능적 요소이다.

인생에서 여가 이용은 위에 서술한 여러 가지 내용으로, 삶을 이어가는 존재에게 생명력을 넣어준다. TV프로그램에서도 오락프로가 상당히 많은 이유는, 웃음이 삶에서 큰 역할을 하기 때문이다. 즉 인생 전반에 걸쳐서 힘을 넣어준다.

놀이는 적당히 시간을 흘러 보내는 것이 아니다. 또 어린이만의 전유물도 물론 아니다. 놀이는 마음을 젊게 해 주어서 활기차게 일을 하도록 하며, 어려운 인간관계에서도 문제를 풀어나가는 실마리를 제공해 줄 수 있다. 놀이를 하는 중에는, 인간이외에도 다른 생명에게도 도움을 주는 행위가 포함되어야 한다. 동물들을 도우는 일도 여기에 속한다. 이것은 생명체가 해야 할 지상 명령이다.

여가 활동은 몸의 순환을 도와서 젊음을 좀 더 연장시켜 주고, 내용이 충만한 삶을 만들어 준다. 여가 시간을 갖는다는 것은 일에 지친 자신의 몸을 회복시키는 시간을 갖게 하는 것이다. 죽음과 같이 심각한 상황에서도 언제나 여유가 주는 넉넉함은 들어설 자리가 있다. 삶에서 약간의 틈만 있어도 들어갈 수 있다. 단지 사람들의 표정이 굳어 있어서, 익숙하지 않을 뿐이다.

일상의 일들에서 즐거움을 발견한다는 것은 하루의 삶은 물론, 평생을 살아가는 데 있어서 많은 도움이 된다. 그러나 인간은 어떤 목표를 두고 치열하게 살아가기 때문에, 목표 지향적인 인생에 묶여 버리는 수가 많다. 이런 사람들의 목표는 자기중심적으로서 객관성이 없기 때문이다. 그래서 여유를 갖지 못한다.

살아가는 데 있어서는 여가시간을 이용하여 취미 생활을 하는 것도 삶을 더 윤택하게 만든다. 취미란 소득 등의 눈에 보이는 결과물에 연연해하지 않고, 단순히 즐거움만을 위하여 재미로 하는 것이다. '취미 삼아 하다가 직업이 되었다'면, 그것은 생업을 위한 것이되었으므로 더 이상 취미가 될 수 없다.

우리는 인생을 어렵게 살아간다. 우리는 자기를 위한 삶을 살다

가 그만 그 속으로 빠져 들어가, 삶을 너무 심각하게 만들어 버린
다. 자기가 가지고 있는 문제와 새로 생겨난 문제를 해결하느라, 여
가를 즐기면서 살아간다는 것은 매우 힘들게 되어버린다. 놀이를
잊어버리게 만든다.

게다가 요즈음은 휴대폰의 출현으로 일과 여가의 개념이 없어 졌
다. 즐거운 시간을 보내는데 따르릉, 전화가 와서 무드를 깨트려 버
린다. 일과 여가 시간이 마구 뒤섞여 버렸다.

그래도 사람들은 여가의 장점에 대해서 반신반의한다.

예를 들어 누가 '여가를 즐기면서 인생을 산다.' 고 하면, 사람들
은 '적당적당히 어물쩡대면서 살아가겠지.' 라고 의심의 눈초리를
던지기 쉽다. 또는 즐거움을 조금만 맛을 보아도, 뭔가 잘못을 저질
러 버린 것같이 그만 죄책감을 느낀다. 일은 하려하지 않고, 놀기만
을 밝히는 것 같아서 직장에서는 상사 앞에서 고개를 들지 못한다.

우리는 성장하면서 "산다는 것은 괴로움의 연속이다. 그러나 열
심히 일해라."고 교육을 받았기 때문에, 즐거움을 위해 시간을 마련
해 두는 것을 생각조차 하지 못했다. 우리는 매일 "너, 오늘은 뭘 했
니?"라고 물어보는 부모 밑에서 자랐다. 우리는 자식들에게도 같은
표현을 할 것이다.

이는 그가 오늘 하루를 생산적으로 살았는지, 또는 낭비해 버린
하루였는지를 묻는 것이다. 이때 우리는 즐거웠던 여가 시간보다도
일을 성취했을 때, "예! 생산적이었습니다."라고, 더 자신 있게 대답
할 수 있다. 중요한 역할을 하는 여가 시간을 우리는 시간을 낭비해
버린 것같이 취급을 해 버린다. 그러나 일만하고 놀지 않는다면 바

보 같은 삶을 사는 것이다. 그러면 그만 생활에 균형을 잃어버리게 되기 때문이다.

몸과 마음을 좀 더 젊게 가지는 사람이 제일 부드럽게 잘 늙어 간다. 그 다음으로 건강을 위해 노력하여 병에 걸리지 말고, 가능하면 사회의 여러 분야에 적극적으로 참여하는 것이 중요한데, 여가(놀이) 생활은 이 모든 것에 적용될 수 있다.

지혜 있는 사람들은 생활에서 놀이 시간을 소중하게 생각하는 태도를 가지고 있다. 놀이에도 시간을 투자해야 한다. 우리는 매일의 생활이 아무리 심각하고 어렵더라도, 자기 회복을 위한 여유시간을 가져야 한다는 것을 반드시 유념해야 한다.

누구나 잘 살고 싶다. 생의 마지막에 숨을 몰아쉬면서 '나는 공허하게 살았구나! 헛된 인생이었구나!' 를 생각하면서 후회하지 않아야 한다. 그렇게 하지 않도록, 이용할 수 있는 시간을 잘 배치하는 것이 중요하다.

기본 단위인 하루하루가 모여서 일평생이 된다. 좋은 한평생을 만들려면, 매일 일상의 일을 즐겁게 하면서 생활해 나가야 한다. 그러나 여가 시간에 그냥 의미 없이 단순한 수준의 놀이를 하는 것은 시간의 낭비일 뿐이다. 단, 타인이나 다른 생명을 위한 시간은 모두 좋은 여가시간에 포함 시킬 수 있다.

 가시마저 사랑하라

chapter 4
일상

그리운 것들

　행복하게 살겠다고 그렇게도 별렀던 날들은 꿈결같이 지나간다. 이전 것은 그리움만 남긴 채, 아득한 하늘 저 멀리 점이 되어 사라져간다.

　삶에 지치는 매일의 생활 속에서도 세월의 나이테는 불어난다. 시간은 삶의 전부를 과거 속으로 묻어 버리고, 부지런히 현재를 소비하면서 끝없이 미래를 향하여 떠난다. 운명이라는 덫에 걸린 우리는 시간에 밀리면서 살아 왔고 살아갈 뿐, 이런 자연의 흐름을 거스를 수가 없다.

　스쳐지나간 것들은 이제 차곡차곡 기억으로 스며들어서, 누구나의 가슴속에 아련히 추억으로 내재되는가 보다. 마음속에서 삭고 녹아들어, 그것은 보고 싶은 감정의 작은 씨앗으로 농축 된다. 그것은 시간이 지남에 따라 싹을 티워 마음 속 저 깊이 애틋함으로 포장되어 저장된다. 그래서 우리가 하는 일들과, 따뜻하게 정을 나누는 생활 속에서 은은하게 향기를 뿜는다.

'사랑한다'와 '보고 싶다'가 만나면, 녹아난 후 응결되어서 '그립다'로 한 차원 높은 진주가 된다. 그리움에는 남녀 간의 문제뿐만이 아니라, 고독한 자기 자신, 과거의 추억, 예술과 학문, 진리나 영원 등도 꺼리를 제공한다.

흔히 느끼는 남녀사이의 그리움은 아쉽고도 애절하다. 아름다운 인연으로 이루어져, 계속 옆에 두고 싶은 바램은 나를 가만히 있지 못하게 한다. 사랑을 주고 싶지만, 응답 받을 길이 없는 상태를 짝사랑이라 한다. 특히 이때 젊은이에게는 그리움으로 넘쳐난다.

산다는 것은 그리움을 만들어서 여물어 가는 과정이다. 외로움을 해소하기 위해 당신을 만났지만, 그것은 더 큰 그리움을 만들어 버린다. 그대를 향해 흐르는 열정으로, 세상을 훈훈하게 만들고 싶다. 누군가와 동녘이 다시 밝아질 때까지, 많은 대화로 이어지기를 갈망한다.

그리움은 더 깊이 들어갈수록 '애탄다. 사무친다. 잠 못 이룬다. 감당하지 못하겠다.' 등으로 부풀여져 나간다. 자신의 모든 것이 숯덩이같이 타들어 간다 해도, 그리움이 변하여 현실의 사랑으로 이루어지기를 기도한다.

그래서 가슴속을 불살라서, 그 사랑을 품기 위해 아무것도 없는 것 같은 텅 빈 마음을 갖고 싶다. 그러면 나는 그리움과 동시에 허전함, 애석, 영원성, 황혼의 노을, 아련함 등의 마음을 안게 된다.

매디슨카운티 다리를 촬영하려고 온 어떤 남자와 그곳에 살고 있는 유부녀와의 4일간의 관계는 서로 깊이 사랑하지만, 각자를 위하여 헤어지게 된다. 며칠 후 비를 맞으면서 길가에 있는 그를, 남편과 차를 타고 가면서 목격했다. 그를 보고도 눈물만 흘리는 그녀는 두고두고 가슴에 그리움으로 새겨져 있을 것이다. 앞으로 언젠가 다시 이곳에 온다한들, 누가 그녀의 이 아픔을 알겠는가!

그리움은 남녀 사랑에만 있는 것이 아니다. 우리는 선생님, 그리고 친구들에 대한 그리움도 가지고 있다. 돌아가신 부모를 다시 한번 만나고 싶다. 주변에서 일어나고 있는 작고 일상적인 것이나, 고향의 옛 동산도 그립다.

또 많은 생각을 농축하여 만든 물건을 잃어버린 후, 어느 날 그것을 우연히 찾았을 때는, 우리는 기쁨보다 먼저 그리움을 찾은 것이다. 이웃끼리는 인정이 그립다. 아름다운 풍경도 그리울 때가 있다. 세상은 온통 그리움으로만 꾸며진 것 같다. 혹시 인생이란 그리움이라는 고리를 이어가는 과정은 아닐까?

또 조국의 아름다운 미래를 그리워 할 때, 그는 나라의 역사를 이끌고 갈 수 있다. 좀 더 좋은 사회를 그리면서 살아가는 자의 그리움은, 인간끼리의 애정이나 사랑의 차원을 넘어 선다. 이렇게 볼 때 그리움은 에로스 세계에만이 아니고. 아가페 세계에서도 역시 엄존한다.

선과 진리를 추구하는 사람은 그냥 세월이 흘러가 버리도록 두어버리는 '허송'을 안타깝게 생각한다. 때로 그는 하늘에 자기의 아련한 소원을 소리쳐 아뢴다. 이들은 육체적이거나 정신적인 교류가 아닌, 영혼의 소리로 그리워한다. 이때는 자연히 자기를 다시 한 번 확인하는 시간이 된다.

나의 곁에는 사람이 많으나, 나는 사실 외롭다. 군중속의 고독인가? 나의 영혼 주위에는 그리운 것 이외에는 누구도, 아무 것도 없으니까! 아마도 영원의 세계에서는 그리움으로 숨을 쉬면서 살아갈 것이다. 그곳에는 주택, 흐르는 물, 햇빛, 공기 모두가 그리움으로 되어 있을 것이다. 이런 상황 속에 있을 때, 사람들은 종교의 문 안을 기웃거려 본다.

몸과 생각 등 모든 면에서 절대적으로 홀로 있음을 느낄 때, 우리는 외로움을 넘어 자기 자신을 '고독하다.' 라고 표현한다. 이런 조용한 시간이 되면, 고독은 인생관이나 철학적 사고로 이어져 간다. 생활로 깜빡 잊혀졌던 자기를 찾아내기도 하고, 때로는 사람들과 속 깊이 내재된 사랑의 심정을 가지고 이해를 주고받는다. 이들은 영원을 생각하고, 그 결과 무한대로 그리워 질 때, 종교에 의지한다. 그리움이란 신이 인간을 부르는 방법이다.

사람들의 그리움은 사람이나 대상물 등을 보고 싶어서 애타는 마음을 말한다. 이미 지나가 버렸으나, 아름다운 추억을 만들었던 시간이 떠오를 때 사용하는 단어이다. 앞으로는 스쳐 만날 수가 없을 것 같은, 명확하지 못한 시간에 대한 초조감의 표현이다. 이때 그리움이 지나치면, 그만 마음속에 똬리를 틀어서, 병으로 육체를 괴롭힌다(想出病來).

하늘 아래의 모든 것은 떠나가게 되어 있다.

서글픔은 사연마다 집집마다 묻어 있지만, 무슨 일에서든 인생은 역시 외롭고도 그리운 것이다. 그리움은 인생에서 잊지 못할 아름다운 무늬를 만든다. 그것은 애절함, 사무침, 간절함 등과 같이, 온통 가슴을 붉게 석양노을의 빛깔로 물들게 한다. 핏빛 노을의 그리움은 점점 어둡게 흑색 칠을 하면서, 깊은 밤 속으로 여행을 떠난다. 끝 모를 이별에, 울면서 저 산을 넘어간다. 소리쳐 불러 봐도 대답 없이 사라지는 노을은, 안타까운 그리움 그 자체이다.

'그립다 말을 할까 하니 그리워' 라는 시(詩)나, '오, 너 하나만을 믿고 살았네. 그리움만 쌓이네.' 라는 노래가사는 삶과 그리움이 밀착되어 있음을 말해준다. 인간에게서 그리움이나 애정 등은 그의 인생행로에 아름다운 무늬를 넣어준다. 걸어가는 뒷모습에 비친 노을진 햇빛은 은은한 긴 그림자를 띄워 준다.

내가 다른 사람을 떠나가면 그것은 고독이 되어 마음에 남고, 사람들이 나를 떠나가면 그것은 외로움이 되어 눈물을 만든다. 그리움은 이 둘의 과정 모두에서 느낀다. 그리움이란 인생의 먼 곳으로 향하는 나를 다시 확인하는 방법이다.

내 마음은 호수요

생각이 머무르고 있는 곳을 마음이라 한다.

마음은 생명이 있음을 밝히는 촛불이다. 홀로 호숫가를 거닐면서 사색해 보거나, 고요함 속에 자신을 조용히 두어 보면, 자연스레 우리는 '과연 나란 어떤 존재인가.'라는 나의 근본에 대해 생각하게 된다. 이때에야 비로소 삶속 내용의 흐름을 마음에 그려 보면서, 또 영원 속에서 자신의 위치를 어렴풋이나마 짐작해 보고 싶어진다.

사람의 생각하는 마음에는 양극단이 존재한다. 사랑과 미움, 수용성(용서)과 공격성, 논리적 지성과 가냘픈 감성이 있다. 또 느끼는 부분과 무의식의 세계, 선과 악, 빛나는 부분과 어두운 그림자 등으로 다양하고 그 폭은 넓디넓다.

그래서 우리는 자기 마음이 양극단 사이의 어디쯤에 위치하는가를 살펴 볼 필요가 있다. '지금 나는 무엇을 생각하고 있는가? 어디로 기울려 지고 있는가? 돈이냐, 이성이냐? 굽어져 있느냐, 바른 위치에 있는가? 평정되고 가라앉은 상태인가. 들떠 있는가?' 등을 고요 속에서, 현재의 위치를 생각해 본다.

　우리의 마음은 잔잔한 호수와 같다. 그러다가 영원을 향한 나의 마음이 그리움으로 일렁이면, 나는 흔들리면서 그만 그대의 그림자를 껴안고 싶어진다. 때로는 나 스스로가 파도가 되어 그대의 뱃전에서 일렁이면서, 철썩 부서지기를 갈망한다. 헌신하고 복종하고픈 심정이다. 때로는 당신을 향하는 그리움이 넘쳐나서 감당할 수 없을 정도로 큰 폭풍이 일어나기도 한다.

　어쩌면 우리 마음은 촛불과 같은 존재이다. 세상물결이 없는 조용한 어둠에서는 촛불을 밝힐 수 있지만, 세상만사는 시끄럽게 바람을 일으킨다. 갖가지 바람이 일렁이면 그만, 그 불은 꺼져 버린다. 촛불은 최후의 한 방울까지 당신의 비단 옷자락에 떨어지고 싶을 정도로, 함께 하고 싶은 마음이 간절하지만……

　우리는 원래 순수한 마음을 가슴에 안고 살아가는, 한 사람 세상의 나그네이다. 그러나 귀를 따갑도록 울리는 세상의 잡된 소리가 우리마음을 어지럽게 한다. 나는 소음을 벗어나 고요하게 비치는 달빛아래에서, 밤새도록 홀로 당신에 대한 그리움에 빠지고 싶다. 누가 애틋하게 피리를 불어 나를 위로해 다오. 그 소리 속에서 진정한 나의 모습을 찾고 싶구나. 그래서 나의 미래가 사랑으로 가득 채워지기를 기도하고 싶구나.

　너와 나 인간은 세월이 지나가면, 낙엽과 같이 떨어져 곳곳으로 흩날려 버리는 존재가 된다. 세상의 풍파가 우리를 날려서 흩어져 버리기 전에, 청컨대 당신의 따뜻한 품속에서 잠시 머무르게 해다오. 바람이 일면 더럽고도 질퍽한 땅위를 굴러다니는 보잘 것 없는 낙엽이지만, 그래도 나는 오직 그대를 향한 마음뿐이다. 어느 빗자루에 쓸려서 길가에서 태워질지 모르는 운명이다. 그러므로 오늘 하루만이라도 그대의 뜰에서 잠시라도 머무를 수 있다면, 나는 낙엽이 된 운명을 감수하리라.

우리의 마음에는 소망이 있으나 잘 이루어지지 않는다. 왠지, 누구 때문인지, 근심과 불안은 끝이 없다. 화가 나거나 두렵거나 강박한 마음일 때에는 머물러 고뇌해 보자. 내가 좀 교만해 있지는 않는가? 요구사항이 많지는 않는가? 나의 주장만 이야기 하지 않는가? 무슨 이유로 내 가슴에는 큰 파도가 치고 있는지? 등을 생각해 보아야 한다.

우리의 마음속에는 단단히 굳어버린 땅이나, 가시덤불 길과 같은 곳이 대부분이다. 드물게는 기름진 옥토와 은은하고 잔잔한 호수가 있기도 하다. 우리는 이 호수에 누군가가 들어가서 물을 더럽히지 않도록 잘 지켜야 한다. 흙탕물이 되지 않도록, 자기의 내면세계를 성숙시켜야 한다. 외부에서 들리는 많은 것이 우리 마음을 출렁거리게 하지만, 흔들림을 줄이기 위해 우리는 수양을 쌓아야 한다. 그대의 옷자락 속에서 사랑의 화신으로 마지막 한 방울까지 녹일 수 있도록, 나 스스로를 승화시켜 가야 한다.

그러나 나의 마음은 들에 사는 작은 짐승처럼 매우 약하다. 나는 겁이 많고 필요하다면, 잔꾀도 부릴 줄 안다. 도망을 잘하고 변장도 잘하며, 오래도록 깊이 숨어 있기도 한다. 그나마 다행인 것은 호수를 바라볼 때나 숨어 있는 긴 시간 동안에, 나는 나 스스로의 실체를 생각하게 된다.

이런 생각들은 모두 나의 기도가 된다. 이때 우리는 영혼의 존재를 어렴풋이 느낄 수 있다. 이때 나는 호숫가 저 멀리에서 끊어질 듯 들리는 피리소리의 울림에서, 또는 심지어 뒹구는 낙엽을 밟는 칙칙함 속에서도 삶의 원리를 발견하려 한다.

대체로 우리는 각자가 자기생각만은 옳고 바른 위치에 머무른다고 생각해 버리는 오해를 잘 해 버린다. 그러나 그것은 자기 생각 안에 있는 부드럽던 마음이 단단히 굳어지고 있다는 뜻이다. 이런 마음에서는 영원이 깃들 곳은 사라지게 된다. 그러면 영원은 훨훨 저 산을 넘어가 버리고, 길가에 버려진 나는 굳어져서 구두에 밟히는 자갈돌로 남게 된다.

우리는 눈에 보이는 현재의 물질세계에만 관심을 가질 뿐이다. 그러나 영원을 그리워하는 그대의 마음도 귀중함으로, 시간 속으로 또는 자기 가슴 속으로 들어가 보자. 호숫가에서 촛불을 들고, 나, 나그네는 낙엽을 밟으면서, 미래에 전개될 나의 삶의 여정을 명상해 본다. 모두여 모든 것이여, 안녕히!

놓아 버리기

수년전, 어느 신문사에서 사진작품 전시회를 개최하였다. 시골 노부부가 남편은 봇짐을 메고, 부인은 머리에 이고 걸어가는 뒷모습을 찍은 사진이 '수상 작품'으로 선정되었다. 헐렁한 한복을 입고서 한적한 시골 길을 둘만이 걸어가는 뒷모습이었다.

늦가을에 인생의 고뇌를 등짐으로 또는 머리에 이고, 자식이 살고 있는 곳으로 홀홀히 떠나는 장면인 것 같았다. 조용하면서도 순진무구한 그들의 사진 속에는 햇빛으로 꽉 차 있었고, 동시에 하늘에는 구름 한 점 없이 텅 빈 고적한 장면이었다.

그 사진을 보면서 나는 그들이 자기들 앞에 놓인 미래로 향한 인생길을 이후로도, 한 걸음 한 걸음 뚜벅뚜벅 걸어가는 모양새를 가슴속에 그려보았다. 노부부 둘이서 고요가 넘치는 언덕너머로 걸어가는 뒷모습은, 영원을 향하여 하루하루를 살아가는 인간의 모습에 비견되었다. 길가에는 소나무 한 그루가 빈 칸을 메우면서 우두커니 서 있을 따름이었다.

이제까지 그들이 걸어 온 길은 뜨거운 태양과 혹독한 겨울, 건강
과 질병, 선과 악 사이를 오가는 험로였을 것이다. 그러나 인생에서
노인이 되었다는 것은 이제는, 이별을 향해 발걸음을 옮겨야 하는
인생 구간에까지 왔다는 의미도 있다.

부부 둘이서 멀리 앞에 있는 나지막한 산을 보면서 시골 길을 걷
는 모습을 보면, 누구나 노인이 인생을 음미하면서 저 멀리 자식들
이 살고 있는, 숨 막힐 듯 혼란이 들끓는 도회지를 향하여 터벅터벅
걸어가고 있다고 생각할 것이다. 떡 한 덩이와 가족에 대한 사랑과
걱정을 봇짐에 싸서 등에 메고, 자식들의 행복을 기원하면서 걸어
가는 분위기를 느낄 것이다.

60대가 되면 막연하게나마 죽음을 의식하기 시작한다. 계절로는
가을에 해당한다. 아직은 햇살이 조금 따갑지만, 시간이 흘러감에
따라 가을의 영농과 추수, 그리고 겨울을 지나기 위해 장작과 쌀을
준비해야 한다. 그는 스스로가 잡초나 들꽃과 같이 시드는 생명체
가 되기 위해, 겨울이라는 소멸의 길로 들어가게 된다.

늙었다는 것은 겨울철에 해당되고, 이것은 그 해의 끝남을 의미
한다.

겨울이 되면 결실을 저장하면서도 영원을 의미하는 희망의 내년
봄이 역시 대기하고 있음을 알고 있다.

그는 과거를 사랑하고 그리워한다. 그때의 희로애락이 모여서 현
재의 그를 만들었기 때문이다. 살아오는 동안 하기 싫은 것을 하도
록 강요받기도 했고, 고달픔과 괴로움으로 얼굴에 주름도 많이 잡

했다. 늙어서 지난날을 회고해 보니, 뜬구름마냥 머릿속을 아련하게 지나간다. 모든 것들이 지금은 잔잔한 무늬가 되어, 마음속 깊은 곳에 그리움으로 포근히 깔려 녹아 있다. 이런 것을 사람들은 '꿈같은 것'이라던가?

점점 나이가 많아짐에 따라, 갈수록 그는 더 많은 상황이나 심지어 작은 것들에서도 감동을 받는다. 잎 하나에서도 신이 주신 생명과 우주의 위대함을 느끼고, 겨울에 쌩쌩 거리는 바람소리도 그에게는 새봄을 알리는 좋은 신호로 들리기도 한다. 잔잔히 고여 있는 호수에서도 깊은 미지의 감동을 느끼고, 먹구름 속 천둥벼락도 장엄한 교향곡으로 들린다. 모든 것이 긍정적으로만 보인다.

습기 차고 먼지바람이 휘몰아쳐 쌩쌩 불어도, 내 마음은 중심을 잡아서 좀처럼 흔들리지 않는다. 지상위에 있는 모든 게 귀여워 못 살겠다. 사랑스러워서 죽겠다. 눈으로는 창조주, 신을 볼 수 없다. 그렇더라도 '기쁜 마음으로 사랑자체이신 신을 존경하고 싶다.'는 등, 이런 생각이 분수처럼 이어진다.

이제는 육체의 힘이 한계점에 도달했는지, 움직임이 느려지고 생각에서마저 열정과 의욕, 조급함 등이 사라졌다. 이제는 여유, 즉 느림의 철학에서 깊은 맛을 느낀다. 느림 속에 있지만, 내가 지금 어디쯤에 와 있는지를 잘 모르겠다. 나란 존재를 확인하려고 영원을 향하여 기도를 올린다. 이런 때야 말로 우리는 신과 대화를 할 수 있는 좋은 시간이다. 서서히 시간의 제약을 벗어나고 있다. 더 이상 허둥댈 필요가 없다.

이제는 지금까지 삶에서 어깨를 짓눌렀던 욕심이나 무관심, 억울함, 애석, 우울, 분개, 좌절 등을 내려놓고, 버릴 것은 버려야 한다. 돈, 성공, 영향력, 명예 또는 출세 등 젊은 시절에 터질 정도로 가슴을 누르던 것마저도 땅바닥에 내려놓아야 한다. 그래서 쉬면서, 시간이 모자라서 찾지 못했던 여유를 가져 본다. 그래서 한계가 좁은 나의 능력 범위를 벗어나서 너그러움, 즉 여유 속으로 들어가서 나를 맡겨본다.

노인은 능력이 떨어진다. 너무 아는 체 하지 말라. 정력적인 활동이 노인에게는 어울리지 않는다. '나도 틀릴 수 있다.'고, 한 발 물러 서 볼 줄도 알아야 한다. 자기의 입장에서는 맞는 말이라도, 늙어지면 다른 사람의 의견에 양보해야 할 때도 있다. 어차피 사라질 인생인데 뭐! 놓아버릴 것은 놓아야 한다.

무리하게 다른 이의 기억 속에 남아 있으려 하지 말고, 모르는 척 뒤로 슬쩍 물러나거나 잊혀 져 주기도 해야 한다. 하나님은 노인들에게 '건망증'을 선물로 주었다. 너무 세세하게 따지지 말라고! 또 의견을 제시하면 젊은이가 시끄럽다고 여기니까, 말을 좀 적게 하라고!

노년의 삶에서 제일 고통을 주는 것은 외로움이다.

외로움의 바닥에는 그리움이 깔려 있다. 그러나 이제는 자주 찾아오는 외로움과도 친해져야 한다. 외로우면 그것을 해소하려고 사람 찾기를 반복하다가, 안 되면 신을 찾게 된다. 외로움은 진실 된 자기를 찾으려 노력할 때 만나는 그리운 정서이다. 그럼으로 외로움과 다투거나 거리가 멀어지면 멀어질수록 마음에 중심이 없어져서, 허둥지둥 삶을 파괴해 버릴 수도 있다.

노년에는 이별을 잘하는 것이 중요하다. 이것에는 연습이 필요하다. 이별은 연습할수록 의미를 깊게 만든다. 누구든 노화, 이별, 죽음 등은 생각하기도 싫지만, 연습된 이별은 생각하고 고뇌할수록 더 잘 이겨나갈 수 있다.

태어나면서 우리는 어머니 뱃속을 이별하기 시작한다. 그 후 하루하루 사는 동안, 생활은 모두가 만남과 이별의 연속이다. 이별은 그때마다 나에게 아픔이나 허무한 마음을 안겼지만, 동시에 영원, 재회에 대한 희망 등의 가르침도 받았다.

노인에게 '모두를 내려 놓아라' 든가, '버려라' 고 한다고 해서, 그렇다고 노인은 삶의 대부분을 내동댕이치거나 쓰레기통에 버려버리는 등으로, 소극적으로 적당히 살지는 말아야 한다. 덜 필요한 것은 내려놓더라도, 앞으로 짧게 있을 미래를 다시 계획하는 심정으로 인생을 처리해 나가야 한다.

인생의 최종 결산을 위해서는 노인이 종교에 귀의하는 것도 좋은 방법이다. 지금 이후 영원의 세계 속에 있을 때를 대비하기 위해서는, '나는 어떻게 해야 좋은 영원을 만들 수 있을까?' 를 생각하여 정진하는 것도 바람직하다. 즉 늙어서도 새로운 시작을 모색하라. 아직도 늦지 않다.

같은 겨울이라도 준비여부에 따라 계절의 의미가 틀린다. 준비

없는 노인에게는 늙음이 추운겨울이지만, 지혜 있는 노인에게는 수확하여 갈무리하는 계절이다. 또 겨울로 접어들면 후손이 다음 해가 이어지듯, 태어나는 새해를 맞이하게 된다. 영원히 계속되는 봄을 기다리는 성스러운 기회, 그것은 백발의 시기이다.

본다는 것

　누구든지 직업 생활에서 오랫동안 한 직장에 근무하면, 자기도 모르게 그곳의 독특한 냄새를 외부로 보이게 한다. 의사 냄새, 선생님 냄새, 공무원 냄새 등, 각자의 직업냄새는 오랜 세월동안 형성되었으므로, 지워버리기가 어렵다. 그래서 직장 밖의 사람들은 그곳에 대한 생각과 냄새를 맡아 볼 수 있는 자기 나름의 보는 눈, 즉 견해를 갖게 된다.

　일반적인 용어로 '본다.' 라는 것은 눈의 작용을 말한다. 눈은 몸을 바로 서도록 하고 보이는 것에서 의미를 찾아내어, 느끼게 하는 마음의 등불이다. 태어날 때부터의 맹인은 자기가 맹인인 것을 모른다. 태어나서 아무 것도 보지 않았기 때문이다. 그는 볼 줄 모르고 있다는 사실조차 모르고 있다.

　'본다.' 라는 말은 그 이외에도 여러 단어의 어미에 붙여서 사용할 수 있다. 과거를 뒤돌아본다, 욕본다, 맛을 본다, 시장을 본다, 예배를 본다, 장미꽃을 손본다, 냄새를 맡아 본다 등, 직접 보는 것이외에도, 마음으로 느껴 보거나 행동하는 것도 포함된다. 육신의 눈 이외에 정신적으로도 삶에서 살펴봐야 할 것을 잘 돌아볼 수 있다면, 그는 건강한 마음의 눈을 갖고 있는 것이다.

그러나 사실에 대해 바르게 보지 못하고 있다는 사실을 정확히 모르면서도 자기 주장만 늘어놓는다면, 그는 편견을 가진 자로서 답답하거나 또는 불쌍한 사람이다. 그는 앞뒤가 꽉 막힌 사람이다. 부인과 아들, 남들은 다 아는데, 자기 자신만 모르는 경우이겠다. 또 오직 눈에 보이는 것이 돈 밖에 없거나 세상 일 밖에 없다면, 그도 정상적이지 않다. 이런 사람은 자기는 편견이 없다고 주장하고, 오히려 다른 사람들의 상태가 틀렸다고 우긴다.

또 우리말에는 '손 본다' 는 것이 있다. 이 말은 두 가지 뜻이 있다. 부드러운 말일 때는, '치료한다.' 는 뜻이다. 그러나 깡패가 이 말을 사용한다면, 그것은 '혼내 준다. 간여한다. 충격을 준다. 반 쯤 죽여 버린다.' 는 뜻을 가지고 있다. 같은 것을 보아도 사용하는 사람의 질에 따라 반대의 뜻도 된다.

변화무쌍한 세월이 흘러간다. 이제는 이전에 가졌던 통념과 같이 일정한 생각의 틀에 갇혀서는, 결코 새로운 세상을 볼 수 없다. 더 이상 마음의 눈을 뜰 수 없어서, 변화를 알 수 없다. 자기는 이것을 모른다. 대중매체가 가르쳐 주는 수준 정도의 가치관을 가지고, 허겁지겁 맹목적으로 살아갈 뿐이다.

그러나 자기의 생각이나 사상의 부족한 내면을 볼 수 있다면, 그는 생각의 기본을 이루었던 과거의 성곽에서 벗어나, 훌훌 털고 비상할 수 있다. 그래서 생각을 다른 장소로 이동시켜 안착시킬 수 있다. 이런 방법으로 그의 생각은 점점 넓어진다. 순화되어 나간다.

성경에서 야곱은 오랫동안 타향살이를 경험했고, 어릴 때 요셉은 방향도 모르게 다른 나라로 팔려갔다. 모세는 왕자이면서도, 수십 년간 광야를 헤맸다. 이들은 세상살이를 오랫동안 한 후에야 비로소, 자신의 위치를 알고 앞으로 가야할 방향을 알게 되었다. 앞을 바라 볼 눈이 떠진 것이다. 이렇게 눈을 뜨게 하는 과정에는 반드시 고통을 필요로 한다.

'고은 맥도날드' 라는 신학자는 인생에서 눈을 뜨게 하는 방법을 이렇게 말하였다.

첫째는, 위에서 말한 대로 고통과 고난의 체험을 통하여, 자신은 누구이며 어떻게 살아가야 하나를 알아내는 것이다. 어렵고 고통스런 경험일수록, 마음속에 새겨지는 강도는 그만큼 더 커질 것이다. 어떤 이는 이런 체험을 하는 것에 스스로 자원하여 뛰어 들기도 한다. 에베레스트 산을 걸어서 오르거나, 울트라 마라톤을 달리는 경우이겠다.

둘째는, 신비를 체험하여 알아내는 것을 말했다. 건강한 사람이 큰 병에 걸리거나 심하게 앓던 병자가 낫는 경우, 또는 성공한 자가 망하거나, 부도났던 사람이 대기업을 다시 이루었을 때, 등이 여기에 속한다고 했다.

셋째로는, 늙어 가는 과정에서 인성을 바꾸어서, 세상을 바라보는 각도를 변경시킨다고 한다. 산전수전을 다 겪은 노인들에서는 이글거리는 생(生)속의 마음을 죽임으로서, 점차 부드럽게 하거나 다른 더 좋은 곳으로 시야를 바꿀 수 있게 된다는 것이다. 그래서 노숙(老熟)하게 되어 아름답게 늙을 수 있도록 해 준다고 했다.

이렇게 살아온 사람들은 이제야 자기 스스로에 대해 눈을 뜨게 된다는 것이다. 그래서 삶의 목적과 이유, 그리고 살아가는 법을 알게 되면서, 자기가 해야 할 소명에 눈이 떠지게 된다고 했다.

그 눈으로 이제까지 바르게 보지 못한 자기를 확실하게 볼 수 있게 된다는 것이다. 이 말은 자기 수련의 과정을 거쳐야, 진정으로 자기의 시야를 더 멀리, 더 넓게, 더 깊게 할 수 있다는 것이다.

보는 것에는 여러 단계가 있다. 눈으로 보아도 그 속에 내재된 뜻을 놓쳐 버리는 수가 있다. 그러나 어떤 사람들은 어떤 사실들을 보고 그 의미를 알아낸 후, 생각들을 모아서 하나의 관념(덩이)을 만들어 낸다. 그러면 생각의 폭이 더 넓어 져서, 더 광범위하게 볼 수 있게 변한다.

視(시력. 눈으로 본다. see)에서 → 見(앞을 본다. 견해. look)을 통하여 → 觀(주목하여, 꿰뚫어 본다. 주관. idea)이 만들어지면 → 看(看破, 밝히 본다. 모두를 알아낸다. seeing through)을 완성한다. 즉 '본다.'는 '안다.'를 넘은 후에, '관념'으로 커져 나간다. 세상을 그냥 보지 말고, 보는 눈의 차원을 높이려고 노력하라. 그리고 습관화 된 옛날로 돌아가지 말고, 차원 높은 눈으로 항상 변화를 받아드려라.

시각은 방향 선택이 중요하다.

잘못 보고 가다 보면, 엉뚱한 곳에서 헤매어 버릴 수도 있다. 그러나 마음의 눈이 좋으면, 그것은 물체 너머의 세계를 환하게 볼 수 있어서, 실수 없이 바른 방향으로 갈 수 있다.

저녁에

　우리들은 이야기를 하다가 노인에 관한 이야기가 나오면, 모두가 대화를 증발시켜 버린다. 그것은 우리 모두가 고령자의 삶의 가치나 의미에 대해서 무관심하여, 노화를 문화적 황무지로 생각해 버렸기 때문이다. 또 시대가 바뀌어서 노인들에게도 손주를 본다든지 하는 익숙한 일은 사라지고 있다. 그저 어떻게 하면 자식에게 짐이 안 되도록 할까하는 것에만 온통 관심을 쏟아 붙는다.

　삶의 만족도를 조사할 때, 노인들에게는 '얼마나 많이 만족하느냐?'고 묻지 않고, '만족이 줄어들었으나, 아직 얼마나 남아 있는가?'라고 부정적인 시각에서 질문한다. 노인의 시기는 문제로 가득 찬 음울한 기간이다. TV에서도 노인은 세련과는 반대로, 일반인이 하지 못하는 수준 낮은 행동을 한다. 촌스러움과 초라함을 천연덕스럽게 밖으로 드러냄으로써, 관중들을 웃기게 할 뿐이다.
　노인이 쾌활하고 적극적인 역할로 등장할 때도 있긴 하다. 이는 TV 등에서 노인 세대에게 물건을 팔려고 구매충동을 자극하기 위한 마케팅 전략 때뿐이다. 노인의 사회적 역할과 위치는 급격한 시대변화와 더불어 거의 전부 해체 되어서, 새로운 노년의 삶의 좌표가 발견되기가 힘들게 되었다.

지금은 요양시설이 유행되고 있다.

노인들이 그곳에 입소하는 동기는 주로 '혼자 사는 불안' 이 제일 많고, '가족과 동거하기 곤란하다' 는 것이 그 다음의 이유가 된다. 때로 입원하고 있는 노인들은 고독하면, 한 밤중에 간호사를 큰 이유가 없으면서도 부른다. "당신은 집에 갈 수 있어서 좋겠네요. 모두가 나를 피하고 있어요. 여기엔 아무도 오지 않았어요. 밤이 되면 가슴이 무겁고 힘이 들어 죽겠어요," 라는 등, 몇 마디 대화가 전부이다.

고독을 치료하는 데는 마음이라는 약 이외에는 없다. 그들에게도 대화 등 마음의 교류, 즉 사랑이외에는 치료약이 없다. 정이 깃든 한 마디가 죽어가는 마음을 살려낼 수 있다.

사람들은 인간 사이에서만 자신을 확인할 수 있기 때문에, 나이가 들수록 인간관계를 중요시한다. 서양은 human being, 육체적인 인간 그 자체를 사람으로 보지만, 동양에서는 사람과 사람의 '사이(間)'의 공간을 중요시 한다. 혼자로서는 '사이'를 만들지 못하기 때문에, 존재의 의미를 갖지 못한다.

누구나 늙으면 몸이 불편하고 마음이 굳어져서, 친구와도 잘 만나지 못한다. 게다가 근래에는 살기에 바쁜 가족이나 자식의 수발을 받기보다는, 자식들과는 떨어져서 살고 싶어 한다. 그래서 가족과 헤어지게 되어, 더욱 고독을 느낀다.

　한 노인은 내가 근무하는 요양병원에 입원하여 치료 도중에, 암이라는 죽을 수밖에 없는 병을 선고 받았다. 그래서 그는 치료를 위해 종합병원에 입원하려고, 요양병원을 퇴원했다. 그는 퇴원한지 4개월 후에 다시 돌아왔다. 바싹 말라서 눈이 엉크런 모습으로 나에게 눈을 끔벅하면서 인사를 한다. 그 4개월간 시시각각으로 다가오는 죽음 앞에서, 어떤 기분으로 살아 왔을까?

　담배를 피우다가 폐암에 걸린 어느 할아버지는 나에게 만일 자기가 다시 살 수 있다면, '전국 금연 협회 회장을 맡아서 활동하고 싶다.'고 말했다. 결국 그 할아버지는 돌아 가셨다. 며칠이 지나서 할머니는 집 바로 앞에서 할아버지의 모자를 발견하고는 그것을 주워서 울면서 집으로 가져갔다. 그것은 남편을 상징한다고 하면서, "잘 간수해야지!"라고 했다.

　인생의 결산기인 노령에서 현재의 모습은 '살아 온 인생의 총 결산'이다. 그의 얼굴은 이력서가 된다. 젊은이에게 요양시설은 인생의 학교이고, 노인들은 교과서가 된다. 노인이 죽는다는 것은 도서관 한 채가 불타 버린 것과 진배없다.

　지금과 같이 장수하는 사회에서는 치매를 앓는 노인이 많이 증가하고 있다. 누구에게나 똑 같은 길이의 하루이지만, 노년의 하루는 무겁게 흐른다. 하나님은 늙어서도 머리가 맑으면, 삶이 매우 지루하리라고 여기는 것 같다. 그래서 머리를 혼돈시켜 시간의 흐름을 감지 못하게 치매를 주셨다. 이런 상태로 되면서, 이들은 천국으로 한걸음 한 걸음 다가간다.

치매에 걸린 노인은 언제나 분위기에 맞지 않는 말을 하지만, 마음은 매우 순수하다. 앞뒤가 맞지 않는 이야기를 하는 것을 보면, 새로이 순진한 어린이로 돌아가는 것 같다. 유아들과 같아서 죽음과 대결할 필요도 없고, 인간의 고뇌에서 탈피한 모습이다. 욕심이나 허식이 없다. 인간 본연의 모습으로 되돌아 간 듯하다.

노인들에게 필요한 장소는 조용한 분위기가 아니라, 어느 정도 번거롭고 사람들과 교류하는 곳이다. 그러나 치매에 걸린 노인은 하루 종일 말이 없는 우울 형, 하루 종일 혼자 떠들어 대는 불안 형, 전혀 엉뚱한 말을 하여 정신과 약을 복용하는 정신 이상형 등이 있다. 이들에게야 말로 인간의 사랑과 치료 약제가 합해져야 한다.

제일 큰 문제는 식사와 배변이다. 남의 도움이 절실히 필요하기 때문이다. 누가 자기의 대변을 남에게 의탁하고 싶겠는가! 또 자기의 소변을 기저귀로 또는 호스를 박아서 처리하기를 원하는 사람은 아무도 없을 것이다. 몸을 남에게 의탁하는 동안은 노인에게는 심히 괴로운 기간이 된다.

낮에도 계속 누워 있고 싶은 노인은 한 분도 없다. 다만 세월의 압력으로 눕힘을 당했을 뿐이다. 될 수 있는 한 앉혀라. 사람이 살고 싶어 하는데도 불구하고, 어쩔 수 없이 죽어야 하는 것은 마음이 아프다. 반대로 죽을 수 없어서 사는 것도, 또한 비통한 일이다.

노인들은 어느 정도 죽음을 각오하지만, 그래도 고통 없는 죽음을 부럽게 생각한다. 죽음은 모든 것의 끝이다. 끝이라는 것은 문제가 좋든 나쁘든, 어떤 결론이 나거나 해결되는 순간이다.

직업상 죽음을 상시로 접하는, 70대에 접어든 나의 입장에서 볼 때, 죽음은 남의 이야기가 아니다. 살아오면서 가끔은 '바람직하고 좋은 노후란 어떻게 살아야 가능할까?'를 생각해 보기도 했다만, 아직도 정답은 찾지 못했다.

그래서 나는 감히 당신에게 묻겠다.

"병으로 긴 고생을 하더라도 장수하는 것은 과연 기쁜 일일까요? 노년의 지루함과 무료함은 어떻게 대비해야 할까요? 삶의 마지막에 후회를 적게 하려면, 어떻게 살아야 할까요?"

봉사

　근래에는 국가 단위에서도 봉사하는 것을 장려하는 모양이다. 학교에서는 봉사를 하면, 평가 점수를 잘 받을 수 있어서 유리한 입장이 되는 것 같다. 아침에 등교 길에 교통정리를 한다든지…… 심지어는 봉사하러 외국으로 나가서 활동을 하기도 한다.

　또 선거철이 되면 가장 많이 쓰는 단어가 '봉사'란 단어이고, 그들은 당선되면 백성들의 충실한 심부름꾼이 되겠다고 한다. 사회에서는 일반적으로 봉사라는 말이 범람하고 있다.

　봉사는 건강한 사회를 실현하기 위하여, 인간이 하는 행동 중에서 제일 지름길이 되는 좋은 도구이다. 선의로 하는 봉사자의 움직임은 그 자체가 '사랑과 자비와 어짐'을 실천하여 건강한 사회를 만드는데, 크게 기여할 수 있기 때문이다.

　하지만 봉사하는 것을 깊이 생각하지 않고 행하는 경우에는, 일을 저지르는 수준의 활동을 간혹 볼 수 있어서 눈살을 찌푸리게 하는 경우도 있는 것 같다. 생각과 영성이 없는 봉사라면 그것은 단지 움직임에 지나지 않으며, 내용이 없는 껍데기에 불과하다. 이런 봉사활동을 여러 번 반복해서 하다 보면, 몸은 피곤하고, 마음도 메말라 마침내 삶 자체가 힘들어 진다. 즉 영성이 없는 봉사활동은 우리에게 내적 공허와 삶의 무의미를 가져다 줄 수도 있다.

영어에서는 봉사를 service라고 하는데, 이는 어원상으로, 종(servant), 또는 노예상태(servitude)에 근원을 두고 있다. 옛날 종이나 노예는 비천한 신분으로서, 주로 몸을 사용해 평생 주인만 섬기는 사람들을 말한다.

인간으로 태어난 사람 중에는 종이나 노예보다 더 낮은 지위는 없다. 그들에게는 자기 자신이란 없으며, 오히려 주인에 대한 철저한 예속만이 있을 뿐이다. 그들의 삶은 평생 동안 희생이었다. 그러면 왜 이런 비천한 종이나 노예의 삶이 봉사의 개념으로 바뀌어서, 우리 영성의 중심으로 오르게 된 것일까?

심지어 천주교 교회 최고의 어른인 교황마저 교회의 공식 문서에 황제(emperor)나 왕(king)으로 서명하지 않고, 종들의 종(servus servi)으로 자신을 지칭할까?

성경은 "누구든지 높이 되고자 하는 사람은 남을 섬기는 사람이 되어야 하고, 으뜸이 되고자 하는 사람은 모든 사람의 종이 되어야 한다."고 한다, "사람의 아들도 섬김을 받으러 온 것이 아니라 섬기러 왔다."고 했다. 이처럼 그리스도인의 근본은 '예수님을 따르는 자'로서 주님의 종이고, 종의 신분으로서 남을 섬기고 봉사하는 것이 그리스도인의 사명이기 때문이다.

요즈음에는 경영에서도 '봉사'가 강력히 요구된다. 사업의 성패는 서비스에 좌우된다. 비슷한 조건의 경쟁관계라면, 다른 회사와의 경쟁에서 더 나은 봉사로 성공한 사례도 많다. 또 실패의 길에 들어섰지만, 봉사정신으로 겨우 실패를 모면한 사업체도 간혹 눈에 띤다. 일반인 중에서도 투철한 봉사 정신으로 일을 완수했다면, 그는 이 사회와 영적인 세계 모두에서 좋은 평가를 받을 것이다.

봉사의 내용에는 다양한 것이 있다. 양질의 봉사, 완전한 봉사, 건강한 봉사, 특별한 봉사라는 말이 생겨나고 있다. 또 선의로 하는 모든 움직임은 봉사의 성격을 띄게 되고, 그 자체가 '사랑의 행위'이자, '애덕의 실천'으로 건강한 사회를 이루는데 이바지하게 된다.

비록 봉사의 어원이 비천한 종과 노예에서 비롯된 것이지만, 깊이 살펴보면, 봉사야말로 바로 그의 실력이나 능력의 문제임을 알 수 있다. 이런 면으로 볼 때, 좋은 봉사의 기본자세는 살면서 큰 불행이나 손해를 경험한 사람에게서 흔히 발견할 수 있다.

또는 종교에 심취한, 영적으로 성숙된 사람이 살아가는 방식이다. 비천한 종이나 노예에서 비롯된 단어이지만, 이런 인간을 위한 봉사활동은 다른 사람으로 부터의 존경의 대상이 될 것이다.

봉사란 건강한 사회를 앞당겨 실현시키려는 구체적인 방법이자 수고이다.

봉사행위의 모든 움직임에는

1.봉사는 섬김의 자세가 중요하다. 섬김은 남을 인정하는 삶이며, 남을 위한 삶을 말한다. 삶의 중심이 나보다는 남에게 더 무게를 두

고 있다. 나를 위한 봉사란 존재하지 않는다. 섬김은 다른 사람에 대한 존중과 사랑이다.

2. 봉사는 겸손이다. 남을 섬기려 하면, 깊은 내적 겸손이 요구된다. 겸손은 봉사에 임하는 마음의 자세이다. 영어에서 겸손을 humility라 하고, 인간을 human이라 한다. 이는 흙 humus이라는 라틴어에서 파생된 말이다. 흙은 사람이나 짐승에 마구 짓밟히는 가장 낮은 대상이다. 성경은 인간이 그 흙에서 나와 흙으로 돌아갈 운명에 처해 있음을 상기시킨다. 바로 인간, 그 이름자체가 흙이고, 겸손은 흙처럼 살아가는 인간의 모습이리라.

3. 봉사는 실천이다. 봉사는 타인에 대한 존중과 사랑의 구체적인 행동으로서 내 몸을 사용해 실행에 옮기는 것이다. 봉사에 대한 생각이나 말, 마음도 중요하지만, 무엇보다 구체적인 실행이 전혀 없다면, 그것은 공허하고 무의미하다.

오늘날 사업의 성패는 서비스에 좌우된다.

비슷한 조건의 경쟁 관계라면 오직 서비스만이 고객에게 차별성을 안겨주기 때문이다.

만약 어떤 사람이 이런 양질의 봉사를 타인에게 제공할 수 있다면, 그 사람은 사회에서 대단히 능력 있는 사람으로 평가될 것이다. 선거 때가 되면 정치인들이 흔히 하는 말이 국민의 머슴으로서 국가에 봉사하겠다고 한다. 봉사가 곧 실력, 능력임을 실감하는 대목이다.

성경의 달란트 비유에 잘 나타나듯이, 돈인 달란트는 잘 활용하라고 주인이 종에게 준 것이다. 달란트를 활용 않고 땅에 묻어 둔 종에게는 나중에 큰 꾸지람을 준다. 받은 달란트마저 빼앗기게 된다. 진화론에서는 '용불용설(用不用說)'이 있다. 사용할수록 진화 발전하고, 사용하지 않으면 결국 퇴화한다는 이론이다. 성경에서 봉사의 달란트야 말로 용불용설이다.

오늘날 물질은 풍부해져 있으나, 마음은 메말라 있다. 남을 배려하는 마음의 여유가 사라졌다. 자기 손을 펼쳐 내미는 봉사의 손길이 한없이 그립다. 모두가 바쁘고, 바쁘게 욕망을 쫓아가기에 허덕이고, 이득이 없는 곳에는 수수방관…… 아무도 손 하나 까딱하려 하지 않는다. 사랑과 정성과 관심은 골방에 처박아 두어 버린다.

더럽고 힘들고 위험한 곳은 돈을 지불하더라도, 모두가 머뭇거리거나 외면하는 실정이다. 많은 일에서 우리는 봉사를 하기보다, 오히려 봉사를 받으려 한다. 사랑과 정성과 마음이 담긴 봉사가 절실히 필요하다.

봉사란 쉬운 것이 아니다. 봉사에는 여러 험난함을 이겨내는 '정신적인 성장'이 필요하다. 봉사는 그곳에 뿌리를 박아서 영양분을 빨아먹고 자란다. 봉사도 하나의 행복이요 사랑이다. 현대인의 봉사에 대한 경향성이나 문화풍조에 예수는 '영성이 있는 봉사를 하라.'라는 처방을 내린다.

예수는 자신이 세상에 봉사를 하러 왔지, 봉사를 받으려고 오지 않았다고 분명히 말했다. 유치환 시인이 '행복'이라는 시에서 '사랑하는 것은 사랑을 받느니보다 행복하니라.'라고 한 것처럼, 봉사자의 영성 생활은 내적 기쁨과 영성의 꽃을 피운다. 예수는 '섬기는 것은 섬김을 받는 것 보다 행복하나니라' 라고, '봉사자의 행복 선언' 을 했다. 받는 것보다 주는 것이 마음을 더 넓혀 준다.

　진정한 봉사와 겸손, 그리고 실천! 이것이 진실 된 사랑을 받을 수 있는 길이다.

여러 종류의 사과들

한 때 신문 지상에는 사건이 터질 때마다 그 사건에 대해 사과하는 것이 신문에 자주 등장하였다. 그래서 사과하는 방법에도 여러 가지가 있다는 것을 알게 되었다. 기업체 비리, 비행기 승무원 폭행 사건, 성추행 사건, 5·18 역사 왜곡 보도 등에서 각각 다른 방법의 사과 기사가 계속 나타났다. 사회 정보 시스템의 발달로 과거에는 숨길 수 있었던 것도 수면 위로 노출되어 떠오르기 때문이다.

시민들의 활동의 영역도 커지고, 삶의 질도 매우 성장되어 버렸다. 그런데도 가진 자들은 아직 자기들 사고가 시대의 변화를 따르지 못하여서, 그 간격만큼 현실감이 떨어져 있기 때문일 수 있다.

또 근래에는 사업의 종류도 많아졌고 역할을 할 분야나 활동영역도 커지면서, 삶의 수준도 동반 성장을 하였다. 그런데도 이런 사과를 해야만 하는 사건이 연속으로 터지는 것은 해당 사업의 고위층에서는 아직 그들의 사고(思考)가 시대의 변화를 따르지 못하기 때문이다.

그런 구시대적 직장들은 새로운 것으로 생각을 바꾸지 않으면, 멀지 않아 사회에서 도태되어 사라질 것이다. 마치 여름인데도, 동복을 입고 있는 것 같이 현실감이 떨어져 있기 때문이다. 그래서 사과를 않는다든지 시간이 지난 후 사과를 함으로서, 여론의 뭇매를 맞으면서 마음속에는 짜증지대를 남겨 두게 되어 버린다.

사과하려면 시원하게 상대방 당사자에게 해야 한다. 사과를 후련히 하면 당시에는 비난을 받더라도, 조금 지나면 분위기가 곧 숙여질 수 있다. 그러나 진실성이 부족하든가하여 잘못되면, 사과하고도 욕도 얻어먹는 설상가상(雪上加霜)일 수 있다. 그래서 사태를 점점 더 악화시켜 버릴 수 있다. 그럼 시원스런 사과는 어떻게 하는 것이어야 하나?

'무조건 사과'가 제일 좋은 방법이다.

'당신이 기분 나쁘면 미안하다. 그럴 의도는 없었지만 언짢으면 사과해 주겠다.'는 투의 사과는 사과의 형식만 빌렸을 뿐, 오히려 사과를 빙자한 공격에 가깝다. 이럴 때 우리는 '건방진 사과'라고 한다. 사과는 고통을 당하는 상대의 심정을 이해하고 그 고통을 자기도 갖겠다는 의미를 가져야 한다.

또 우리는 국회의 청문회 등에서 여러 번 사과의 표현을 들었지만, 그것은 공격당할 때 위기를 빠져나가기 위해 얼버무리려는 단어에 불과한 사과였다. 사과와 많이 닮으나 진심이 빠진 사과를 우리는 '짝퉁 사과'라고 한다. 청문회에서 어떤 이는 12번, 어떤 이는 14번, 또 어떤 이는 무려 27번을 이런 식으로 사과했다는 신문 기사를 읽은 적이 있다.

또 하나의 피식 웃어버릴 사과의 형태는 "~한 실수가 있었던 것을 사과를 합니다."라는 사과이다. 그런 사과는 자기와는 거리가 떨어진 곳에서 일어났지만 적은 면에서만 연계되어 있기에, 그 부분에 대해 사과한다는 말투이다. 능동형이 아니고 '수동형의 사과'는 상대의 마음을 움직일 수 없다.

청와대 직원이 성추행 혐의로 사과할 때, 부하가 자기를 임명한 자를 사과의 대상에 포함하는 것도 적절치 않다. 성추행 당사자는 성추행 사건에 대해서 "전 국민과 대통령에게 사과를 한다."고 했다. 전 국민은 사과를 해야 할 대상이지만, 대통령에게는 개인적인 일임으로 찾아가서 사과를 해야 한다. 이런 사과는 자기들끼리의 사과로서, 속칭 '셀프(self, 自家) 사과'라고 한다.

유감을 표명할 수도 있다. 이는 사과의 시작 부분만 나타냈을 뿐으로서, 자기는 사과를 했다고 하지만, 상대는 사과를 받지 못했다고 할 수 있다. 진심어린 사과로 보기에는 약하다. 어느 대기업은 사건이 일어난 후 한참 시간이 지난 후에야 대 국민 사과를 했다. 타이밍을 놓치고 피해를 입은 당사자인 거래처 주인들 면전에서 사과를 하지 않고, '~에 대해서 유감을 표명한다.'고 엉뚱하게 국민에게 사과를 했다. 국민은 사건의 흐름을 속속들이 알고 있고 똑똑하다. 과거 국민 소득 수준이 낮았던 시대의 방법으로 어려움을 면피하려 한다면, 자신들의 후진성을 들어낼 뿐이다.

사과하는 것은 좋지만 해명은 장황하게 하지 말고, 짧아야 한다. 사실과 다르게 알려져서 명백한 오해가 있다면 해명을 해야 한다. 그러나 그 때는 해명의 뜻을 명확하고 짧게 해야 한다. '그러나~' 또는, '그리고~' 등등으로 해명이 길어지면 본뜻을 놓치게 되기 쉽다. 그러면 마음속에 찌꺼기를 남겨두게 되어서, 또 다른 갈등을 만들 수도 있다. 사과는 당사자에게 짧고 확실하며, 빠르게 할수록 좋다.

그럼 진심어린 사과는 왜 어려우냐?

첫째 이유는 자기가 완전히 노출되는 것을 두려워하기 때문이다.

둘째는 자기의 잘못에는 충분히 그럴만한 이유가 있었다는 등, 자기를 합리화 하고 싶은 마음이 있기 때문이다. '내 탓' 이 아니라 '그의 탓' 으로 돌리고 싶어지는 것이 인간의 마음이기 때문이다.

사과는 잘못을 지적한 다음에 나오는 것이 보통이다. 그러나 문제가 커지기 전에 털어내는 것은 더 좋은 방법이다. 2002년 민주당 김근태 상임 고문은 '최고위원 경선에서 불법 선거자금을 사용했다.' 고, 처벌을 감수하면서 실토를 했다. 이것은 사과를 '용기' 로 승화시킨 것이다.

가득 찬 박스 안에 과일 하나가 썩으면 다른 과일도 곧 썩어 진다. 썩은 부위는 빨리 제거해야 한다. 우리는 생각을 선진 형으로 바꾸어서, '책임 통감' 이라는 단어를 몸에 익혀야 한다.

지금 이 사회에서는 사과를 하지 않는다든지 한참을 지난 후 사과를 함으로써, 여론의 뭇매를 맞게 되는 경우가 많다. 누구나 위기에서는 벗어나고 싶다. 자기 노출을 좋아하는 사람은 없다. 충분히 그 일이 일어날 이유가 있을 것이다. 그러나 앞으로는 국민의 의식수준이 향상되어 있어서 예리한 눈매를 피해 갈 수는 없다. 우리의 사고를 선진 형으로 바꾸어 '책임' 이라는 단어를 몸에 익혀야 한다.

좋은 대화의 조건

　말은 밖으로 드러내는 마음의 표현이다.

　우리는 말로 외부와 의견을 주고받으면서 소통하고, 자기의 생각이나 삶을 표현한다. 부드러운 사람은 상냥한 단어를 사용하고, 지식인은 고상한 단어를 동원하여 자기가 하고 싶은 말을 한다. 그래서 우리는 마음을 아름답게 하고 지식을 쌓아서, 표현 능력을 상승시킬 필요가 있다. 말은 그의 내심(內心)을 남에게 나타내고, 생각과 인격과 사상의 수준을 밖으로 노출시키기 때문이다.

　옛말에 웅변은 은이고, 침묵은 금이라고 했다(Speech is silver, but silence is gold.). 이것은 쓸데없는 말이나 다른 사람이나 자신에게 유익하지 않은 말은, 침묵하는 것이 차라리 자신에게 도움을 주고 남에게도 유익을 준다는 말이다.

　말은 항상 살아 있다. 착한 자가 착한 말로 좋은 결과를 얻는 것은, 좋은 나무가 좋은 열매를 맺는 것과 같은 이치이다. 낮 말은 새가 듣고, 밤 말은 쥐가 듣는다. 발 없는 말이 천리 간다고 한다. 이것은 간단하면서도 명료하게 말의 기능을 속담으로 표현한 것이다.

충격적인 말 한마디는 평생 그의 마음속에 넣어버릴 수 있다. 또 이것은 인격이나 성격 형성에 변화를 일으킬 수 있다. 말은 하나의 능력(power)이다. 말로서 설득을 잘 하면 천 냥 빚도 갚을 수 있다. 그러나 그의 마음속이 복잡하면, 표현하는 말도 거기에 따라 복잡해져서 남들은 알아차리기가 어렵다.

말은 의(義)의 열매가 되어서 생명을 얻을 수도 있고, 반대로 그것으로 인해 버림을 당할 수도 있다. 말은 살아 있는 사람을 죽이기도 하고, 죽을 위치에 놓인 자를 살리기도 한다. 말 한 마디 잘 하여서 흥하게 되는 사람이 있나하면, 잘못하여 망하게 되는 자도 있다. 사용하는 사람에 따라 같은 말이라도 이득을 가져올 수도, 손해를 볼 수도 있다. 그러므로 말은 함부로 하는 것이 아니다.

그가 존귀한 자이냐, 또는 그렇지 않느냐는 것은 그가 사용한 말에서 노출되기 때문에, 다른 사람들이 알아차려버린다. 성공한 사람과 실패한 자는 사용하는 말들이 서로 다르다. 혀를 잘 놀리는 것은 신의 은총, 천부의 능력에 가깝다. 말[言語]은 말고삐와 같다. 마음이 이끄는 데로 따라간다. 자동차와 배의 핸들과 같이 운전자가 이끄는 대로 나간다.

우리에게는 좋지 않는 말 등, 악한 자들이 주로 사용하는 말들이 있다. 피해야 할 말들은 아래와 같은 것들이 있다.

첫째는, 애매하거나 구부러지고 비뚤어진 말이다. 입은 옆으로 찢어져 있어도 말은 바르게 하라고 한다. 교묘하게 남을 구슬릴 때 사용하는 말의 형태이다. 알아차리기에 시간이 많이 걸린다.

둘째는, 지나친 과찬의 말, 턱없이 화려한 말, 속이 텅 빈 거짓말, 말만으로 잔치하는 것, 헛소리 등이다. 이런 말을 사용하는 자와는 친구를 하면 안 된다. 친구로 하면, 그도 똑 같은 인간으로 사람들은 평가해 버린다.

셋째는, 조롱하는 말이나, 함부로 지껄이는 말이다. 이는 상대를 비수로 찌르는 효과를 가진다. 주로 깔 볼 때 사용하는 말이다. 사람을 상하게 하기도 하고, 그 결과 자기가 당하기도 한다. 말이 될 수 없는 말, 쓸데없는 말이다.

넷째는, 남을 찌르는 독한 말, 험담, 부정적인 말, 고자질하는 것, 해코지 하는 것 등 악인이 사용하는 말인데, 이것들을 들어 보면 귀가 솔깃하고 그럴 듯하다. 세상에서 남의 잘못을 잘 들춰내는 사람으로서 남들은 그를 똑똑한 사람이라고 추켜세운다. 그러나 아무도 그를 지혜가 있는 사람으로는 보지 않는다.

말에는 우리가 항상 이용해야 할 슬기롭고도 지혜로운 말이 있다. 그런 말을 하는 자의 입술은 금이고 진주이며, 삶에서는 천사와 같이 귀한 존재가 된다.

1. 슬기로운 말은 아픈 마음을 낫게 한다. 좋은 말은 양약이나 영양제와 같다.
2. 유순한 말은 분노를 가라앉힌다. 맞는 말도 강해지면 독이 된다. 아 다르고, 어 다르다. 유순하게 말하라. 너도 약점이 있으므로

정의(正義)의 대변자나 화신과 같은 이야기는 말하지 말라. 이때 정의만을 강조하면 상대에게 큰 부담을 주고, 정의를 실천하지 못한 그는 끝내는 배반 당하게 된다.

정의는 사람에 따라 기준이 다를 수 있다. 그래서 서로 '자기가 맞다.' 하고 우길 수 있다. 정의는 전쟁이나 복수의 빌미를 만들 수 있다. 정의의 이름으로 악행을 할 수도 있다. 중세 유럽에서 종교적 정의를 빌미로 전쟁이 일어나서 많은 사람을 죽였듯이, 정의는 또 다른 형태의 싸움의 빌미가 될 수 있다.

3. 때에 맞는 말, 즉 시의 적절한 말은 입맞춤 같이 달콤하다. 목마른 자에게 냉수 같은 역할을 한다.

대화를 할 때, 잘해야 하는 것도 여러 가지가 있다.

1. 잘 들어라. 선한 마음으로 잘 듣는 것은 말을 잘하는 것과 같은 무게를 가진다. 그러나 악한 마음을 가지고 잘 듣는 것은 따지려는 것이다. 신은 듣기만 한다. 다른 사람에게 말하면 상처를 줄 수 있는 내용이라도, 같은 것을 하나님(신)께 말하면 기도가 된다. 당나귀 귀를 가진 임금님은 귀가 커서, 백성의 말을 잘 듣고서 정치를 하여 선한 임금이 되었다고 하는 고사도 있다.

2. 뜻을 전달하는 데는 말 이외에도 여러 가지가 동원될 수 있다. 귀를 쫑긋 세우고, 눈 뜨고, 마음을 열고서 말하라. 말 대신 손으로, 몸으로, 표정으로 표현하기도 한다. 눈빛으로도 말한다. 누군가가 미국에서 유학할 때, 대화로 회화 실력을 늘리려고 미국 사람과 연애를 했으나, 몇 번 만나자 그만 사랑에 빠져 눈빛만 보아도 그 뜻

을 알아버려서, 회화 능력의 발전이 없어져 버렸더라는 우스운 이야기도 있다.

3. 말을 적게 하라. 말이 많다는 것은 허물을 면하기 위하여 길게 변명을 늘어놓는 것이다. 말이 많으면 이빨 사이로 새어나와 허점이 생긴다. 수다쟁이는 친한 벗을 쉽게 비난해 버린다. 말을 아끼는 사람은 지혜롭고 명철한 자이다. 적게 말하되, 정확하고 부드럽게 표현하는 것이 필요하다.

말은 마음의 표현이다. 말은 큰 배의 열쇠이다.

파랑새

'도대체 나는 어떤 일을 해야 행복을 느낄 수 있을까?' 라는 물음에는 정답이 없다. 그것은 스스로에게 넋두리로 하는 하소연일 뿐, 소용없는 질문일 뿐이다.

그럼 왜 나는 행복하지 않을까?

그 이유는 삶의 방식이, 행복이 지나가는 길을 비켜 서 있기 때문이다. 항상 풍부한 감정과 감성을 가지고 있다면, 그리고 조그마한 일에도 감탄하고, 마음 아파하고…… 그러면 그는 거기서 노력 끝에 행복의 길을 찾아낼 수 있다.

시 한 줄이나 음악 한 곡에도 감동할 수 있다면, 가슴 속에는 불행한 마음이 들어갈 공간을 줄일 수 있다. 세상 모두가 아름답게 보일 것이기 때문이다. 타인과 나를 견주어 보지 말라. 행복이란 나의 삶과 남의 삶을 비교하지 않는 곳에 있다. 그러나 이것은 어렵다. 그래서 행복한 미래는 나에게 좀처럼 쉽게 오려하지 않는다. 내가 행복한 미래를 향해 나아갈 수밖에 다른 방법이 없다.

만일 그가 어떤 이의 행복을 위해 이제까지 살아왔고 지금도 그렇게 살아가고 있다면, 그것은 위선일 가능성이 많다. 왜냐하면 그 자신도 자신의 행복을 찾기에 바쁘기 때문이다. 가족의 행복을 위해서라고? 그가 누구이든 행복하게 하려면, 당신이 먼저 행복해야 한다. 그리고 나의 노력만으로는 타인에게 행복을 선사할 수 없다. 상대가 받아드릴 자세를 가져야 가능하다.

행복은 자기에게 또는 타인에게 강요로 이루어지지 않는다. 행복은 의무나 사명이 아니므로 이것들을 옆으로 밀쳐두고, 먼저 상황을 즐기면서 점점 자신을 더 넓게 포용할 수 있는 기회를 만들어라.

하나님은 천사에게 '행복은 그것을 찾는 자만이 누릴 수 있도록 은밀한 곳에 두어라.' 고 했단다. 그럼 멀리 깊은 바다 속에 감추어 두면 어떠했을까? 그러나 탐욕과 호기심 많은 인간은 세상 끝까지 다니면서, 드디어 찾아내어 버렸단다. 그래서 하나님은 행복을 '가까이 있는 등잔 밑에 두어보라.' 고 했다. 불을 밝히면, 바로 그 밑은 어두워서 잘 보이지 않기 때문이다. 인간들은 행복을 찾아 멀리 다니느라 바로 옆에 있어도 등잔 밑을 조사해 보지 못했다.

즉 행복은 바로 자기 가슴속에 있음에도 인간은 찾지 못하고, 책상서랍을 모두 열어보기도 하고, 온 산천을 헤매기도 한단다. 그러기에 행복해지기란 쉽지 않다.

현대인은 경제적인 여유와 행복은 비례하는 것으로 여기는 것 같다. 행복지수라는 게 있다. 개인의 경제적 요인이 행복에 얼마나 영향을 미치는지를 수치화 시킨 것이다. 경제적 안정, 경제적 우위,

경제적 발전, 경제적 평등, 경제적 불안 등을 가지고 행복을 측정한
단다. 이런 물질적으로 행복을 측정하는 것은 자본주의적인 가치관
에 촉촉이 젖어 있음을 말한다.

정 반대의 경우도 있다. 가난한 나라 부탄의 사람들은 모두가 선
한 얼굴이다. 열악한 환경에서도 신앙심이 깊고, 모든 것을 낙천적
으로 본다. 그들은 부의 축적과 행복은 무관하다고 여기는 것 같다.
자본주의 행태를 비웃는 것 같다.

세상의 원리도 그렇다. 생활에서 부자라고 하여, 더 행복하지는
않는 것 같다. 그들은 단지 무엇이 필요할 때, 넉넉한 돈으로 그것
을 쉽게 가질 수 있다는 것 밖에는 없다. 잠시 동안만 더 행복할 따
름이다.

행복은 꿈이나 희망과 마찬가지로 벌써 준비되어 있는 것이 아니
다. 스스로 만들어 나가야 한다. 어떤 이는 종교심을 가지고 깊이
들어가서 발견하려고 한다. 또 어떤 이는 심한 육체적인 고통을 당
하거나, 드물게는 재산을 잃어버리는 것 같은 혹독한 시련 후에야
비로소, 행복을 만들어 가기위한 마음의 자세를 갖는 자도 있단다.

인간의 순수하고도 간절한 소원만이 그에게 행복한 마음을 가져
다준다. 간절한 소원은 탐욕과는 반대되는 단어이다. 소원은 그리
움으로 표현되고, 그것은 비우는 마음이다. 소원은 이루어지지 않
아도 좋다. 품고 있기만 해도 행복해 진다. 그러나 탐욕은 채우는
과정이고, 그것이 이루어지지 않으면 번민과 괴로움을 영속시키게

된다. 그리고 이때 가슴에 품고 있던 '행복'이라는 파랑새는 저 멀리로 날아가 버린다.

절망을 노래한 시인 칼 붓세의 시, '산 너머 저 쪽'은 우리에게 행복의 위치를 가르쳐 준다.

산 넘어 언덕 넘어 먼 하늘에,
행복이 있다고 사람들은 말하네.

아…… 나는 남 따라 찾아갔다가,
눈물만 머금고 돌아 왔다네.

산 넘어 언덕 넘어 저 멀리,
행복이 있다고 사람들은 말하네.

그렇다. 그는 행복을 찾아내지 못한 게 당연하다. 그는 그것을 찾으려고 남을 뒤따라만 다녔기 때문이다. 수동적으로 찾으려 했기 때문이다. 남의 기준에 맞는 행복을 찾기 위해 떠나면, 헤매다가 눈물을 머금고 돌아 올 수밖에 없다. 그는 세상 어디에서도 행복을 찾지 못한다.

행복은 사람의 성장환경과 교육 정도에 따라서, 내용이나 수준이 다양할 수 있다. 모든 사람에게 같은 정도로 맞아드는 행복은 있을 수 없다.

그럼 행복이란 무엇일까? 물질적 풍요인가? 정신적 평안인가? 재화의 축적은 정신을 혼란만 시킨다. 오로지 행복해 지기위해 중요한 것은 자기 자신의 마음을 평안으로 자족시키는 것이다. 간절한 소원으로 나의 가슴을 따뜻하게 데워 주어야만, 행복은 살며시 마음속으로 스며든다.

–위의 글은 대학 동기인, 전 대구 가톨릭 의대 학장 권광우 교수의 강연을 중심으로 만들었다.

chapter 5
행 복

행복이란

　어느 날, 걷기 운동을 한 후, 땀도 씻을 겸 대중목욕탕에서 목욕을 하고 있었다. 한 아버지가 어린 아들 3형제와 같이 목욕을 하는 것을 보았다. 아이들 하나하나씩 아버지가 때를 밀어 주었다. 때를 미는 동안 남아 있는 아이 둘은 장난을 치면서 즐겁게 목욕을 하였다. 때로는 아버지에게 칭얼거리기도 했다.

　또 어느 날에는 목욕탕에서 50대 아들이 80대 아버지를 목욕시켜 드리는 것을 보았다. 아버지가 때를 밀기에는 힘이 부쳐서, 아들이 씻어 주는 것 같았다. 들리지는 않았지만 뭔가를 웃으면서 대화하는 장면은 보기에 좋았다.

　나는 이런 장면을 보면서 가정에서는 젊거나 힘이 있는 자가 힘약한 가족을 도우는 것이 사랑임을 알았다. 이런 사랑 속에서 행복이 만들어지는 모양이다. 남편이 아무리 유능해도 집에서는 어린 자식과 아내보다 더 약한 사람이 되고, 힘없이 늙어버린 아버지에게 우람한 아들이 정성껏 목욕해 드리는 것을 사랑으로 생각했다. 이러할 때 그 가정에는 행복이 가득해질 것이라는 것을 내가 늙어 갈수록 점점 강하게 다가왔다. 사랑은 근육의 힘과는 관계가 없는 것 같다. 왜냐하면 사랑은 힘을 사용하지 않기 때문이다.

행복에 대한 교육은 인간의 최소 단위인 가정에서 이루어진다. 태어나자말자 사람은 사랑이 물씬 녹아 있는 엄마젖을 먹으면서 자란다. 유아기와 학생 시절을 거치면서 성공과 좌절을 맞보기도 하고, 즐거움과 괴로움을 극복해 나가면서 사람은 어떻게 살아야 행복할지를 배운다. 무엇보다도 가정교육이 미래의 행복에 제일 기초가 된다.

종교에서도 배울 수 있다. 자비롭고 사랑이 가득한 마음일 때는 행복의 한 가운데에 있다는 것을 의미한다고 한다. 행복하려면 꼭 많이 소유하거나 높은 직위에 올라야만 하는 것이 아님을 설법이나 설교로 가르쳐 준다. 모든 인간은 약한 존재임으로 서로 도우며 격려하는 것이 행복을 향한 지름길이라는 것을 창시자는 보여주고 있다.

살아가는 과정은 평탄하지 않다. 지탱하기 어려울 정도로 얽힘과 고뇌가 질펀하게 깔려 있어서 피할 수가 없다. 진흙탕 같은 사회를 구두를 더럽히지 않고 지나갈 수는 없다. 이런 상황에서도 식구들을 격려하고, 섬기듯이 배려하면서 가족과 고난을 나누는 사람들이 행복을 느낄수 있다.

고난은 나누고 쪼갤수록 더 많은 행복의 향기를 내뿜는다. 괴로움을 이겨야 행복이 샘솟는 것은 흙탕물에서 우아하게 연꽃이 피어나는 것과 같다. 진정한 섬김과 배려란 힘이 있는 자가 약한 자를, 임금이 신하를, 주인이 종을, 부모가 자식을, 남편이 아내를 사랑할 때를 말하는 것 같다.

세상을 살아가는 데에 있어서 사람들은 생명과 자유, 그리고 행복이 제일 중요하다고 생각한다. 우리 자유 민주주의 사회에서는 생명과 자유는 어느 정도 보장되어 있다. 그러나 행복할 권리는 그렇지 못하다. 왜냐하면 그것은 훌륭한 저택 등과 같은 외적 요소보다는 보이지 않는 마음이나 정서 같은 내적 요소의 문제이기 때문이다. 출세나 부자 등 세상적인 요소보다는 정신적, 영적인 요소가 더 크게 영향을 주기 때문이다.

세계에서 빈한한 나라로 소문이 난 부탄이란 나라의 사람들의 평균 행복지수가 부자나라보다도 높다고 한다. 삶에서 서로 나누고 위로할 뿐만 아니라 깊은 종교심으로 물질적, 외적 요소에 그리 집착하지 않기 때문이란다.

그래서 부자나 출세한 사람 등 행복해 보이는 사람들도 그들 속에 들어가 보면 실제로는 행복하지 않는 사람들을 많이 볼 수 있다. 그 이유는 그들 대부분은 마음속에 모든 것을 자기를 중심으로 구성해 두었기 때문이다. 겉은 이타심으로, 그리고 속은 이기심으로 구성해 있을 가능성이 많기 때문이다.

그는 자기가 자신의 왕 노릇을 하고, 그래서 남을 섬기는 자세 대신에 모든 것을 그의 노예로 만들어 군림하면서 자기를 섬기기만

하라고 한다. 목욕탕에서 본 늙은 아버지가 왕의 역할을 하여 사사건건 지휘하고, 어린 3남매의 아버지가 아들을 자기 마음대로 다스리려 하는 것과 비견된다. 이렇게 되면 행복과는 헤어지면서, 그는 물질의 노예가 되어버린다. 새 출발을 하기 위해 이것을 벗어나기가 거의 불가능하다.

과거 서양에서는 한 번 노예 신분이 되면, 그는 일생 끝까지 자유가 없었다. 노예가 자기의 신분을 바꾸려고 노력한다는 것은 불가능했다. 평생 동안 그렇게 살아야 했다. 자기의 권리를 모르기 때문이었다. 죽어서 다시 태어나야만 노예 신분을 벗어나는 유일한 길로 생각했다. 서양의 흑인 영가도 모두 노예 신분에서 해방되기 원하여, 빨리 죽음이 오기를 기다리는 처절한 노래들이다.

종, 노예가 되면 소유권이 없고, 자유권, 한 일에 대한 보수, 물건을 고를 때의 선택권 등, 모든 자유와 권리가 사라져 버린다. 이러한 처지에서는 내가 내 인생의 주인공이 되지 못하고, 나는 타인의 소유물일 뿐이다. 그러면 행복은 저 멀리, 어쩌면 영원히 날아가 버린다.

행복하려면 서로가 서로를 배려하고 위해 주어야 한다. 동양에는 삼강오륜(三綱五倫)이 있다. 그것에는 임금과 아버지와 남편이 신하와 아들과 아내를 배려하기보다는 그들로부터 섬김을 받아야 한다고 했다. 여기서 절대 군주제, 가부장제, 남존여비 사상이 태동했다. 오륜도 모두 인간사회를 상하관계로 규정하는 원칙을 만들어서 신분의 차이를 명시해 준다. 이런 원리는 과거 선조들이 살던 시대에 세상을 휩쓸었던 기준이었다. 이제는 평등관계로 기본권과 행복의 기준이 바뀌었다.

21세기인 지금은 인권이 강화되고, 자유가 넘치고 있다. 행복 추구권도 최대한 보장되는 등, 세상살이의 이치가 과거와는 전혀 다른 세상이 되었다. 그러기에 이 시대에는 이전과는 다른 행복접근법이 필요하다.

이제는 강한 자가 약한 자를 먼저 돌보는 배려와 섬김의 정신이 필요하다. 이 정신은 민주화가 보편화 될 미래에는 꼭 히 필요한 인간의 자세이다. 기득권자가 평범한 일반인을 배려해야 하고, 선생이 제자를, 연령이 많은 자가 젊은이를, 특권을 가진 사람이 평범하고 힘없는 이를, 윗사람이 아랫사람을 섬기는 자세를 가져야 하는 시대가 되었다. 이런 변화는 사회가 미래로 나아갈 방향이기도 하다.

그러나 현실은 아직도 이런 상태를 준비하지 못하고 있다. 과거의 후유증으로 남아 있는 노폐물이 사회에 널리 깔려 있기 때문이다. 기득권이나 자기의 텃세를 지키려는 정신이 활개치고 있고, 일반 사회에서도 과거에 풍미하던 서열 의식이 많이 남아 있다. 이런 곳에서는 다가올 사회에서 생활의 기준이 될 '배려와 섬김'이 자리를 잡지 못할 것이다. 빨리 벗어나야 한다.

행복하려면 겸손을 습관화해야 한다. 즉 상대의 인격을 존중해 주어야 한다. 남들이 그를 칭송해 주어도 겸양해 하는 자를 얕잡아 보지 말아야 한다. 오히려 그를 한 인격체로 대할 줄 알아야 비로소, 행복은 그의 가슴에 둥지를 틀 것이다.

가정의 행복을 위한 노력

어린 아이들을 보면 항상 생글생글 웃는 모습을 한다. 그러다가 나이가 점차 많아짐에 따라, 평소에도 무표정하거나 약간 딱딱한 표정을 짓는 시간도 비례하여 늘어난다. 인간에 기본이 되는 웃는 얼굴이 평생 지속되면 좋겠다.

가정의 행복에서 제일 중요한 것은, '부모가 느끼는 행복의 양은 자녀가 느끼는 행복의 양에 비례한다.'는 것이다. 가정 내에서 행복은 강한 전염성을 가지고 있다. 그래서 자녀가 모든 일을 잘 해 내면, 부모는 세상만사가 긍정적이고 얼굴에는 웃음이 떠날 날이 없다. 또 자녀가 불행으로 괴로워 할 때 즐겁게 웃는 사람이 있다면, 그는 실성한 사람일 것이다.

자녀의 행, 불행의 양과 부모의 행, 불행의 크기는 서로 밀접하게 연결되어 있다. 행복할 때 부모는 자녀와 같은 크기로 느끼지만, 자녀의 불행에서는 자식들보다도 오히려 더 크게 느끼는 경우가 많다. 불행은 없는 것이 제일 좋지만, 불가능하다면 줄이기라도 해야 한다. 그 방법을 생각해 본다.

자식들이 어릴 때는 부모 등 어른들과 같이 있는 시간을 될 수 있는 한, 많이 만들 필요가 있다. 박물관이나 운동 경기장에 같이 가서 본다든지, 협력하여 남을 돕는 경험도 중요하다. 때로는 어른들이 관심을 갖지 않았던 장난감 상점에 같이 가 볼 수도 있다. 아이가 떼를 쓰며 같이 놀자고 한다면, 그 말을 들어주고 같이 해 보라. 이런 것은 유치한 수준의 것이 아니다.

아이와는 특별한 상황일 때만 같이 놀아주는 것보다는, 일상생활을 함께하는 것이 더 좋다. 간혹 아이들은 집안일을 도울 수도 있다. 이런 것은 기억에 남을만한 사건이 될 수도 있다. 가까이에서 같이 있다는 것은 그 아이에게 미래에 생길지도 모를 불행에 대해, 조기경보를 들을 수 있어서 미연에 방지할 수 있다.

막내아들을 저 세상으로 먼저 보낸 친구는 자식이 살아 있을 때 함께 하지 못했던 시간의 부족을 몹시 안타까워했다.

"아들에게 좀 더 뽀뽀를 많이 해 줄 걸, 같이 야구장에 놀러 가자는 것을 일이 바쁘다고 거절했던 것이 가슴을 저리게 해."

그는 자녀들과 같이 시간을 보내기 위해서는 다소간의 희생도 불가피하다고 했다. 아이들은 부모와 함께 있는 것을 싫어하지 않는다. 다만 부모가 같이 있을 때 그에게 하는 간섭이나 명령을 싫어할 뿐이다.

근래에는 외동아이가 많다. 그래서 편애 문제는 크게 부각되지 않는다. 그러나 둘 이상의 자녀가 있으면 편애가 생길 수 있다. 서로 잘 통하는 아이, 개인적인 문제를 대화로 나눌 수 있는 자녀, 불화가 많이 생기는 자식 등이 있을 수 있다. 옛날에 남아선호 사상이 있을 때는 장남이 주로 사랑을 많이 받았다.

우리는 어느 아이나 똑 같이 대하고 싶으나 잘 되지 않는다. 이때는 편애를 겉으로 드러내지 말아야 한다. 부모가 한 아이만 편애하면 사랑을 받지 못한 아이는 그만 문제를 일으키는 경우도 있다. 또는 건강한 정신을 갖는데 힘이 들고, 사회에 적응하기 어려운 문제아가 될 수도 있다.

형제들은 편애 받는 아이와 덜 돈독하고, 때로는 싸울 수도 있다. 편애는 형제간에 성취를 위한 경쟁심을 유발할 수 있지만, 그보다는 형제사이를 벌려 놓는 경우가 더 많아진다. 때로는 직장생활이나 사회에서 인간관계를 잘 할 수 없을 때도 있다. 사랑을 받지 못한 상처는 잘못하면 어른이 되어서도 기억에 되살아 날 수가 있다.

다소간의 편애는 누구나 가능하며 정상적이다. 자기와 비슷하거나, 많이 닮은 아이를 더 좋아할 수 있다. 죄책감을 가질 필요는 없다. 다만 부부 간에는 남모르게 자기의 속마음을 말할 수 있다. 그러나 밖으로 드러내는 것은 좋지 않다.

커가는 과정에 있는 아이들은 판단력이 부족하여 일처리를 잘 못할 수도 있다. 이때 부모는 잘못에 대해 체벌은 최대한 피해야 한다. 지금의 노인들은 "매를 아끼면 아이를 망치게 한다."고 하여 매를 맞으면서 성장했다. 아이가 원하는 것이 부모의 생각과 다를 때에는 최대한 설득을 하라. 될 수 있는 한 아이의 이야기를 잘 들어주어라.

체벌한 경우에 그것은 최악의 훈련이며, 평생 동안 부정적인 영향을 준다. 체벌을 받으면 받을수록 그는 더 공격적이고, 반사회적인 성향을 보인다. 그것이 많으면 많을수록 이상한 행동을 유발할 가능성이 더 많게 된다. 체벌하는 순간에는 자기의 뜻대로 일이 이루어지는 것 같지만, 아이와는 관계를 망칠 수도 있다. 이때는 아이에게 시간을 두고, 다른 방식의 제재를 가해야 한다.

특히 사춘기 아이에게 체벌을 하면 부모자식간의 관계를 악화시키고, 그 영향은 자식이 성인이 된 후에도 계속된다. 인격형성에 상당히 많이 들어가 있기 때문이다. 그래서 늙어서 인생을 되돌아 볼 때, '때리지 말았어야 했는데……' 라는 후회하는 생각이 머리를 점령해 버리게 된다.

퇴근하여 집으로 들어가면, 아이들이 와르르 현관으로 나오면서 "엄마, 아빠 온다!"고 소리를 지른다. 그 소리에 가슴 가득히 기쁨과 환희를 느끼는 아빠가 그곳이 세상의 전부인 것 같이 느끼는 순간을 생각해 보라. 그런 곳에서 우리는 사랑이 무한히 넘쳐나서 가족 안에서도 성스러운 느낌을 맘껏 누리게 된다. 아이를 덥석 안는다. 아이는 "아빠, 오늘 나는 엄마와 유치원에서 강강술래를 했다." 고 품안에서 자랑을 늘어놓는다.

이때 아이와 부모는 하나가 된다. 하나가 되는 경험이 많으면 많을수록, 추억거리는 더욱 많아진다. 그러나 아이에게 꾸중을 하면서 손찌검을 했다면, 이와는 정 반대의 현상이 일어날 것이다.

아이들은 부모의 가슴에 항상 무게로 남는다. 하루의 일을 마치고 아이를 꼭 안아주는 그 순간, 아침부터 그날 동안 어깨를 짓눌렀던 생활 무게를 가볍게 느끼게 된다. 그때는 돈이나 물질은 큰 힘을 발휘하지 못한다. 행복은 마음속에 있기 때문이다.

가정에서 제일 행복한 시간이란 조부모와 아들딸들이 3대가 모여서 같이 웃는 시간일 것이다.

그러나 요즈음에는 조부모와는 떨어져서 살고 있고, 아이들의 부모는 연로한 조부모님에게는 양육 문제를 상의하지 않는다. 노인들은 지나치게 잡다한 의견이 많고, 시대의 흐름에 쳐져 있는 경우도 많기 때문이다. 전문적인 육아 상식도 뒤쳐져 있다.

상식을 뛰어 넘는 행복

어느 날, 나는 할 일이 없이 소파에 뒤로 눕듯이 앉아서 공허한 생각을 아주 많이 해 보았다. 가난한 사람들이 살고 있는 동네의 집집마다에 남모르게 매일 밤 10만원 수표를 한 장씩 넣어보는 허황된 생각을 해 본적이 있다. 그 내용을 전개해 보았더니, 시간의 흐름에 따라 점점 재미를 더하였다. 이야기내용은 이러하다.

'지난밤에 누군가가 남모르게 마을의 집집마다 대문 안으로 10만원짜리 수표를 한 장씩 넣었다. 다음 날 아침에 일어난 주민들은 수표를 보고서 가짜라고 대수롭지 않게 생각하여 버려 버렸다. 그 다음 날에도 똑 같이 수표를 넣어 두었다. 몇몇 사람은 혹시나 진짜일 수도 있다고 생각되어서, 신고도 할 겸 은행에 가서 물어 보니 진짜 수표였다. 이런 복이 어디 있느냐! 수표를 주운 사람들은 크게 기뻐하였다. 누가 한 일인지는 모르지만 감사하게 생각했다.
이런 일이 반복되어 2주째가 되니까 사람들은 습관화된 듯 수표를 기다리기 시작했다. 그리고 그것을 발견하면 좋아했다. 3주째는 아침마다 수표를 발견하는 것을 당연하다고 생각했다. 4주째는 의당 있는 일로서 감격이 사라졌다. 감사도 없었다. 5주간 까지는 매일 이런 수표를 넣는 일을 반복했다.

6주째에는 수표가 들어오지 않았다. 사람들은 웅성거리기 시작했다. 진상조사위원회를 결성하여 대책위원회를 구성했다. 그리고 항의 시위가 일어났다. "수표를 더 내어 놓아라."고! 붉은 띠를 두르고 시위는 격화되었다.'

이상은 나의 공상이었다. 이렇게 시위를 하려고 생각할 만한 주인공은 멀리 사는 다른 사람이 아니고, 바로 나를 포함한 우리인 것같이 느꼈다.

가난할 때면 우리는 고생하면서 돈을 조금씩 모아, 신혼 생활을 위해 월세 방을 겨우 구한다. 그 후에 계속 노력하여 돈을 더 모아서 전세를 얻는다. 시간이 또다시 흘러 계속적인 노력으로 그럭저럭 어렵게 작은 아파트를 매입한 사람은 작은 평수의 아파트이든 말든, 감격하여 그 일을 잊지 못한다. 돈을 좀 더 모아 큰 아파트를 샀다. 더욱 기뻐한다. 그러나 그 아파트에서 10년~20년 살다보면 감각은 둔해지고 감격을 잃어버린다. 이것이 인간의 마음이다.

하바드 대학의 보고서에는 전 세계인구의 약 반수(半數)가 극빈자이고, 사람들은 가난을 불행의 원인으로 본다고 했다. 그러나 더 놀라운 사실은 돈이 있다고 해서 더 행복하지 않다는 것이었다. 네덜란드의 학자 빈 호벤은 중산층 이상이 되면, 돈과 행복은 비례하지 않는다고 했다. 생활이 안정되면 행복에 돈의 영향력이 줄어들기 시작한다는 것이다. 그 후에는 점점 돈이 많아져도 행복에 대한 관심은 그만큼 줄어든다고 했다.

지금 우리는 년 2만 불의 시대에 살고 있다. 어림잡아 세종대왕 시대보다 1,000배 잘 살고, 이승만 정부 시절보다는 100배, 박정희 대통령 때보다는 10배 더 잘 살고 있을 것이다. 그러나 행복하다는 자는 늘지 않았고, 불평불만은 조금도 줄어들지 않았다. 오히려 자살자는 불어났다고 한다. 67%는 과거가 더 행복했다고 했다.

백만장자가 일반인보다 훨씬 더 행복하지는 않다. 그는 돈을 굴려서 유지하기에 큰 어려움을 느끼기 때문이다.

나이 든 어른이 젊은이보다 더 행복을 느낀다. 그는 삶의 의미를 출세나 부자 등 외형보다는 마음의 깊이와 같은 내면에서 느끼기 때문이다.

외롭고 고독한 자가 더 행복을 느낀다. 그는 현실보다는 다른, 더 큰 무엇 또는 신을 찾기 때문이다.

만성 질병을 앓는 이가 일반인보다 더 행복해 한다. 그는 삶의 소중함을 더 강하게 느끼기 때문이다.

지체 장애자가 거리를 활보하는 자보다 더 행복을 느낀다. 그는 상황에 적응하다보니 살아 있음에 감격하기 때문이다.

낙천적인 사람이나 자기를 통제할 수 있는 자가 IQ 높은 자나, 또는 비판 중심의 생각을 가진 사람보다는 더 행복을 느낀다. 좀 더 현실을 인정하는 생각을 하기 때문이다.

고교 졸업앨범에서 웃는 표정을 한 사람이 굳은 얼굴을 하고 있

242

는 인물보다 20~30년 후에는 더 성공적으로 살았다는 보고도 있다. 수녀들도 세상을 밝게 생각하면서 자라 나온 사람이, '더러운 세상, 망할 세상!' 이라고 여기면서 성장해온 자보다 더 성공적으로 신앙생활을 수행한다고 한다.

살다가 보면 중대한 문제에 부닥치기 마련이다. 그때 잘못하면 우리는 그 문제에 갇혀 버려서 더 나아 갈 수가 없다. 정지해 버린다. 그러나 행복을 지향하는 자는 이때에도 긍정하면서 전진하려고 생각한다. 가슴을 펴고 더 너르게 생각하려한다.

고난을 격지 않은 자보다 고난을 잘 견디는 자가 행복을 더 크게 느낄 수 있다. 마음이 착한 자, 너그러운 자, 선한 자, 서로에게 더 적게 요구하는 자, 더 많은 관심을 가진 자, 용서하는 자 등이 더 많은 행복을 느낀다. 많은 것을 요구하는 것은 불행의 시초를 만들기 때문이다.

사람들은 용서를 한다면 그는 그 사건에서 마치 자기가 저[負] 버리는 것 같이, 또는 병신이 되는 것 같이 느끼리라 생각되지만, 아니다. 이는 죄수 한 명을 석방시키는 것과 같다. 석방되는 자는 바로 자기 자신이다. 자기를 자유롭게 함으로서 행복을 가슴 가득히 안을 수 있다. 용서란 선하고 훌륭한 일이다.

제목이 '사소한 것에 목숨을 걸지 말라' 라는 책의 서문에는 '알고 보면 모든 것이 사소하다' 면서 마음을 넓히라고 했다. 그는 행복이란 겉으로 드러나는 것이 아니고, 마음, 정신, 영적인 문제로 보았다. 넓은 마음이라야 행복이 안착할 수 있는데도, 살다보면 마음이 자꾸만 좁아져서 행복 등 좋은 것을 넣을 공간이 줄어든다고 했다.

아웅다웅 하지 말고 이놈저놈하지 말라고 했다. 염려 대신에 기도하는 마음을 가지고 긍정하면서 기뻐하는 생각을 가지면, 닫혔던 마음이 열리고 밖에 있던 만물이 눈에 들어온다고 했다. 좁아지기 십상인 마음을 넓히려면 계속적인 노력이 필요하다는 말이다.

노래는 부를 때까지는 노래가 아니며
종은 울릴 때까지는 종이 아니고
사랑은 표현할 때까지는 사랑이 아니며
축복은 감사할 때까지는 축복이 아니다.

－토레이

감사하고 축복하면서 서로 사랑할 때, 비로소 주위에서는 종이 울리고 삼라만상이 합창하는 노래 소리가 들린다. 이때 마음속에는 우후죽순처럼 행복과 사랑의 감정이 자라난다. 우리의 몸은 행복의 열기로 뜨거워져서 쇠붙이도 녹여 버릴 정도로 달아오른다. 너와 나, 그리고 모든 것은 열기로 한 덩이가 된다.

행복에서 가장 큰 형벌은 감사가 떠나버리는 것이다. 이보다 더 큰 형벌은 없다. 떠나버린 빈 터 속에는 불평과 불만이 가득 차게 되기 때문에, 그는 신으로부터 '불행 하라!' 는 판결을 받은 것이 된다. 좌절, 꾸중, 원망, 비난 그 자체가 자기가 받는 형벌이다.

사람은 자칫 잘못하면 행복을 잃고 불행의 늪에서 허덕이게 된다. 왜냐하면 불행으로 가는 길은 편하고 잘 포장된 넓은 길이어서, 누구나 쉽게 빠져들기가 쉽기 때문이다.

하나님이 천사 둘에게 명령을 내렸다. 한 천사에게는 '소원 성취를 비는 기도'를 담아오라고, 다른 천사에게는 '진심으로 하는 감사와 찬양의 기도'를 담아오도록 바구니를 주었다. 소원성취를 위한 기도는 몇 군데 교회를 다녀서 한 바구니를 가득 얻어서 돌아 왔다. 그러나 감사 찬양만을 위한 기도는 도시 전체를 돌아보아도 한 바구니를 채우지 못했다고 한다.

감사 기도가 곧, 행복을 향한 기도이다. 소원성취만을 기도하거나 또는 짜증이나 불평을 하면 우주가 나를 나쁘게 평가해 버린다. 그러나 감사 찬양이 가슴에서 출렁이면 우주의 모든 것은 내 편이 된다.

그러면 우주는 나의 소유가 된다. 아! 나는 부자다. 저 하늘의 별도 내 것이구나!

성찰과 행복

　하루의 생활을 뒤돌아보면, 매일의 삶은 괴로움과 고뇌의 연속이나 다름없다. 짧은 행복과 지루한 불행은 서로 교차하면서 인생을 이어 나간다.

　연인과 사랑을 나누는 시간, 도전하여 드디어 성취해 내는 시간이나 가족과 오순도순 모여서 즐겁게 보내는 시간은 행복할 수 있다. 그러나 심지어 이런 가족과의 대화에서도 가정의 심각한 문제일 때는, 그 시간에도 우리는 괴로움을 느낀다.

　행복은 헌법에서도 시민들의 행복추구권을 보장하였고, 미국의 제퍼슨도 시민들에게 생명권, 자유권에 더하여 행복추구권을 밝혔다. 행복한 시간에는 우리는 평안과 기쁨만을 느낀다.

　기쁨에도 수준이 있다. 낮은 수준에서의 기쁨은 단순히 즐거웠거나, 의도하던 작은 것이 이루어 졌을 때에 가능하다.

　그 다음 윗 단계로는 시간이 어느 정도 걸려서 전체적으로 이루어 졌을 때, 느끼는 기쁨이다. 그는 만족한다. 그러나 이 기쁨은 장기적으로 영속되지 않는다.

제일 수준이 높은 기쁨은 가장 보람이 있다고 생각해 왔던 사실을 해 내었을 때 이다. 인생에서 삶의 원칙을 발견하거나, 자기의 잠재력을 가지고 사명을 실현했을 때, 또는 종교의 깊은 경지를 어렴풋이나마 느껴 질 때, 그는 최고조의 기쁨을 느낄 수 있다.

이런 기쁨에는 대통령이 되고 싶다거나, 재벌이 되려는 것은 포함되지 않는다. 대통령이나 재벌도 일의 수행에 자기 나름의 고뇌가 있기 때문이다. 그들은 우리보다 더 많이 행복을 느끼지는 않는다. 오히려 어쩌면 우리보다 더 큰 걱정이 많을 수 있다. 그들도 우리와 같은 시대에 같은 지구에서, 삶에 부담을 느끼면서 버겁게 살아가기 때문이다.

부자로 산다거나 질병이 없다고 해도, 행복은 가끔 짧은 것만이 대부분이다. 불행해 질 요소가 줄어들었을 뿐, 행복을 더 크고 많이 느끼지는 않는다. 행복은 외부의 일에서 만들어 지기보다는, 자기 내부의 마음에서 일어나기 때문이다.

그래서 고뇌에 차거나, 우울함 등 부정적인 생각으로는 행복과 기쁨을 만날 수 없다. 아예 처음부터 '나는 능력이 없어! 해 봤자 안 될 거야.' 보다는 '능력이 없으나, 최선을 다 해 보자.' 는 긍정적인 자세가 중요하다. 이와 같이 행복은 외부의 상황을 받아드릴 적극적인 연습과 노력이 필요하다. 마음은 바꿀 수 있다.

행복은 우선 내가 행복해야 한다. 그래야만 세상을 밝게 볼 수 있고, 그만큼 다른 사람에게 행복을 전할 수 있다. 기쁨과 행복을 더 많이 느끼기 위해서는, 그만큼 더 많은 노력이 필요하다.

이를 위해서는 뭣보다 주위를 잘 정리해야 한다. 그리고 나의 능력을 개발하고, 목표삼아 해야 할 일을 확정하여 매진해야 한다. 나태하게 일해서는 행복할 수 없다. 나타나는 일들을 하나하나씩 풀어나갈 때, 그는 조그마한 기쁨을 자주 느끼게 되고, 그것들이 모이면 하나의 큰 기쁨으로 연결될 수 있다. 이때 기쁨이 곧 행복이다.

우리들 앞에서 반복되는 숱한 괴로운 일이나 고뇌에서도 행복을 느끼려면, 자기 스스로가 보고 생각하여 긍정적으로 판단하도록 노력해야 한다. 다른 사람의 의견도 물론 중요하다. 그러나 인간은 나약하여 자신의 의견을 접어두고, 다른 사람의 의견에 전적으로 매달려버리는 경우가 많다. 이는 그만큼 자신이 없다는 말이다. 남의 의견은 참고용일 뿐으로, 결국 자기가 결정을 내려야 한다. 이런 의탁적인 정신은 지우려고 애를 써야 한다.

이를 위해서는 자기만의 시간을 가지고, 자신을 점검해 볼 필요가 있다. 이런 절차를 통하여 자기의 가치를 발견하여, 스스로를 인정하게 만든다. 그래서 스스로 자기의 가치를 키워 나가야 한다. 자기의 가치를 느끼지 못하면, 불안하고, 쓸쓸하고 허무함을 느낀다. 그러면 행복은 저 멀리로 사라져 버린다.

행복해 지려고 노력하는 과정에서는 주위의 여러 사람들로부터 도움을 받을 수도 있다. 이렇게 인내심을 가지고 최선을 함으로서, 그의 마음은 서서히 긍정적으로 변해 나간다. 그래서 그는 점차 사랑과 인내, 그리고 존경과 감사의 마음을 갖게 된다.

행복을 위하여 애를 쓰다보면, 그 과정에서 많은 실패와 실수를 경험할 수 있다. 어떤 이는 중년기 이후에야 비로소, 어렵게 그 길을 발견하기도 한다. 혹자는 그 길에서 헤매다가 그만, 길을 잃어버리는 수도 있다. 그러나 그에게도 노력했던 것만큼, 마음으로 느끼거나 얻는 것이 있다.

미래에 대해 꿈을 가지고 있다면, 그는 앞날에 행복해 질 수 있음을 자신할 수 있다. 그러면 그는 앞으로 부딪칠 여러 험난한 것에도 불구하고, 인내심을 가지고 희망을 향하여 헤쳐 나갈 수 있다. 그는 자기의 할 일을 찾아서, 그것을 이루기 위해 온 힘을 기울인다.

행복을 위해서는 물론 일을 열심히 해야 한다. 그리고 또 그는 과거 지혜 자들이 써둔 글이나 말씀들을 많이 읽으면서, 자기의 꿈이 세상에 어떤 영향을 주겠는가를 밝은 마음으로 그려볼 필요가 있다.

다른 사람에게 행복을 많이 줄 수 있으면 있을수록, 그는 다른 사람보다 더 큰 꿈을 가지고 있었던 것이다.

인생의 지향점, 행복

만일 우리가 매사에 행복을 느끼면서 살아간다면, 일상적인 행위나 생각 등 모든 것에서 기쁨을 느끼게 된다. 그는 자기의 직장에서 즐겁게 일하며, 항상 이타(利他)의 정신을 가지고 시간을 보낸다. 그리고 비록 그가 행했던 일이 실패로 결론 날지라도, 그는 무언가를 배우면서 성숙해 진다. 자기가 하는 일에는 어느 것이든 적극성을 가지고 접근한다.

사람들은 의당 행복하게 살아가야 한다는 것을 모두는 알고 있다. 그러나 어떤 이는 진정한 행복이라야 즐거운 마음으로 편안하게 된다고 한다. 이 말은 좋은 표현이지만 모순점을 발견할 수 있다. 그냥 행복하면 그것으로 된 것이지, 어떻게 '진정한' 행복이 있단 말인가? 행복에도 여러 가지가 있다는 것인가?

인간은 주위 사람들과 더불어 살고 있다. 혼자서는 살 수 없다. 그러므로 세상이 평화롭게 되기 위해서는 혼자서만 행복으로 기쁨을 느껴서는 안 된다. 왜냐하면 행복은 전파력이 강하기 때문이다.

주위에 있는 사람들도 행복해야 한다.

이런 마음을 갖기에 제일 쉬운 방법은 종교를 믿는 것이다. 종교는 마음을 부드럽게 하여 행복을 느끼기에 좋은 상태로 만들어서, 삶에서 튼튼한 기초를 다져 준다. 좋은 예로 테레사 수녀를 말할 수 있다. 테레사 수녀의 봉사활동은 생각만 해도 우리에게 전파되어서, 기쁘고도 자연스러운 미소가 입가에는 번지게 된다.

우리는 험난한 세상을 부딪치면서 살아가야하기 때문에 행복감을 느끼기가 매우 어렵다. 세상살이에서 깨어지거나 상처를 받아서 전신에 멍투성이로 살다보면, 좌절을 맛보면서 자연스레 불행과 괴로움을 가지게 되어버리게 된다. 이런 면으로 볼 때에도 역시 행복은 영원을 향하여 가는 종교를 믿는 마음에서 많이 느낄 수 있다. 종교인들은 혼미에서 길을 찾아 헤맬 때 만들어진 상처를 위로받고, 그 과정에서 행복감을 느낄 수 있기 때문이다.

종교에서는 예를 들어 스스로를 행복 되게 하기 위해서는 불교의 자리이타(自利利他)나 기독교의 이웃 사랑 등으로 선을 실천해야 한다고 한다. 그러려면 이웃을 자기 몸 같이 사랑하거나, 남의 아픔을 자기의 아픔으로 느끼는 자비심을 가져야만 한단다. 그런 방법은 죽은 후에 좋은 곳으로 가는 지름길이며, 불교에서는 깨달음을 얻어서 성불이 되는 길이란다. 그래서 종교는 이웃 사랑, 이타(利他)의 삶을 살기를 권한다.

종교는 이런 정신을 기본으로 하여, 산다는 것의 의미와 무게, 삶과 죽음에서 일어나는 문제들, 인간들의 삶의 질 향상법, 우주라는 존재의 시작과 전개, 그리고 최후 등에 대해서도 우리에게 대답을 해 준다.

　각각의 종교는 그들만의 독특한 방법으로 설명한다. 그러나 그곳
에는 강력히 자기 종교만 옳다고 주장하는 강경 근본주의자들도 있
다. 그들은 자기들의 믿음이 독실하다고 생각한다. 그러나 다른 사
람들로부터 비판을 당하는 고난(苦難)속에 있다고 자기들 끼리 서로
격려를 한다. 지금 세상을 시끄럽게 하고 있는 그들은 다른 종교는
종교가 아니라고 일축한다. 실제의 고민과 고통을 자기의 종교로만
해소시킬 수 있다고 믿기 때문이다.

　근래에는 한 사람이 망상 속에 있으면 정신병자이고 여럿이 망상
에 잠기면 종교가 된다고, 종교의 무용론을 주장하는 학자도 있다.
또 어느 종교 학자는 인간이란 근본적 불안과 죽음이라는 궁극적
한계를 가지고 있다고 주장한다. 그래서 인간은 절대의존을 하려는
감정을 본능적으로 가지고 있고, 그로인해 창조해 낸 문화 현상의
하나가 종교라고 했다.

　그러나 종교가 없는 삶은 황량할 것이다. 왜냐하면 모든 인간은
근본적으로 종교성을 갖고 태어나기 때문이다. 게다가 인간은 완전
할 수 없음으로, 종교성을 내팽게치고는 행복에까지 도달이 불가능
할지도 모르기 때문이다.

　또 인간은 완벽하지 못하여서 실패나 실수를 하기 마련이다. 그
러면 그럴수록 인간은 그로인한 아픔을 치유하여 성숙되려고, 종교
에 귀의함으로서 행복한 마음을 찾을 수 있다.

　어떠하든 희망과 영원한 안식까지도 바라볼 수 있기 때문에 인간
에게는 종교가 있어야 한다. 그래야만 인간은 자신의 현재 위치에

서 행복을 향하여 나아갈 수 있다. 종교는 모든 것을 수용하고, 화학반응을 일으켜서 용해한 후 새롭게 태어나도록 하는 행복 창조기관이다.

인간을 만드실 때, 신은 인간이 성실하게 살아가기를 바랐다. 행복이란 신이 바랐던 방향으로 살아가려고 노력할 때 느끼는 것이다. 출세를 하거나 재물 등, 본인이 갖기를 바랐던 것의 소유에 있는 것은 아니다.

그러나 세상을 살아가면서 우리는 더 많은 부와 더 높은 지위를 위해 노력한다. 이것은 더 많이 갖으려는 노력으로서, 본능적인 것이다. 그러나 행복은 가지려는 노력보다도, 선한 인간이 되는 것에 있다. to have보다는 to be가 행복에 결정적으로 중요하다. 그것은 자기의 것을 오히려 나누어주는 삶이다. 즉 물욕충족보다는 그것을 떠나서 '어떻게 살아가느냐?' 가 행복에서 중요한 변수가 된다.

그러나 인간의 기본 심성에는 욕망과 욕구, 그리고 그것을 추진하려는 의도와 경쟁심이 넘치고 있다. 이 모두는 더 많이 가지려는 것이다. 이런 것을 애써 억누르는 과정이 반드시 필요하다.

경쟁은 제일 기본이 되는 생존 법칙이어서 여러 방법을 동원할 수 있다. 그러나 각자는 경쟁에서 규칙에 따라 최선을 다 한 후, 깨끗이 끝마칠 때에만 행복을 느낄 수 있다. 최선을 다 한 후 결과를 받아드리면, 승패와 관계없이 행복을 느낀다. 이때에는 지고서도 당당할 수 있다.

우리들은 모두 경쟁에서 이기는 삶을 살기 보다는, 자신의 노력으로 최선을 다 하는 성공적인 삶을 살아가기를 원한다. 그렇게 살면 따뜻한 행복감에 잠길 수 있기 때문이다. 그러면, 살아가는 방법에서 경쟁을 선용을 한 것이다. 이때 노력한 일에서 감사를 느낀다면, 그는 원하는 바를 이룬 것이다. 또 최선을 다 했다면, 마무리가 완벽하지 않아도 슬프지 않다.

우리는 살아 있기 때문에, 삶에서 희망과 미래의 행복을 가슴에 품고 있다. 그러므로 더 근본적인 면으로 보면 우리가 살아있다는 것, 그 자체가 벌써 희망과 행복을 가지고 살아가고 있는 것이다. 그래서 희망의 내일이 약속된 것이다. 이로 볼 때 성공은 행복처럼 쫓아가 찾는 곳에 있지 않고 열심히 살아가는 삶의 현장, 여기 내 가슴에 이미 와 있다. 우리가 그것을 느끼지 못할 뿐이다.

사랑 중에서 애정은 받기를 원하지만, 인간의 기본 가치인 신의 사랑은 주기를 원한다. 이러한 행복들은 주위로 전파력도 어느 정도 가지고 있다. 인간은 욕망이나 성격 등을 밖으로 나타내는 표정을 가지고 있다. 사람들의 성격은 얼굴모양처럼 다양하여서 이해할 수는 없는 부분이 대부분이다.

따라서 성격의 전개법과 방향도 사람마다 다르다. 마음속의 의도를 숨기려고 다른 표정을 가질 수도 있다. 그러나 이런 감정과 상반되는 표정은 짧은 순간에는 가질 수 있겠지만, 얼마 지나지 않아 본성에는 드러나게 된다. 사람들의 본성에는 경쟁심이 많이 있어서 그리 밝지 못하다. 경쟁심을 줄이려고 노력해야 행복의 기초를 이룰 수 있다.

행복과 기쁨

　세상의 흐름에 대해서는 부정적으로 보는 자와 긍정적으로 보는 자, 그리고 그냥 덤덤하게 보는 자로 나누어 볼 수 있다. 덤덤하게 본다는 것은 큰 희망을 가지고 있지 않은 사람을 말한다. 세상일에 그리 큰 관심을 갖지 않고, 그냥 되는대로 살아가는 것을 말한다. 또 부정적으로 보는 사람은 대부분 염세주의자로서, 주로 불안이나 우울 등의 정신적으로 편향된 사람을 말한다.

　긍정적인 사람은 적극적인 사람이다. 그는 매사를 인정하고, 자기가 해야 할 일에는 관심을 가지고 몰두한다. 그는 그 일이 득이 될 때는 기쁘지만, 손해가 되어도 그 일에서 무언가를 배웠다고 생각한다.

　매사에서 긍정하는 그는 감사할 줄 알면서 행복을 느낀다. 감사를 느끼는 사람은 대체로 세상의 평범함에서도 의미를 찾아 받아드린다. 그는 조용히 자기 자신에 대하여 생각을 많이 한다. 그는 자기가 일을 할 때는 언제나 기쁨과 놀라움과 감사함을 느낀다.

감사하는 마음으로 행복한 자는 지금 살고 있는 세상 전체와 그 변화를 온통 기적으로 본다. 바위를 들어 올리면, 꼬물거리는 지렁이나 많은 종류의 벌레들을 볼 수 있다. 일반 사람은 그곳을 보고서도 더럽다거나 또는 별다른 느낌이 없지만, 그는 미물들의 살아가는 것을 보고서는 신비와 경이를 느낀다. 신비를 느낀다는 것은 현실에서 내 마음과 영혼이 깨어 작용하고 있다는 것을 말한다.

이렇게 의식이 깨어 있다면, 세상의 만물은 의미를 가졌으며, 그래서 실제와는 다른 의미로도 볼 수 있는 눈을 가지고 있다. 이런 것을 나는 '기적을 체험하고 느끼는 것'이라고 말하고 싶다. 그런 사람들은 모두 기쁜 마음을 갖는다. 이런 기적은 우리 생활 주변에서 많이 볼 수 있다.

기쁘면 감사(thank)하고 그 결과, 자기는 행복하다고 생각(think)한다. thank와 think는 같은 어원을 가지고 있다. 감사를 생각하는 사람들은 타인을 불행하게 하지 못할 뿐만 아니라, 불행해 지도록 애쓰지도 않는다. 그러므로 기쁨이나 감사가 없는 자는 행복을 느낄 수 없다.

행복은 기쁨을 느끼는 양에 따라 그것의 크기가 만들어 진다. 기쁨의 양을 넓히도록 노력해야 행복은 더 커진다. 욕심으로는 기쁨이나 행복을 만들 수 없다. 일시적인 만족만 있을 뿐이다. 만족은 사이비 행복이다.

행복은 항상 있는 것이 아니다. 삶의 무게가 우리 어깨를 짓누르기 때문에, 우리는 생활과정에서 가끔만 행복을 느낄 뿐이다. 그리고 행복은 오래 지속되지 않는다. 짧은 것은 무지개처럼 잠시 왔다가는 곧 사라져 버린다. 삶이란 간혹 보이는 행복을 기다리는 기나긴 과정일지도 모른다.

　행복은 생활이나 활동 중에서만 오는 것이 아니다. 어떤 철학자는 산보를 하는 중에 사색을 하면서 묵상에 잠기고, 거기서 인생원리를 찾아내어서 행복해 지기도 한다. 깊은 의미를 폭넓게 생각하는 사람은, 그 깊이가 깊을수록 행복을 더 오래 지속시킬 수 있다.

　행복의 반대말은 '없다.' 이라고 생각한다. 이는 마치 '사랑한다.'의 반대말은 '미워한다.' 가 아니고 '사랑했다.' 인 것과 같다. 의미도, 희망도, 이웃도, 친구도, 사랑도, 용서도 '없을 때' 를 말한다. 이때의 '없음' 을 다른 말로는 '불행' 이라 한다.

　예를 들어 친근한 이웃이 있다면, '있음' 때문에 그는 불행하지 않다. 또 행복이 어느 정도로 지속하느냐 하는 것은, 마음의 자세가 어떠하냐에 따라 차이가 난다. 그래서 우리는 마음의 상태에 따라 행복한 사람이 될 수 있으므로, 자신을 행복하게 만들어야 한다.

　세상만사는 주고받는 과정위에 놓여있다.
　사람은 따뜻한 마음이나 물건 등 어떤 것을 선물로 받을 때, 웃으면서 기쁨을 느낀다. 때로는 줄 때에도 기쁠 수 있다. 주거나, 또는 받을 때 느끼는 행복의 크기에는 기준이 없다. 그가 어떻게 느끼느냐가 기준이 된다. 다른 사람이 보면 별 것 아닌 것에도, 그는 큰 기쁨을 누릴 수 있다. 일반적으로는 받을 때 느끼는 기쁨보다도, 줄 때 더 크게 감동되는 기쁨을 가질 수 있다.

행복에는 주기도 하고 받기도 하는 상대적인 행복과 주기만 하는 절대적인 행복이 있다. 세상의 행복은 모두 상대적인 것이지만, 절대 행복은 하늘나라에서만 존재할 수 있다. 그래도 부모의 사랑은 거의 절대 행복에 가깝다.

종교인은 행복 생산 일꾼이어야 한다. 그러나 그들 대부분은 행복을 만들어 내지 않고 있다. 또는 행복을 만들다가 오히려 불행을 생산하는 일꾼이 되어버리는 경우가 많다.

행복하려면 먼저 감사할 줄 알아야 한다. 이런 감사의 마음을 지속시키려면, 기대감을 줄이고 나와 그리고 상대의 평범함을 받아드려야 한다. '나의 행복은 너의 행복 속에 있다.'는 것을 알고, 상대에게 감사의 마음을 가져야 한다.

그러나 예를 들어 대부분의 가정에서는 서로가 '좀 더 나에게 잘해 주면 좋겠는데……' '좀 더 이렇게 해 주었으면 좋겠는데……' 등으로 서로가 상대의 평범함을 받아 드리려 하지 않는다. 부부나 자식들은 보통 사람인데도, 서로 기대치를 높혀서 갈등을 유발시킨다.

삶에서 감사는 선택사항이다. 감사할 일을 원망하거나, 원망할 일을 감사하는 사람이 있다. 그것은 그가 선택한 것이다. 대체로 깊게 묵상을 하면서 열심히 사는 사람들은 모든 것이 기적이라고 생각됨으로 감사할 수밖에 없다.

우리는 몸에서도 기적을 보고 느낄 수 있다. 하루에 머리털이 자라는 길이를 합하면 30m이고, 눈꺼풀은 1년에 520만 번 이상 깜박

이며, 심장은 매년 260만 리터의 피를 밀어낸다. 해는 수억 년을 똑같은 모양으로 떠오른다. 이 모두가 기적이 아닌가!

감사의 저 너머에 행복이 있다. 또 '더 이상은 못 참겠다!', '끝장 내야겠다!' 와 '죽어도 용서를 할 수 없다!' 의 저 너머에! 기쁨과 감사와 행복은 따뜻한 웃음을 띠면서, 우리에게 어서 오라고 반가운 손짓을 하고 있다.

인간 세상에는 받는 행복이 포함되어 있으므로 절대 행복이란 있을 수 없다.

행복, 비판과 분별

여러 색들이 겹쳐지면 그럴수록, 밝은 색은 점점 사라지고 검고 어두운 색깔로 바뀌어 간다. 인간의 마음에도 색깔이 있다면, 다양하여 간혹 밝은 색의 행복을 느끼겠지만, 대부분의 시간은 검은 색의 고민과 불행으로 가득 차게 된다.

또 색깔에는 조화되는 색깔이 있고, 어울리지 않는 색깔도 있다. 자기 주위에 있는 사람들과 밝고 좋은 관계를 가진다면, 그것은 누가 봐도 싫지 않는 색을 나타낼 것이다.

세상일은 대부분 순조롭게 진행되지 않는다. 시도하던 일이 걸림돌에 걸려 좌절할 수도 있고, 남이 만들어 둔 덫에 걸려 꼼짝 못하기도 한다. 덫을 만든 사람은 그 나름대로의 이유가 있다. 자기는 필요하기 때문에 만들었으나, 상대의 잘못으로 스스로가 걸려 넘어졌다고 대부분은 그렇게 생각한다.

세상에서 인간이 하는 일에는 반대자가 반드시 있게 마련이고, 이것은 어쩔 수 없는 진리다. 자기와는 반대되는 색깔의 사람들이 여기에 속한다. 이들은 비판자 역할을 한다. 그러나 많은 사람들은 비판을 위한 비판을 해버린다. 그래서 간혹은 어떤 일이 있을 때, 분별력을 잃어버린 채, 나도 무조건 반대하는 자의 입장에 있지나 않는지를 생각해 보는 것도 좋은 방법이다.

이 세상에서 삶의 대부분은 어려움으로 가득 차 있다. 추진하던 일이 잘 이루어지면, 그것을 사람들은 그냥 보아주지 않는 경우가 많다. 배 아픈 사람이 많아지고, 비판의 대상이 된다. 성취란 이런 비판을 극복해야 이루어 낼 수 있다. 인생에는 '노력 없이' 이루어 지는 것은 없다. 그럼으로 참고 나아가는 '인내' 가 필요하다. 인내 는 쓰고 괴로우나, 그 결과는 꿀과 같이 달다. 그 순간 우리는 달콤한 행복감을 느낄 수 있다.

우리가 공동체 단위의 인간관계 속에서도 지속적으로 성실히 노력하면서 살아간다면, 노력 자체만으로도 평안과 행복을 느낄 수 있다. 이런 것은 가족 안에서 뿐만 아니라, 직장에서, 사회에서, 국가에서 또는 인류 속에서도 가능하다.

공동체 사회에서는 성실한 그가 마음의 폭이 넓을수록, 더 큰 단위의 사람들에게 영향을 미칠 가능성이 많아진다. 이순신 장군은 우리 민족을 위해서, 석가모니나 예수는 인류의 행복을 위해 일생을 살았다. 특히 인류전체의 행복을 위해 예수가 자기를 내던졌으므로, 사람들은 그를 영적인 존재로서, 신으로 모신다.

있을 수밖에 없는 갈등 속에 있을 때, 상대는 나에게 심리전을 한다. 사기와 의지를 꺾으려고 비웃음, 무시, 조롱, 불평, 비판을 퍼붓는다. 그러면 이때 행복은 멀리 달아나 버린다. 세상에서는 날카롭게 비판하여 판단하면, 모두가 그를 똑똑하다고 한다. 그는 현란한 말로 비판함으로서 남의 눈에 쉽게 띄어서, 처세술이 좋다는 이야기를 듣게 된다.

어떤 이가 비판하면, 다른 이는 그 비판을 다시 비판하면서, 비판의 수레바퀴를 돌린다. 그래서 성경은 비판의 고리를 끊기 위해, 비판을 말라고 했다. 비판은 '분석하여 결함(결점)을 잡아내는 것'이다.

비판의 뒤에는 폭력과 위협이 가능하고, 공모가 있을 수 있다. 평안하게, 행복하게, 그리고 아름답게 살지 못하게 하고, 그럴듯한 명분으로 마구 흔들어 버린다. 그런 비판의 이면에는 주로 돈 문제와 주도권 다툼, 등 이득과 관계되는 일과 이기심이 숨어 있는 경우가 많다. 비판은 일을 그르치게 하는 것이 목적이며, '자기는 의롭고, 평가할 자격이 있다.'는 교만에서 나온다

그 대신 '분별'을 할 것을 종교에서는 권한다.

분별이란 무엇이 더 좋은 일일까, 어떻게 하면 더 나은 것이 가능할까 등, 현실의 결점을 보완하고 시정하는 선에서 생각한다. 그 배후에는 '사랑'이 있다.

분별할 줄 아는 사람은 깊이 생각하며, 비교적 세상을 단순하게 본다. 주로 밝은 색의 사고를 한다. 복잡한 세상에서 사랑의 눈으로 외피를 뚫고서 그 안을 볼 수 있는 자들로서, 생각이 어렵지 않고 순수하다.

우리는 비판에 숙달되지 말고, 분별력을 키워야 한다. 학교 교육도 집에서의 자녀 교육도, 행복을 위하여 분별력을 키우는 곳에 집중해야 한다. 불행을 15~35세 사이의 젊었을 때 겪으면, 그것은 소화되어 행복의 씨앗이 되고 창조적인 힘이 될 수 있다고 한다. 이때 겪는 불행은 분별력을 키워 준다는 뜻이다.

행복은 자기 극복을 통하여 분별력을 갖은 사람에게만 가능하다. 그는 세상을 누구보다도 선하고, 정확하게 바라볼 줄 아는 사람이다.

행복의 관문, 희망

누구든 사람들은 행복하기를 원한다.

그래서 행복을 찾아 여러 곳을 기웃거리면서 다녀보지만, 많은 노력에도 불구하고 소득은 너무나 적다. 사람들은 주로 행복은 돈, 명예, 권력, 학연, 지연, 인맥, 호화 주택, 좋은 승용차의 소유 등에 있다고 생각한다. 혹자는 '성실하게 사는 곳'에 행복이 있다고 하기도 하고, 어떤 이는 '기쁨 속에서 살 때' 느끼기도 한다고 한다. 그러나 많은 사람들은 무엇이든 하고 싶은 대로 할 수 있으면 행복하다고도 하면서, 그런 것을 위해서는 돈이나 권력을 가지고 있어야 한다고 생각한다.

그러나 돈이 많다고 반드시 행복한 것은 아닌 듯하다. 부자가 자살하는 이야기를 가끔 듣기 때문이다. 생활수준이 중산층 이상이 되면, 사람들은 돈을 많이 가진 것에 대한 부러움이 줄어든다고 한다.

행복 지수에서는 주관적으로 '잘 살고 있다.'는 개인의 느낌을 제일 중요하게 생각한다. 그가 잘 살고 있는지의 여부는 다른 사람과 비교해 보아서 차이를 느끼는 것이 중요한 역할을 하는 것 같다. 나의 생활여건이 향상되더라도 주위 사람 역시 형편이 좋아지면, 잘 산다는 느낌은 의당 줄어들어 버리기 때문이다.

행복감에는 정치의 민주화나 국가 정책 시행과 같은 국가 전체의 문제들은 당장 피부로 절감하는 문제가 아니어서 그런지, 조금만 관여하는 것 같다. GDP가 높으면 국가의 경쟁력이 좋아지고, 개인의 생활도 더 윤택해 질 것이다. 그러나 이런 좋은 조건에서도 사람들이 느끼는 행복의 양은 거의 비례하지 않는 경우가 많다.

비교적 낮은 소득을 가진 쿠바의 사람들이 미국 사람들 보다 더 행복감을 느낀단다. 쿠바는 사회의 소득 격차가 적고, 경쟁보다는 상호부조의 가치를 더 높이 평가하는 사회이기 때문이란다.

개인이 속한 사회적 관계 속에서는 가까우면 가까울수록 행복에 더 큰 영향을 줄 수 있다. 직장 생활에 어려움이 있거나, 기업 조직의 문화에서 모순점이 있으면 행복감이 줄어든다. 또 주위 분위기가 안착되지 못하거나 그 곳이 격변기 속에 있다면, 행복을 추구할 마음의 여유가 사라진다.

행복하려면 우선 내 마음이 편안해야 한다.

그러려면 주위나 사회적인 여러 조건이 어느 정도 갖추어져 있어서, 내 마음이 어느 정도 거기에 적응되어야 한다. 그러나 낮은 계층에 속하거나 경쟁이 지배하는 사회에서 하위에 매몰되어 버리면, '밀리는 계층'에 있다고 생각하여 행복은 멀리 떨어져 나가 버린다.

좋은 이웃관계를 가지면 누구나 행복하게 느낀다. 긴장 없이 인정을 주고받을 수가 있기 때문이다. 그러나 이 시대는 바쁘게 살아가기 때문에, 이웃 간에 인간의 정이 소실되어지고 있다. 저녁이나 밤에 퇴근해 와서는 피곤해 쓰러져 자다가, 아침 일찍 출근하기 때문이다. 집에서마저도 대부분의 시간을 방에서 TV를 본다든지 하면서, 좀처럼 바깥으로 나오지 않는다.

이렇게 보면 행복은 국가나 국제 문제보다도 지역사회, 지역사회보다도 이웃, 이웃보다도 가정 안과 같이 가까운 것에서 더 크게 느낀다. 왜냐하면 행복은 피부로 느끼는 것이어서, 지리적으로나 마음에서 거리가 떨어져 있을수록 행복감을 더 적게 느끼기 때문이다.

행복은 내 가슴, 내 마음 안에서 살아 있다.

행복은 도취되거나 황홀하지 않다. 아름답거나 짜릿하지도 않고, 다만 내가 그렇게 느낄 뿐이다. 그것은 스트레스를 극복한 후에 사람들이 느끼는 느낌이다. 자기의 주변을 잘 관리한다면, 이것이 행복을 느낄 수 있는 기본이 된다. 정을 나누면서 소박하게 오순도순 살아가면, 누구나 느낄 수 있는 감정이다. 그 이상도, 그 이하도 아니다.

그러나 사람들은 자기의 행복을 과시하고 싶어서, 행복의 조건을 외부에서 찾으려고 노력한다. 예를 들면 남들에게 행복해 보이려고 고급 승용차를 탐으로서 부자라는 것을 알리려한다. 얼굴이 더 예뻐야 한다고 하면서 성형을 하기도 하고, 화장으로 짙게 칠하여 피부색을 가려버린다. 또 행복을 위해 헬스클럽을 찾아서 건강을 도모하려하거나, 더 높은 지위와 명예를 획득하기위해 최선을 다한다. 어느 누구도 역시 이런 경향에서 예외적이지 않다.

이런 것은 확실히 행복에 도움을 주지만, 그 효과는 오래가지 않고 일상으로 돌아가 버린다. 왜냐하면 행복은 마음속의 문제로서 항상 변할 수 있는 것이지, 눈에 보이는 외형의 문제가 아니기 때문이다. 행복은 지킨다고 계속 잡아두는 것이 아니다. 그냥 누리는 것일 뿐, 속으로 삭이는 것도, 캐내는 것도, 즐기는 것도, 찾아 헤매는 것도 아니다. 희망이 있는 일이나 뜻하던 일이 이루어지면, 이때 행복은 가슴속으로 마구 뛰어 들어온다.

그러나 세상의 많은 일들은 내 마음대로 되는 것이 하나도 없다. 그래서 일이 잘 풀리지 않으면, 누구나 스스로를 소심하고 왜소하게 생각해서 포기하고 싶어진다. 또 추운 날 병들어 외롭게 혼자 방에 누워 있으면, 갑자기 초라하게 생각 될 때가 있다. 그러면 행복은 서성거리며, 어정어정 나에게서 떠날 준비를 한다. 그러면 탈기되어 버린 나는 불행속으로 깊이 빠져버리게 된다. 사랑하던 '행복.' 이라는 소녀는 나를 두고, 멀리 애인을 찾아 떠나가려 하기 때문이다. 마침내 '행복' 은 나에게 '안녕히~' 하면서 사라져 간다.

소녀 '행복' 의 애인 이름은 '희망' 이다. 희망이 있다면 따뜻한 행복은 서서히 스며들어오기 시작한다. 우리가 사는 이유는 그래도 나에게는 희망이 가득한 '내일' 이라는 미래를 기다릴 수 있기 때문이었다. 그래서 나는 오늘도 출근하면서 열심히 살아간다. 주위에 있는 모든 사람들은 나와 같은 마음일 것이다. 이렇게 매일을 성실히 사는 사람이 여럿이 모이면, 훈훈한 열기로 주위는 따뜻해 질 것이다.

세상에는 자기 이익만 밝히는 개인이나 자기 패거리의 이익을 좇아서 자기들만 행복하려는 집단 등, 이기주의가 횡행한다. 또 이 사회에는 좌절이나 슬픔, 어두움, 실패, 불행, 고통 등 절망적이고도 부정적인 생각이 큰 힘을 발휘하고 있다. 그러나 비록 적은 양이지만 기쁨, 밝음, 성공, 극복 등 긍정적이고도 멋있는 해답을 나에게 제시하는 희망도 역시 있기에, 우리는 오늘도 극복하려하면서 살아갈 용기와 열정을 가질 수 있다.

희망을 가지면 즐거움으로 가슴을 가득 채우고, 엔돌핀으로 머릿속을 온통 밝게 해 준다. 이때에는 하는 일이 막힘없이 자연스레 진행되어 매우 기쁘고, 피곤하여 쉴 때에도 휴식을 깊이가질 수 있다. 그래서 나의 일에 스스로가 열정을 바쳐서 몰입하고 만다.

우리에게 희망이 있다면 의욕을 가지고 일하여서 자기의 마음과 세상을 아름답게 만들 수 있다. 이것을 우리는 '성취했다.'고 말한다. 희망이 있으면 다른 사람의 인생에도 좋은 영향을 줄 수 있다. 역사를 움직였던 인물들은 모두 폭 넓은 희망을 가지고 일하여서, 최선을 다하여 지구 위를 살기 좋게 만들어 놓았다.

그들은 간혹 실패했더라도, 실패를 인정하면서도 부끄러워서 주눅이 들지 않았다. 대범한 용기로 미래를 향한 희망의 불씨를 다시 살리려고 노력했다. 그들은 누구나 가지고 있는 자신의 약점이나 콤플렉스를 이겨내어 기쁘게 성취하였다.

희망이 있는 자는 그늘진 곳, 암담한 곳, 꽉 막히고 슬픔이 지배하는 곳, 절망의 구렁텅이 등, 어떠한 어려움에서도 용기를 가지고 일해 나간다. 그는 우울한 마음을 노력하여 날려버리고, 따뜻하고 맑고 밝은 내일을 향하여 중단 없이 힘차게 걸어 나간다. 보무도 당당하게 생명이 있는 곳, 의로운 곳, 사랑이 있는 곳으로 전진한다. 그렇다! 그는 이 과정에서도 지금 행복을 만끽하고 있다.

행복한 사람은 얼굴에 웃음을 띠우며 살아가는 장점을 가지고 있다. 그는 자유롭고 겸손하며, 자기가 가진 것을 주위와 나누려고 노력한다. 앞날에 대한 희망을 가지고, 세상을 더 좋게 하려고 보탬을 주고 싶어 하면서 살아간다. 이런 면으로 볼 때, 행복으로 가기 위해서는 인생의 승차장에서 꼭 히 '희망 버스'를 탑승해야만 하는가 보다.

희망을 가지려면 갈등, 탓, 분노, 좌절, 미움 등 부정적인 것과는 거리를 두어야 한다. 기쁨, 흥, 신명 등은 희망 친구이다. 책에도 행복을 발견한 훌륭한 사람들의 인생을 담아두고 있기 때문에, 읽어보면 모두 각자의 앞날에 희망을 만들 수 있는 방법을 가르쳐 준다.

행복은 희망을 받아드리는 열린 마음이 되어야 한다. 희망은 가슴속에 아무리 많이 품어도 항상 빈 공간이 남아있다. 다 채울 수 없다. 이런 비워진 마음을 가지고 현재를 긍정하면서 준비를 한다면, 비로소 우리는 '희망'을 바탕으로 하여 '행복의 궁전'을 지을 수 있다.

행복의 반대말, 우울 또는 없음

두 연인이 속삭이는 시간은 너무 행복하여, 한 시간이 1분같이 흘러가 버린다. 오랫동안 즐겁게 몰두하면, 긴 시간도 짧게만 느껴진다. 그래서 사람들은 행복을 일시적인 것으로만 여긴다. 사람은 행복한 시간에 대해서는 항상 아쉽게 생각한다. 짧다고 한탄한다.

행복이라는 단어와 비슷한 것들도 있다. 기쁨, 즐거움, 환희, 유쾌, 재기(再起), 그리움 등, 많은 이들 단어들은 인체에 비슷한 좋은 작용을 한다. 그들은 기쁨의 홀몬인 세로토닌과, 의욕의 홀몬인 놀아드레나린을 분비케 한다. 몸에는 일하려는 마음이 넘쳐나고, 온통 사랑을 쏟아 붓고 싶어 한다. 플러스(+)적인 정신 상태가 되는 것이다.

그러나 인간의 마음은 다양하여 꼭 행복과 같이 밝은 것만 있는 게 아니다. 그 반대편의 기분을 나타내는 단어들로는 슬픔, 불쾌, 덧없음, 허무, 우울, 절망, 좌절, 무기력, 지루함, 불만 등이 있고,

이들은 모두 마이너스(-)적인 정서를 나타내는 단어들이다. 나는 오늘도 치매로 우울하여 말없이 허공만 쳐다보는 환자를 착잡한 심정을 가지고 치료에 임하고 있다.

우리가 일상생활에서 쓰고 있는 '불행'이라는 단어는 행복하지 않다(不=아니다)는 뜻이기에, 보통은 -적으로 생각하나, 불행의 단어적 해석은 '+도 -도 아닌, 중간 수준(0)의 정서(단순히 행복하지 않다)'를 표현하는 것이다. 단지 '~하지 않다.'는 뜻이다. 사람들은 0의 수준에서도 기쁘거나 행복감이 없으므로, -의 뜻으로 오해를 하여, 행복의 반대말은 불행이라고 생각한다. 그러나 '+의 반대는 0이 아니고, -'이다. 그래서 불행은 행복의 반대말이 되지 않는다. 우리가 행복이라는 단어의 반대말을 찾아 볼 이유가 여기에 있다.

우리는 누구나 우울한 마음의 상태를 보편적으로 경험한다. 절망감에 빠져서 해결책을 스스로 찾을 수 없을 때, '도와 달라!'는 소리 없는 호소가 우울이다. 그러나 심한 우울을 나타내는 '우울증'은 반대말을 찾기가 힘들다. 치료가 요하는 수준의 우울증에 대해 생각해 보자.

우울증이란 모든 것이 자기로부터 떠나가 버려서 홀로된 자기에 대해, 깊이 고민하면서 침잠해 있는 병적인 상태를 말한다. '무엇이든 있던 것이 없어져서 아쉬운 상황'으로 될 때, 마음에 나타나는 현상을 말한다. 우울감정을 선택한 이유는 당시의 상황에서 그것이 '자기의 가장 적합한 감정 상태를 표현한 단어'라고 여겼기 때문이다.

이는 삶에서 만나야만 하는 '심한 고통을 회피해버리고 싶은 정신상태'에서 만들어진 것이다. 그러나 역경과 고뇌, 고통은 회피할 수 없다. 또 회피는 정당한 방법이 아니다. 그것은 극복해야할 대상이다. 극복하지 못해서 그 대가로 앓는 병적인 정신 상태가 우울증이다. 우울증은 더 나은 선택을 할 능력이 부족할 때, 만들어지는 정신의 반응을 말한다.

우울증은 '없음의 병'이다. 살아 있어도 희망이 없고, 의미도, 갈망도, 의욕도, 열정도, 기력도, 기쁨 등 감정의 움직임도 없다. 아예 자기 자신도 없기를 바라기에, 꾸준히 삶의 질을 저하시키고 사회활동을 멈추게 한다. 이것은 따라다니면서 행복의 접근을 차단시킨다.

우울증으로는 유일하게 불면증만 있다. 세상만사에 의미를 상실했고, 그냥 멈추어져서 멍~할 뿐이다. 우울증은 값비싼 대가를 치러야하는 흔한 장애이다. 스트레스와 과부하가 그에게 능동적인 삶을 막아버린다.

회사를 그만 둘 때에 보통 사람은 사표를 제출하지만, 우울한 사람은 탈기하여서 사표를 써서 낼 능력조차 없게 된다. 일반 개와 우울한 개를 가두어 둔 후에 얼마 동안의 시간이 흐른 후에 우리의 문을 열면, 일반적으로 개는 밖으로 도망을 가지만, 우울한 개는 우리를 벗어나지 못한다. 이와 같이 우울한 사람도 스스로 자기의 우리를 만들어서 그 안에 있기만 한다.

신은 인간에게 역경과 위기를 이기면서 열심히 살아가도록 훈련을 시키기 위해, 괴로움을 선물로 주셨다. 슬기로운 자는 역경 따위가 없는 자가 아니고, 그것에 잘 대처한 사람이다. 그러나 우울증을 앓는 자는 피하거나, 또는 피할 능력조차 없다. 그냥 무의미하게 존재할 뿐이다.

병실에서 우울한 환자는 하루 종일 말없이 거의 움직이지 않고, 창밖의 허공을 멍하니 바라보고만 있다. 때로는 눈을 감고 조용하다. 어쩌면 괴괴한 분위기이다. 이런 분위기에 편승하여, 자기 자신도 없어지기를 은근히 바라고 있다. 그래서 스스로를 소멸시켜버리도록 유도하게 된다. 이들은 행복이라는 단어를 잊어버린 것 같다.

이렇게 볼 때, 행복(+)의 반대말은 불행(0)이 아니고, 우울과 우울증(-)이다. 행복과 불행은 뭔가가 있어서(있음) 생겨난 정신 활동이다. 그러나 우울증은 자신과 모든 것이 사라지고(없음) 싶은 감정으로서, 텅 비어버린 마음 상태이다. 이런 우울증은 대부분 긴 시간, 어쩌면 일생간 자기를 괴롭힐 수 있다.

사람에 따라서는 쉽게 우울해질, 그러한 경향을 가지고 있는 사람들이 있다. 심하여 병적으로 우울한 사람에게는 약물치료를 하는 방법이 있고, 쉽지는 않지만 낙관주의를 학습시키는 인지행동치료, 대인 관계 요법, 명상 요법 등이 있다. 그러나 효과를 기대하려면 인내가 필요하고, 완치가 어렵다. 또 약물의 효과도 서서히 나타난다.

이들에게는 "힘을 내!" 하는 격려도 도움이 되지 않고, 오히려 간섭하는 것 같이 될 수도 있다. 주위의 사람들, 특히 가족들 모두는 맥이 빠져서, 흐느적거리는 생활을 할 수 밖에 없을 정도로 황폐화시켜 버린다.

이 증상은 갑자기 생기는 것이 아니고, 우울한 생각이 계속되어서, 점차로 자신이 저 깊은 바닥으로 내려가 버려서 생겨난 것이다. 그런데도 그는 이런 상황을 벗어나려는 노력을 아예 생각하지도 않는다.

자기의 운명을 허무하게 느낀다. 극도로 허무하면 죽음도 생각한다. '나는 희망도 쓸모도 없어. 세상은 암울해. 그럼 도대체 나는 뭐냐?' 친구도 없다.

그러면 행복의 반대말은 불행이냐, 우울이냐. 당신은 뭣이라고 생각합니까?

행복한 생활

보기에 좋은 건물이 즐비한 마을을 지나자 말자, 낮고도 자그마한, 허름한 집이 몇 채 보이는 곳에 한 친구가 살고 있다. 넉넉지 못한 형편 때문에 항상 잔업을 하여오고 있다. 어느 날 친구와 같이 그의 집으로 가서 식사를 같이 하게 되었다.

그는 시간이 날 때면 늘 요양원으로 가서 노인들을 보살피기도 한다. 집 입구쯤에 도착하니 아들 셋이 '아빠~!' 하면서 뛰어나와 나와 친구에게 인사를 한다. 한 아들을 안고, 두 아들은 옆에서 재미있게 조잘거리면서 집안으로 걸어간다.

재잘거리는 아이들 옆에서 차 한 잔을 마시면서 담소를 하는 중에, 나는 아이 한 녀석을 안고 와서 덥썩 들어 올리면서, 그에게, "아들 3명 중에, 한 아들을 나에게 팔게! 나도 키우고 싶네."라고 웃으면서 말했다.

그는 미소 띤 얼굴로 "금 덩어리를 애기 몸무게만큼 주어도, 팔지는 않겠네."라고 대답했다. 나는 그에게, "그럼 아들 한 놈의 무게가

20kg정도이니, 자네는 최소한 60kg 이상의 금을 가지고 있구려. 자네는 부자일세. 자네는 이 마을에서 제일 많은 돈을 가지고 있군!"이라고 농담 겸 대답을 했다.

나는 그가 자식들과 매일 즐거운 마음으로 보내고 있는 것을 보고 있다. 즐겁게 산다는 것은 순수하게 기쁨을 누리고 있다. 그때는 얼굴에 웃음을 띠고 있다. 표정에서 제일 어려운 것은 화를 내면서 웃거나, 웃는 얼굴로 화를 내는 것이다. 얼굴은 거짓말을 하지 않는다.
단순히 그냥 즐겁게 살기 보다는, 즐거움에 의미가 있어야 한다. 그 의미란 인생의 목표는 멀리 두되, 자기 주변의 상황에 적응하면서 조금씩 노력해 가는 과정을 긍정적으로 생각할 때 발견할 수 있다. 이때 삶에 의미를 부여할 수 있어서 즐거움을 갖게 된다. 이런 면으로 볼 때, '인생을 얼마나 즐겁게 살고 있느냐?' 가 중요하다. 그러나 마음이 심하게 흔들리면, 그것은 곧 끝나버린다.

즐거움에는 쾌락도 있다. 그러나 그것은 불행히도 악한 곳에서 우러나오는 기쁨이다. 쾌락은 스릴로 짜릿하면서도, 숨기고 싶은 유혹적인 요소가 밑바닥에 깔려 있기 때문에, 그 순간 격심한 즐거움을 느껴서 이성을 잃게 만든다. 그래서 사람들은 쾌락에 빠져서 진탕만탕으로 사는 것을 권하지 않는다. 즐거움에서 쾌락만은 제외하려고 한다.

즐겁게 산다는 것은 두려움, 근심, 염려, 의무감 등을 떠나서, 평온한 마음으로 자유를 누릴 때를 말한다. '이 세상에서 아름다움을 느끼면서 살았느냐? 또는 인생을 얼마나 사랑하며 살았느냐?' 라는 물음에 부정적인 대답이 나오지 않는 삶을 살 때에만 가능하다.

긍정적인 대답을 들었다면, 그는 복을 받은 사람이다. 복은 향기와 같아서 비닐봉지로 싸서 장롱 속에 깊숙이 감추어 둘 수 없다. 아무리 꽁꽁 묶어 두어도, 복은 바람과 같이 바깥으로 새어 나간다. 그래서 내가 복을 받았다면, 가족이나 나의 주위의 사람에게로 그 복이 자연스레 퍼져 나간다. 그래서 남들은 소문이 나지 않아도 나의 행복함을 알아차려 버린다. 소리 없이 스며나가 버리기 때문에, 복은 그 개인만의 소유가 될 수 없다. 복은 행복과 동행한다.

복 속에는 반드시 고난도 함께 묶여 있다. 그래서 고난을 당한다고 해서, 꼭 복을 받지 못했다고는 할 수 없다. 고난은 극복하는 능력을 키워서 더 큰 복을 주기 위해, 신이 인간을 훈련시키려고 만드신 방법이다. 그래서 행복은 '고난과 복' 을 합쳐 놓은 것이다.

신은 또 인간에게 그 복을 주려고 '미래' 라는 희망 장치까지 만들어 두고 있다. 그래서 미래 언젠가는 고난을 극복한 것을 칭찬하면서 더 큰 행복을 누리게 해 준다. 누구에게나 오는 복을 자기 혼자만 받았다고 기뻐하면서 촐랑대지 말라.

누구나 잘 살고 싶다. 잘 살려면 무엇보다 먼저, 바람직한 물질관을 가져야 한다. 삶에서 욕심은 금물이다. 욕심은 자꾸만 더 큰 것을 요구하기 때문에, 끝이 없다. 그러므로 무리하게 억지로라도 부자 되려고 애쓰지 말아야 한다. 욕심을 채우면서 행복하려고 애를 쓴다면, 아무리 이를 바드득 갈면서 노력해도 도달할 수 없다. 오히려 노력할수록 역행한다.

 부자 되는 것이 나쁘다는 것이 아니다. 다만 부자 되기 위해서는 정당한 수단과 방법을 사용하고, 초조하게 기다리지 말아야 한다는 것이다. 또 부자가 되면, 부자라고 한껏 마음을 높여서 거만이나 교만하지 말아야 한다. 교만을 밖으로 보여주는 순간, 행복과 기쁨은 파랑새가 되어 당신의 포켓에서 소리 없이 날아 가버릴 것이다.
 현실에는 여유가 없고, 모든 일은 빠듯하게 진행된다. 이럴 때 우리는 마음의 부자가 되어야 한다. 진정한 부자는 물질이 충분치 않아도 자족감을 갖고 행복을 느끼는 자이다. 그것은 얼마나 소유하느냐(+) 보다는, 오히려 가진 것을 얼마나 나누어 주느냐(-)에 기준을 둔다.

 나눌 것이 부족하다면 인정을 나누어도, 그 값어치는 돈에 못지 않다. 가지고 있는 것에서 만족을 느끼면서 이웃의 삶을 생각한다면, 나눔의 가정을 만들 수 있다. 내 친구는 아들 3명과 함께 지금 행복한 삶을 누리고 있다. 🐟

삶에서는 고통이 필수로 따른다. 어쩔 수가 없다. 이는 자동차가 고장이 나기 전에 삐걱거리는 잡음이 나는 것과 같다. 그 소리를 감지하고 차 수리를 하는 것과 같이, 고통을 알고 그것을 이겨 극복해야 미래를 향해 달려갈 수 있다.

살아가는 것은 끝없이 등산을 하는 것과 같다. 좋은 경치는 잠시뿐, 오를수록 주위는 황량하고 절벽을 만난다. 때로는 비바람이 휘몰아치는 날씨도 수없이 겪게 된다. 어떤 때는 텐트가 날아가 버리기도 하고, 도중에 상대자를 하늘로 보낼 수도 있다. 신은 험한 세상에서 아무리 어렵더라도 어떤 환경에서든 성실히 살아감으로서, 인간으로 하여금 승리한 인생이 되도록 노력하라고 한다.